रतिनाथ की चाची

उपन्यास

रतिनाथ की चाची

नागार्जुन

वाणी प्रकाशन

वाणी प्रकाशन

4695, 21-ए, दरियागंज, नयी दिल्ली 110 002

फ़ोन : +91 11 23273167 फ़ैक्स : +91 11 23275710

शाखाएँ

अशोक राजपथ, पटना 800 004, बिहार

कॉफ़ी हाउस कैम्पस, महात्मा गांधी मार्ग, इलाहाबाद 211 001, उत्तर प्रदेश

महात्मा गांधी अन्तरराष्ट्रीय हिन्दी विश्वविद्यालय, वर्धा 442 001, महाराष्ट्र

सुल्तानिया रोड, मोतिया पार्क, भोपाल 462 001, मध्य प्रदेश www.vaniprakashan.in

vaniprakashan@gmail.com

sales@vaniprakashan.in

RATI NATH KI CHACHI

by Nagarjun

ISBN : 978-93-5000-941-3

Novel

प्रथम संस्करण 1995, 1999, 2009

चतुर्थ संस्करण : 2020

मूल्य : ₹295

सिटी प्रेस, दिल्ली-110 095 में मुद्रित

वाणी प्रकाशन का लोगो मक़बूल फ़िदा हुसेन की कूची से

दो शब्द···

'रतिनाथ की चाची' की भावभूमि दरभंगा जनपद के एक अंचल में सीमित थी। कथा-काल '३७ और '४० के मध्य का था। रचनाकाल '४७···दूसरा संस्करण '६७ में इलाहाबाद से प्रकाशित हुआ। वह संस्करण अशुद्धियों की भरमार के चलते मेरे लिए क्लेशकारक बन गया। सरलमति पाठकों को ध्यान में रखकर कुछ-एक अश्लील एवं अप्रासंगिक अंशों को हटा लेना मुझे अनिवार्य प्रतीत हुआ। फुटनोट सारे ही हटा लिए गए हैं। अन्त में आंचलिक शब्दों के अर्थ (परिशिष्ट के तौर पर) डालने थे, यह काम भी कर दिया गया है···

इस प्रकार 'रतिनाथ की चाची' का यह अभिनव संस्करण ही प्रामाणिक माना जाएगा।

—नागार्जुन

एक

चैत का महीना था और शाम का वक्त। बीच आँगन में टोला-पड़ोस की औरतें जमा थीं। सभी किसी-न-किसी बातचीत में मशगूल थीं। दो-एक की गोद में बच्चा भी था। दो-एक जनेऊ का धागा तैयार करने के लिए तकली लिए आई थीं। उनकी तकलियाँ किर्र-किर्र करके काँसे के कटोरों में नाच रही थीं और पूनी से खिंचकर सर्र-सर्र निकलता जा रहा था सूत।

एक ही थी जो बेकार और चुप बैठी थी। चेहरे पर विषाद की काली छाया मंडरा रही थी। वह न तकली ही कात रही थी, न गोद में उसके कोई बच्चा ही था। बाकी औरतें रह-रहकर उसकी ओर अजीब निगाहों से देख रही थीं।

इस बीच थोड़ी देर बाद दम्मो फूफी आ पहुँची। अदालत में मुजरिम हाजिर हो, वकील-मुख्तार, गवाह सभी मौजूद हों, फिर भी अगर जज ने किसी कारण से देर कर दी तो क्या होता है? दम्मो फूफी के बिना यही हाल था इस महिला-परिषद् का।

फूफी को आग्रहपूर्वक आसन पर बैठाया गया। गोरा और छरहरा बदन, गोल-मटोल चेहरा। नन्हे-नन्हे से पतले होंठ। गंगा-जमनी बाल। कानों में सोने के छोटे-छोटे मगर लटक रहे थे। शांतीपुरी धोती पहने हुए थीं। गले में बारीक रुद्राक्षों की माला शिवभक्ति की सबूत थी या शौक की, कहा नहीं जा सकता। अंटी में से चाँदी की सुन्दर डिबिया निकालती हुई वे बोलीं—आज गर्मी मालूम देती है, कहीं तूफान आया तो आम की फसल चौपट हो जायेगी। नस निकालकर चुटकी से नाक के पूड़ों में उसे भरते हुए फूफी ने फिर कहा—गुज्जी बिटिया, हमार यहाँ से ज़रा पंखा तो लेती आ।

गुंजेसरी ने पंखा ला दिया।

इतने में रूपरानी का बच्चा रो पड़ा, न जाने किधर से सबकी नजर बचाकर एक लाल चींटा आया और बच्चे को काट लिया। बाएँ पैर का अँगूठा धरती से छू रहा था। बच्चे की चीख बढ़ती ही गई। दम्मो फूफी ने कहा—जाओ रूपरानी, लोहा छुआ दो। जलन जाती रहेगी।

अपने बच्चे को लेकर रूपरानी जब चली गई तो फूफी ने एक बार और सुंघनी सुड़की।

सभी की दृष्टि, सभी का ध्यान फूफी पर केन्द्रित था। एक ही थी जो विषाद और जड़ता की प्रतिमा बनी बैठी थी। अब दम्मो फूफी ने अच्छी तरह आँख फाड़कर उस पाषाणी की ओर देखा। उसके बाद सभी को अपनी निगाह के दायरे में समेटती हुई बोलीं—उमानाथ की माँ, कब तक चुप रहोगी? कुछ-न-कुछ तो इसे कहना ही पड़ेगा। समूचे गाँव में इसी बात की चर्चा है। आखिर जो होना था, वह होकर ही रहा। विधना के विधान को भला हम-तुम टाल सकते हैं? यह बेचारी—

इतना कहकर अपने सुन्दर और कोमल हाथ से फूफी ने उस विषादमयी प्रतिमा की ओर संकेत किया। सुननेवाली औरतों ने साँस खींचकर अपने कानों को मानो और भी साफ कर लिया। फूफी बोलती गयीं—बैद्यनाथ के मरने के बाद कितनी कठिनाई से उमानाथ को पाल-पोसकर इतना बड़ा कर पायी है, यह तुममें से बहुतों को मालूम नहीं होगा। भगवान करें, उमानाथ अपने बाप का नाम रखे।

सहानुभूति के ये शब्द सुनकर उमानाथ की माँ की आँखें छलछला आईं और ऐसा लगा कि पाषाणी प्रतिमा में फिर से प्राणों की प्रतिष्ठा हो गई है। उसने कृतज्ञ आँखों से दमयन्ती (दम्मो फूफी) को देखा और सिर नीचा कर लिया। शिकार को गिरफ्त में करके बाघिन को जितना संतोष होता है, इस समय फूफी के भी संतोष की वही मात्रा थी। बेचारी उमानाथ की माँ को क्या पता कि इस सहानुभूति के पीछे एक डायन का निठुर अट्टहास छिपा पड़ा है! बेचारी को जयनाथ याद आया, जो आज चार महीनों से लापता है।

फूफी ने सुंघनी सुड़कते हुए कहा—कोई चिन्ता नहीं, सारा इन्तजाम हमने कर लिया है। परसों इस समय तक यह बोझ तुम्हारे सिर से उतर जाएगा।

उमानाथ की माँ, रत्ती भर भी फिकर मत करो।

कृतज्ञता के मारे उमानाथ की माँ का जी करता था कि दमयन्ती के पैरों पर अपना सिर रख दे और सुबुक-सुबुककर कुछ देर रो ले। यह चतुर बुढ़िया उस बेचारी को ममता का अवतार प्रतीत हो रही थी। वह विधवा है, अकिंचन है। उसे गर्भ रह गया है। कहीं वह मुँह दिखाने के काबिल नहीं रही। पेड़-पौधे, पशु-पक्षी सभी गुप-चुप उमानाथ की माँ के इस महान् कलंक का मानो कीर्तन कर रहे हैं। ऐसी स्थिति में यदि दम्मो फूफी जैसी संभ्रांत वृद्धा उसे सान्त्वना देने आई हैं तो इससे बढ़कर व्यावहारिक मानवता भला और क्या होगी ? मगर वहाँ तो बीसियों बैठी थीं, दम्मो फूफी अकेले रहतीं तब न ! उमानाथ की माँ को साहस नहीं हुआ कि फूफी के पैरों पड़ जाए। लज्जा भी निगोड़ी कैसी होती है कि उसका आँचल घोर से घोर पापी के लिए सुलभ है !

स्वर को अधिक से अधिक कोमल करके फूफी ने कहा—अच्छा, कौन था वह कलमुँहा उमानाथ की माँ, जिसने तुम्हें आग में यों झोंक दिया ?

इस असम्भावित प्रश्न से बेचारी के रोम-रोम काँप उठे, समूचे शरीर का लहू पानी-पानी हो गया। विकराल मुँह वाली राक्षसी याद आई, जिसकी कहानियाँ वह बचपन में अपने नाना से सुना करती थी। दमयन्ती का वह सौम्य रूप उमानाथ की माँ के लिए अब मिटता जा रहा था। उसकी जगह कहानी की विकरालवदना वही राक्षसी नजर आने लगी। अभागिनी का हृदय केले के पत्ते की तरह काँपने लगा।

तो क्या, जयनाथ का नाम वह बता देगी ? नहीं, कभी नहीं। उसने कहा —पता नहीं, मैं कैसे बताऊँ ?

हूँ !—दमयन्ती ने गौर से उमानाथ क।माँ की ओर देखा और पंखे की बेंट से पीठ खुजलाते हुए मुस्कुराना शुरू किया। फूफी की इस लम्बी मुस्कान का और स्त्रियों ने हँसकर समर्थन किया। परन्तु इस मुस्कान और इस हँसी के पीछे उमानाथ की माँ को उछलता-कूदता काला पहाड़ स्पष्ट दिखाई पड़ा जो कि आहिस्ते-आहिस्ते उसी की ओर बढ़ा आ रहा था। ये लोग मानेंगे नहीं, कुछ-न-कुछ कहना ही पड़ेगा। क्या कहा जाय, क्या नहीं—वह बेचारी देर तक इसी गुन-धुन में पड़ी रही।

फूफी ने बदले हुए स्वर में पूछा—तो तुम इस बारे में कुछ नहीं जानतीं ?

उमानाथ की माँ नाखून से नाखून खोंट रही थी। आँगन के एक कोने में रतिनाथ बैठा था। महज ग्यारह वर्ष की उम्र होने के कारण ही वह स्त्रियों के इस गुप्त अधिवेशन में शामिल हो सका था। इस सवाल से उस लड़के का दिल धड़क रहा था कि कहीं उसी के बाप का नाम न चाची के मुँह से निकल आवे ! चार मास से रत्ती का बाप—जयनाथ लापता है।

इस मातृहीन बालक का अपनी चाची के प्रति बहुत ही गहरा स्नेह था। चाची भी रत्ती को खूब मानती थी। पिछले चार मास में यह स्नेह और भी गाढ़ा हो उठा था। चारों ओर से लांछित, चारों ओर से तिरस्कृत होकर उमानाथ की माँ जब भूखे पेट ही सो जाना चाहती तो रतिनाथ सत्याग्रह कर देता—"ऐसी क्या बात है चाची कि तुमने खाना-पीना छोड़ रखा है ? अच्छा, नहीं खाना है न खाओ, मगर कल मैं भी नहीं खाऊँगा, नहीं खाऊँगा, नहीं खाऊँगा।" इतना कहकर वह चाची की पीठ से सटकर बैठ जाता और उसके रूखे बालों में अपनी नन्हीं-नन्हीं उँगलियाँ उलझाने लगता। चाची की देह सिहर उठती। वह उठ बैठती और दो-चार कौर भात खा लेती। एक दिन पड़ोस की एक लड़की ने रतिनाथ से कहा था—तेरी चाची को, रत्ती, बच्चा होने वाला है। उसने कसकर छोकरी को एक तमाचा लगा दिया…बेचारे को कुछ पता नहीं कि आखिर बात क्या है। एक दिन दूर की किसी भाभी ने खुलासा कहा—लाला, तुम्हारी चाची की अगर दूसरी शादी हो गई होती तो ठीक था। इस पर रतिनाथ ने उस भाभी को फटकारते हुए बतलाया था कि पंडित की लड़की होकर तुम ऐसी बातें करती हो। दूसरी-तीसरी शादी क्या कभी किसी विधवा या सधवा ब्राह्मणी ने की है ?

अच्छा भई—फूफी ने उठते हुए कहा—अँधेरा हो गया, मुझे तो शिवजी के दर्शन करने नित्य इस समय भी मन्दिर जाना होता है। तुम्हारी मर्जी ! लेकिन पाँच साल की बच्ची भी इतना बता देती है कि आँखमिचौनी के वक्त उसकी पीठ थपथपाने वाला आखिर कौन रहा होगा, और एक हो तुम ! ओह, कितनी भोली…अबके फूफी खिलखिलाकर हँस पड़ीं, औरों ने भी साथ दिया। यह उन्मुक्त हास उमानाथ की माँ को असह्य हो उठा। मन में आया कि वह भी कसकर चिकोटियाँ काटे। दमयन्ती के बालवैधव्य की रँगीलियों का उसे सारा हाल मालूम था। मगर नहीं, रत्ती की चाची ने अपने को सम्भाला और उठकर कहा—मैं और कुछ नहीं जानती। वह भादों का महीना था। अमावस की रात थी।

एक घनी और अँधेरी छाया मेरे बिस्तरे की तरफ बढ़ आई। उसके बाद क्या हुआ, इस बात का होश अपने को नहीं रहा···

फूफी ने इस पर कुछ नहीं कहा। परन्तु, रामपुरवाली चाची ने आँगन से निकलते समय हल्की आवाज में कहा था—होश कैसे होता ? मौज मारने की घड़ियों में किसी को भला कैसे होश रहेगा ? बला से, अब पेट कोहड़ा हो गया है तो होने दो !

दो

उस रात चूल्हा नहीं जला।

चाची जाकर बिस्तरे पर लेट गई। बिस्तरा क्या था, खजूर के पत्तों की चटाई थी। बीच घर में वही बिछाकर लेट गई, न तकिया लिया न सुजनी। दाईं बाँह पर सिर रखकर वह पड़ी रही और आँखों की रोशनी को घने अन्धकार में भटकने के लिए छोड़ दिया, जैसे थका और भूखा चरवाहा लापरवाह होकर अपनी गायों को जंगल में छोड़ देता है। वे लौट भी आना चाहती हैं तो मार डंडा से, मार डंडा से वह उन्हें फिर-फिर जंगल की ओर खदेड़ देता है। बस्ती नजदीक नहीं होने से किसी पेड़ के नीचे वह भी बाँह का तकिया बनाकर करवट लेट जाता है···

रतिनाथ भी जाकर संदूक पर सो रहा। विपत्ति के अथाह समुद्र में गोते खा रही इस चाची के लिए बेचारे ने उस रात कितने आँसू बहाए, यह रहस्य भगवान ही जानते हैं। दिन का भात हाँडी में था, पत्थर के बड़े कटोरे में दाल थी। एक दूसरी पथरौटी में ज़रा-सा बेंगन का चोखा रखा हुआ था। पर किसी ने हाथ तक नहीं लगाया। रत्ती भूखा जरूर था, लेकिन उसकी भूख-प्यास हवा हो गई, जबकि टोल-पड़ोस की महिलाओं का दल मुस्कराता और आँखें मटकाता हुआ शाम को रत्ती के आँगन से चला गया। चाची बुत बनी वहीं खड़ी रही, उसकी आँखों से आँसू के चार बड़े-बड़े बूंद ढुलक पड़े थे। समाज व्यक्ति के प्रति इतना निठुर, इतना नृशंस हो सकता है, उस अबोध बालक को अपनी छोटी-सी आयु में

आज यह सत्य पहली बार भासित हुआ था।

परन्तु दो पहर रात को किसी ने रत्ती के मुँह में दस-पाँच कौर अवश्य डाल दिए थे। और कौन होगा ! चाची ही होगी।

हाँ, चाची ही थी। उसी ने नींद में विभोर रतिनाथ को उठाकर दाल-भात और बैंगन का चोखा खिला दिया। रत्ती बराबर आँखें मूँदे ही रहा। खिला-पिलाकर कुल्ली कराकर चाची ने उसे अपने पास सुला लिया। खुद उसने कुछ नहीं खाया। बचा भात बाहर डाल दिया था।

उस रात चाची को नींद नहीं आई। जिसके माथे पर विपत्ति का इतना बड़ा पहाड़ हो, वह भला कैसे सोए? भादो, आसिन, कार्तिक, अगहन, पूस, माघ, फागुन और यह चैत—आठवाँ महीना चल रहा था। पेट में बच्चा ऊधम मचाने लगा था। चाची को ख्याल आया जयनाथ का चेहरा और फिर उसने सोये हुए रत्ती का मुँह चूम लिया। उमानाथ की माँ जानती थी कि जयनाथ देवघर में था और आजकल काशी में है। बेचारी ने कई बार चिट्ठी लिखवानी चाही, मगर किससे लिखवाती? जयनाथ वादा कर गये थे कि दस दिन में ही मैं बाबा (बैद्य-नाथ) को जल ढालकर आ रहा हूँ। पूस चढ़ते गए और यह चैत भी बारह दिन बीत गया। चाची को सारी पुरुषजाति से घृणा हो गई···इस मुसीबत का सामना जिसे करना चाहिए, वह कहीं यों बाबा बैद्यनाथ और काशी विश्वनाथ के इर्द-गिर्द गाल बजाता फिरे? छिः! ऐसा था तो मुझे भी साथ ले लिया होता। हे भगवान ! पानी में डूब मरने के अतिरिक्त क्या कोई और उपाय नहीं है? सुनती हूँ, लहेरिया सराय के सरकारी अस्पताल की डाक्टरनी गर्भ गिराने में बहुत कुशल हैं···मगर वहाँ तक मैं पहुँचूंगी कैसे?

मुसीबत की उस घड़ी में एकाएक चाची को अपनी माँ याद आई। उसने तय किया कि आज तो नहीं, कल रातोरात वह तरकुलवा चली जाएगी। वहाँ गाँव में ही, कई चमाइनें हैं। डाँट-फटकार, गंजन-फजीहत के बावजूद भी माँ आखिर माँ ही होगी। लड़की का कवच बनकर तमाम मुसीबतों को वह अपने ऊपर ले लेगी, इसमें भी क्या कुछ शक है?

इस निश्चय से चाची को राहत मिली और रात्रिशेष में बेचारी की बोझिल पलकें जरा झपक गईं।

रतिनाथ की आँख सबेरे ही खुली। चाची को दूसरे दिन की भाँति आज

उसने नहीं जगाया। आँख मलते-मलते वह चाची के घर के पिछवाड़े गया। पेशाब करते वक्त उसकी निगाह घिवही पर पड़ी। आम के इस बड़े पेड़ को वह बहुत प्यार करता था। इसके आम गोल-गोल होते थे। पकने पर मुँह पीला और बदन लाल हो जाता था। स्वाद घी जैसा। रस गाढ़ा और गुठली छोटी होती थी। इस आम का यह नाम दीदी का रखा हुआ था। पेड़ फलता भी खूब था। बीस-बीस, पच्चीस-पच्चीस हजार तो सिर्फ पकने पर निकलते। आँधी और तूफान में हजारों कच्ची अंबियाँ गिरतीं सो अलग। वह भी बेकार नहीं जातीं, अचार और सूखी खटाई लोग साल-भर खाते। पकने पर घिवही का पेड़ कल्पवृक्ष-सा मनोहर लगता। गाँव में ऐसा कौन होगा, जिसने घिवही के दस-पाँच आम न खाए हों। उनका अमावट ये लोग साल-दो साल तक खाते। इस बार भी घिवही में फल खूब आए थे। रतिनाथ ने देखा, पचासों टिकोरे गिरे पड़े हैं। उसका रोम-रोम पुलकित हो उठा, चटनी के लिए यह काफी हैं।

वह टिकोरे इकट्ठे करने लगा। चुनने को कुछ रह गए थे कि चाची ने आवाज दी— रत्ती, ओ रत्ती! कहाँ गया?

यह रहा चाची, टिकोरे चुन रहा हूँ—रतिनाथ ने जोर से जवाब दिया। तब तक चाची भी वहाँ पहुँच गई। नजदीक आकर रत्ती की ठुड्डी पर हाथ फेरती हुई बोली—तुझे क्या है पागल? तू क्यों इतना दुबला हो गया है?

लड़के ने नजर नीची कर ली। ज़रा देर बाद कहा—चाची, आज मैं पाठशाला अवश्य जाऊँगा। रसोई तो भला तुम जल्दी कर लो, चटनी मैं खुद ही कर लूँगा।

चुने हुए टिकोरे लेकर चाची आँगन में चली आई। चौका-बर्तन करने के बाद उसने चूल्हा जलाया। खानदानी खबास की बुढ़िया औरत आज पानी भरने नहीं आई, घड़े रीते पड़े थे। रतिनाथ ने छोटी बाल्टी में पोखर का पानी ला-लाकर उन्हें भर दिया। चाची समझ गई कि दमयन्ती का अनुशासन उसके खिलाफ शुरू हो गया आज से। अब इस आँगन में न धोबिन आएगी, न नाइन, न डोमिन, न चमाइन। ब्राह्मणी की तो भला बात ही कौन कहे। पुरानी दियासलाई में अभी चार-छः तीलियाँ थीं, एक तीली घिसकर चाची ने चूल्हा जला लिया था। नहीं तो गाँव-गंवई में आग एक घर से माँगकर दूसरा घरवाला ले जाता है, दूसरे से तीसरा। यों दियासलाई का काम ही नहीं पड़ता। फिर भी

लोग सलाई की दस-पाँच तीलियाँ बचाकर रखते अवश्य हैं। यह नहीं कि रतिनाथ किसी के यहाँ से आग ला नहीं सकता था। ला सकता था, अगर किसी ने चाची के सम्बन्ध में कुछ अनाप-शनाप उसे सुना दिया तो लड़के के दिल को कितनी चोट लगेगी! यही सब सोचकर चाची ने रत्ती को कहीं आग लाने नहीं जाने दिया।

रत्ती को चाची का यह रुख पसन्द नहीं आया। वह सोचता, जो एक सुनाएगा हम उसे दस सुना देंगे। जो आग नहीं देगी उसके चूल्हे पर पेशाब कर दूंगा।

खैर, थोड़ा पानी से भी काम चल गया। चाची ने सिर्फ चार-छः लोटा पानी नहाने में खर्च किया, बाकी रसोई में। पीने के लिए एक बाल्टी रत्ती कुएँ से स्वयं ले आया भरकर। भात तैयार हो गया। तब जाकर पोखर में नहा आया।

सौ साल पहले पंडित नीलमणि ने यह पोखर खुदवाया था। वह रत्ती के दादा के दादा थे। अपने दालान के बिल्कुल करीब एक छोटा-सा पोखर खुदवा गए। इस पोखर के तीन भिंडों पर अब उपाध्याय घराने की बढ़ती आबादी छा गई थी। केवल पूरब वाला भिंडा बच रहा था। पास-पड़ोस के मर्द आकर उसी ओर के घाट पर नहाते।

आज शालिग्राम की पूजा में रतिनाथ का मन लगा नहीं। सराइयाँ तीन थीं, देवता दो ही थे—शालिग्राम और नर्मदेश्वर। ताँबे की सराई शालिग्राम के लिए, पीतल वाली नर्मदेश्वर के लिए। तीसरी भी पीतल की ही थी। वह पंच देवता के उद्देश्य से थी। चन्दन रगड़कर उसने अच्छत भिगोये। "ॐ सहस्रशीर्षा···" आदि मन्त्र पढ़कर शंख से शालिग्राम पर जल ढारा, फिर नर्मदेश्वर पर। फिर अनमने भाव से चन्दन, अच्छत, फूल वगैरह चढ़ाकर रत्ती ने पूजा खतम की। उधर थाली में भात-दाल परोसा जा चुका था।

थोड़ा-सा उसने खाया होगा कि तब तक चाची ने चटनी भी पीस ली। भुना हुआ जीरा भी दिया था उसमें। रतिनाथ ने चटनी का स्वाद ले-लेकर खूब खाया। खाते-खाते उसे चाची ने कहा—बेटा, पाँच-छः रोज तुझे अकेला ही रहना पड़ेगा।

और तुम कहाँ रहोगी?—उठते हुए कौर को रोककर रतिनाथ ने आँखों से ही सवाल किया।

तरकुलवा जाऊँगी, किसी से कहना मत ! —चाची बोली ।

उसने फिर कहा—रात को पड़ोस के आँगन में सो जाना । चावल, दाल, लकड़ी, धनियाँ, हल्दी, नमक, तेल—सामान सब मौजूद है । खुद पकाकर खा लेना । पाँच ही छः रोज की बात है, उसके बाद तो मैं आ ही जाऊँगी ।

रत्ती खाना खतम करते-करते बोला—मैं भी न साथ चलूँ ?

नहीं—चाची ने कहा—बात ऐसी आ पड़ी है कि अकेली ही जाऊँगी, यही अच्छा रहेगा ।

रतिनाथ ने चुप रहकर चाची की बात का औचित्य मंजूर कर लिया । अब वह खाना खा चुका था । हाथ-मुँह धो आया । खाकर मुख-शुद्धि के तौर पर सुपारी का एक छोटा-सा टुकड़ा चबाना उसके अभ्यास में शामिल हो गया था । सुपारी का टुकड़ा थमाते हुए चाची ने आले की ओर इशारा किया और कहा—यहाँ आठ-दस सुपारी रख जाऊँगी, सरौता भी रहेगा ।

तब तक दिन काफी उठ आया था । रत्ती पाठशाला जा चुका था । चाची अपनी चिन्ता की धारा को समकूल रखने के लिए तकली लेकर बैठी । खाना वह देर से खाएगी ।

बीच घर में बैठकर वह तकली कातने लगी किर्र-किर्र-किर्र । मिथिला की कुलीन ब्राह्मणियों के जीवन में इस तकली का बहुत बड़ा स्थान रहा है । कुटीर-शिल्प का यह मधुर प्रतीक अब तो उठता ही जा रहा है, फिर भी जनेऊ के लिए तकली से निकले इन बारीक सूतों की आवश्यकता अनिवार्य समझी जाती है । फुर्सत का वक्त स्त्रियाँ तकली के सहारे बहुत आसानी से काट लेती हैं । आठ-दस वर्ष की उम्र से लेकर जीवन-पर्यन्त तकली का और उनका साथ रहता है । कहते हैं ईस्ट इण्डिया कम्पनी के शासन से पहले घर-घर तकली चलती थी । तकली के ये सुन्दर और महीन सूत मलमल बुनने के काम आते । परन्तु अब तो यह वस्तु ब्राह्मणों के ही घरों में रह गई है और इन सूक्ष्म और मनोहर सूतों का उपयोग सिर्फ जनेऊ तक सीमित रह गया है । हाँ, तो तकली की मृदु मधुर ध्वनि में एकरस होकर चाची सोचने लगी--इस समय अगर जयनाथ होते··· अगर जयनाथ होते तो उन्हें कुछ न कुछ प्रतिकार अवश्य करना पड़ता । यह गरीबी और इतनी असहाय अवस्था । विपदाओं का यह महाजाल । कौन मुझे उबारेगा ? कुछ भी हो, मर्द फिर मर्द ही है ।

चाची को एक-एक कर पुरानी बातें याद आने लगीं—सुखी माँ-बाप, भरा-पूरा बचपन। कुलीन परन्तु दरिद्र से विवाह। रोगी पति। घुन लगा हुआ दाम्पत्य। लड़का उमानाथ, लड़की प्रतिभामा। वैधव्य। सुदूर दक्षिण (भागलपुर) में लड़की का बेचा जाना। ऋण से छुटकारा…ओह! उमानाथ जब सुनेगा कि उसकी विधवा माँ गर्भवती हो गई है तो…

उमानाथ की उम्र पन्द्रह साल की थी। वह जिद्दी, गुस्सैल और पढ़ने में मन्द था। प्रतिभामा सत्रह साल की थी, उसे ससुराल गए तीन-चार साल होने को आ रहे थे। कुलीनता की दृष्टि से बहुत ही नीच, मूर्ख और चालीस साल के एक अधेड़ ब्राह्मण ने सात सौ नकद गिनकर उससे शादी की। वह छः महीने के बाद ही गौना करा ले गया और तब से प्रतिभामा फिर शुभंकरपुर की इस धरती पर पैर नहीं रख पाई।

इतने में किसी के पैर की आहट पाकर चाची का ध्यान भंग हुआ। उसकी बोटी-बोटी काँपने लगी—हे भगवान्! यह कौन आ रहा है…कल किसी ने कहा था कि थाने में भी इस बात की खबर हो गई है।

उसका दिल धड़कने लगा। मुसीबत के इन दिनों में किधर से भी वज्रपात हो सकता है। कैसी भी अनहोनी हो सकती है। चाची को टोला-पड़ोस की एक-एक औरत दमयंती मालूम दे रही थी। हवा से उड़ा हुआ एक-एक तिनका खतरे से भरा नजर आ रहा था।

आहट बिल्कुल करीब आ गई। चाची ने अपने को और कड़ा कर लिया—कोई भी हो, घबड़ाना नहीं चाहिए। बदनामी तो फैल ही गई। अब और इससे अधिक क्या होगा? दारोगा फाँसी तो देगा नहीं, हाँ, पहरा जरूर बैठा दे सकता है। सरकार के कानून में गर्भ गिराना नाजायज है; तो क्या सोचकर अंग्रेज बहादुर ने यह कानून बनाया होगा, कि कोई भी विधवा भ्रूणहत्या नहीं कर सकती …चाची अब भी उसी रफ्तार से तकली कात रही थी। पूनी पर पूनी खतम होती गई, मगर सोचने का धागा अपने छोर पर नहीं पहुँचा।

चाची के सामने जयनाथ खड़े थे। दाढ़ी बढ़ी हुई, चेहरा खिला हुआ। चाची की उँगली रुक गई, तकली का तकुआ ठिठक गया। कता हुआ सूत तकली में जल्दी-जल्दी लपेटकर उसने पूनियाँ और तकली डाली में रख ली।

जयनाथ ने कहा—रहने दो उमानाथ की माँ! तुम क्यों उठती हो? पैर

धोने के लिए लोटा-भर पानी घड़े से क्या खुद नहीं ले सकता मैं ?

पर चाची तब तक पानी ला चुकी थी । वह अपने हाथों से ही जयनाथ के पैर धोने लगी, परन्तु जयनाथ नहीं माना । खुद पैर धोने लगा ।

दातून भी नहीं की होगी—चाची ने कहा—ठहरो, ला देती हूँ। दक्खिन तरफ जो घर था, उसमें से वह साहड़ की दातून ले आई और जयनाथ को थमा दी। बोली—कल सुबह यह दातून रत्ती कहीं से लाया था। देखो न, अभी तक हरी है···कपार पर आई एक रूखी लट को बायें हाथ से ठीक करती हुई चाची फिर बोली—चार अच्छर लिखना तुम्हारे लिए पहाड़ हो गया ! कोई खत नहीं, खबर नहीं ! बड़े अजीब आदमी हो !

जयनाथ ने कोई सफाई नहीं दी, मुस्करा भर दिया। गठरी में से उसने अपनी धोती निकाल ली और दातून करते-करते स्नान करने चला गया ।

तीन

एक छोटा-सा स्टेशन। राजनगर। 11 बजे रात के ट्रेन से चाची और जयनाथ उतरे। स्टेशन से बाहर आकर उन्होंने कोई बैलगाड़ी किराए पर कर लेनी चाही। पाँच कोस पैदल चलना चाची के बूते से बाहर था ।

शुभंकरपुर से तारसराय स्टेशन महज कोस-भर पड़ता है । उतने में ही चाची को चार जगह बैठना पड़ा था। और यह पाँच कोस का लम्बा रास्ता बेचारी कैसे तय करेगी !

जयनाथ ने तय कर लिया था कि पाँच रुपया भी लेगा तो क्या, बैलगाड़ी बिना किये तरकुलवा नहीं जाएँगे । स्टेशन से बाहर, सड़क की ओर दस-बारह गाड़ियाँ थीं जरूर, लेकिन उनमें से एक भी तरकुलवा की नहीं थी। आसपास की थीं, पर उनके आरोही सुबह की ट्रेन से आने वाले थे ।

चाची का मन था कि किसी तरह किरण फूटने से पहले मैके पहुँच जाती। जयनाथ का भी यही विचार था, और ठीक ही था। चाची जिस काम के लिए अपनी माँ के यहाँ जा रही थी, उसमें सराहना, खुशी और स्वागत की कल्पना

ही नहीं की जा सकती। उसके मुँह पर तो कालिख पुती हुई थी। माँ न जीती होती तो तरकुलवा जाने की अपेक्षा वह यहीं कमला की धार में डूब मरना अधिक पसन्द करती। उसे अपनी माँ के सरल, शीतल, दयालु स्वभाव पर बहुत भरोसा था, इसीलिए तो जा रही थी।

जयनाथ ने अपनी भाभी को वहीं सड़क पर एक ओर बैठा दिया और खुद निकले सवारी की तलाश में। उन्हें मालूम था कि दस-बारह इक्के भी राजनगर के स्टेशन पर मौजूद रहते हैं। लेकिन, आज उनका भी पता नहीं था। कमला का पुल पारकर जब वे आगे बढ़े तो पाकड़ के नीचे एक इक्का दिखाई पड़ा। मचान पर जो आदमी सो रहा था, वह जयनाथ के पैर की आहट पाकर जग गया है, उसने यह बात अपनी खाँसी से जाहिर कर दी। पूछने पर मालूम हुआ कि वह तरकुलवा पहुँचा देने को तैयार है, मगर छः रुपया से धेला भी कम न लेगा।

आखिर साढ़े पाँच पर सौदा पट गया। इक्के वाले ने कहा, आप स्टेशन चलिए। मैं घोड़ी को जोतकर अभी लाया।

उन लोगों के पास सामान के नाम पर कुछ नहीं था। था क्या, सिर्फ आठ महीने का गर्भ। सही सलामत तरकुलवा तक पहुँचने की ही उन्हें चिन्ता थी। इक्का आया तो उस पर इक्केवान से कहकर ओहार (परदा) डलवा दिया गया। इस काम के लिए जयनाथ ने अपनी ही धोती निकालकर दी थी।

चाची सवार हुई और जयनाथ चले पैदल। बाजार के बाद सड़क पर रोड़ियाँ नहीं थीं। बिल्कुल कच्ची और देहाती सड़क हो और उस पर धूल और बालू न रहे तो इक्का मजे में चल निकलता है।

जरा-सी रात बाकी थी कि वे तरकुलवा पहुँच गए। जयनाथ को चुम्मन झा (चाची के पिता) का घर मालूम था। इक्के को लिवाए सीधे वहीं पहुँचे।

इक्के से उतरकर चाची अपने बाप के आँगन में आ गई। उधर जयनाथ ने इक्के वाले को किराया देकर फौरन रवाना किया। इसके बाद वे खुद भी अन्दर गए।

स्त्रियाँ अपने दामाद से हल्का-सा परदा करती हैं और जयनाथ ठहरे यहाँ दामाद के छोटे भाई साहब। खैर। अन्दर जाकर जयनाथ ने देखा कि पच्छिम वाले घर के ओसारे में माँ-बेटी दोनों एक-दूसरे से गले लगकर सिसक-सिसककर रो रही हैं।

जयनाथ के अन्दर आ जाने पर रोने की इस धीमी आवाज में और भी अधिक धीमापन आ गया।

पैर छूकर प्रणाम करने पर वृद्धा ने आशीर्वाद दिया।

जयनाथ ने सोचा—खुल करके सारी बातें भाभी ने अपनी माँ से न कही होंगी, और बिना कहे बनेगा नहीं। यह कठिन कर्त्तव्य मुझे ही करना पड़ेगा।

वृद्धा को अलग ले जाकर जयनाथ ने शान्ति और संकोच के साथ सारी बात समझा दी और कहा—यहाँ मेरे रहने की कोई जरूरत नहीं। स्नान और भोजन के उपरान्त मैं चला जाऊँ, यही अच्छा है। और—जयनाथ ने अपने बटुवे में से दस रुपये के नोट निकाले और यह रकम वृद्धा के हाथ में थमाते हुए बोले—इसकी चिन्ता नहीं कीजिए। बाबा विश्वनाथ की कृपा से अभी इतना और निकाल सकता हूँ।

वृद्धा ने आग्रहपूर्वक रुपये लेने से इन्कार कर दिया। बोली—गौरी (चाची) का कर्म ही फूट गया है तो इसमें किसी को क्यों दोष दूँ! रही खर्चे की बात, सो कमला मैया की कृपा से सब ठीक हो जाएगा। आप ज़रा भी चिन्ता न करें। हाँ, किसी के साथ रतिनाथ को यहाँ भेज दें तो अच्छा होगा। मैं उसका मुंह देखना चाहती हूँ।

स्नान और भोजन के बाद जयनाथ तरकुलवा से चल पड़े। चैत की दुपहर। धूप कड़ी अवश्य थी, परन्तु वहाँ रहना जयनाथ ने बेकार समझा। इसके अलावा उन्हें इस बात की भी चिन्ता थी कि रत्ती घर पर अकेले कैसे रहेगा।

उन दिनों रेलवे-लाइन इस ओर जयनगर तक ही थी। उसके आगे नेपाल का इलाका पड़ता है और अब तो नेपाल सरकार ने जयनगर से जनकपुर तक अपनी रेल खोल ली है। उस दिन जयनाथ को शाम की ट्रेन मिल गई, पाँच मिनट की देर हुई होती तो गाड़ी खुल जाती।

राजनगर से मधुबनी, पंडौल, सकरी और तारसराय—चारों स्टेशन वह खड़े ही आए। नेपाली औरत-मर्द सिमरिया घाट जा रहे थे, गंगा नहाने। गाड़ी का वह डिब्बा उन्हीं से ठसाठस भरा हुआ था।

पहर रात बीतते-न-बीतते जयनाथ अपने घर पहुँचे। रतिनाथ अपने साथी नरेश के साथ उसीके घर में सो रहा था। जयनाथ ने उसे उठाया नहीं। सामान मौजूद था, खिचड़ी पका ली और खाकर सो गए।

सुबह उठते ही वह कुटी पर चले गए। यह कुटी से गाँव बाहर पूरब ओर बलुआहा पोखरे के भिंड पर थी। वहाँ पन्द्रह साल से एक महात्मा रहते थे, जिनका असल नाम कोई नहीं जानता था। सभी उन्हें तारा बाबा कहा करते क्योंकि रोज सुबह-शाम आप "माई तारा, माई तारा" बीस-पच्चीस बार इतने जोर से चिल्लाते कि आस-पास के चारों-पाँचों गाँव उस सिंहनाद से परिव्याप्त हो जाते। उनकी धोती लाल-सुर्ख रहती थी। गले में हाथीदाँत के खरादे हुए दानों की माला थी। दाईं बाँह पर दो बड़े-बड़े रुद्राक्ष और एक बड़ा-सा मूँगा पहनते थे। दाढ़ी-मूँछ, बाल और नाखून कभी कटाते नहीं थे।

जयनाथ को तारा बाबा के प्रति बड़ी श्रद्धा थी। वे नित्य एक बार बाबा का दर्शन कर आते। मन की आकुलता ही सुबह-सुबह आज इस ब्राह्मण को वहाँ ले गई।

बिना किसी संकोच के जयनाथ ने तारा बाबा को उमानाथ की माँ के सम्बन्ध में आज सब कुछ बता दिया। सुनकर बाबा की आँखें चमकीं। वे बोल उठे—नाहक ही उस बेचारी को तुम तरकुलवा में छोड़ आए हो! मुझसे क्यों नहीं कहा? सब ठीक हो जाता। खैर। फिर भी मैं एक यंत्र बनाकर दूंगा, भिजवा देना।

अपने पिता के बारे में रतिनाथ को सोकर उठते ही मालूम हो गया कि लौट आए हैं। वह जल्दी से निबटकर रसोई करने लगा। चाची सब चीजें रख तो गई थीं। जब भात भी हो गया, दाल भी हो गई, बैंगन और सहजन की तरकारी चढ़ी थी तब आए जयनाथ। ये उधर से नहाते ही आए थे।

पूजा भगवान की जयनाथ आज स्वयं करने बैठे। वे अधिक पढ़े-लिखे नहीं थे, फिर भी एक कुलीन ब्राह्मण के साधारण दैनिक जीवन में जितनी उपासना और कर्मकांड की आवश्यकता होती है, उतना तो जानते ही थे। प्रातःस्मरण, संध्या-तर्पण, पंचदेवता पूजन (शिव, विष्णु और दुर्गा का विशेष रूप से) चंडी (सप्तशती) पाठ··· इतना बिना किए उन्हें चैन नहीं पड़ता। इसके अतिरिक्त, विद्यापति की महेशवानी भी जयनाथ बड़ी तन्मयता से गाया करते। सिद्धान्त-कौमुदी और तर्कसंग्रह वे पूरी-पूरी नहीं पढ़ पाए। अपनी अल्पज्ञता पर उन्हें जीवन-भर पश्चात्ताप होता रहा।

करीब आधा घंटा पूजा में जयनाथ लगाते थे। यह गोल-मटोल मनोहर

शालिग्राम नकली नहीं था जिसे बनारस या जयपुर के कारीगर काले पत्थर से तराशकर बनाते हैं। यह भगवान् पाँच पुश्त से इस कुल में श्रद्धा और भक्ति के पात्र बने हुए थे। पलिवाड़ महावंश की यह शाखा 'झा' उपाधि वाली थी। जयनाथ के वृद्ध प्रपितामह नीलमाधव उपाध्याय बहुत बड़े नैयायिक थे। उनकी विद्वत्ता से प्रभावित होकर मुर्शिदाबाद के नवाब ने पूर्णियाँ जिले में सौ बीघा जमीन लाखिराज ब्रह्मोत्तर के तौर पर उन्हें दी थी। जयनाथ के पितामह-भ्राता जगदानन्द झा अच्छे ज्योतिषी थे, उनके दो भाई और थे। गृहकलह हुआ तो यह ब्रह्मोत्तर उन लोगों ने बेच डाला। उन्हीं नैयायिक नीलमाधव उपाध्याय को मुक्तिनाथ का दर्शन करके लौटने वाले एक महात्मा ने यह शालिग्राम दिया था! नारायणी नदी (गंडक) का जहाँ उद्गम-स्थान है, वहीं यह दिव्य प्रस्तर उस महात्मा को मिला था। बेतिया के तत्कालीन महाराज के यहाँ एक बार नैयायिक जी गए थे, महात्मा ने उन्हें यह शालिग्राम दे दिया। महाराज ने इनकी महिमा सुनकर सोने का छोटा-सा सिंहासन बनवा दिया था। आज से चालीस साल पहले नैयायिक जी के प्रपौत्र इन्द्रमणि झा ने गया से लौटते समय पटना में भगवान का वह सिंहासन बेच डाला। इन्द्रमणि की पुत्र का मुँह देखने की लालसा कभी पूरी न हुई। हाँ, लड़कियाँ चार अवश्य हुईं। उन्हें अपने से भी उच्च कुल में कन्याएँ दान करने की सनक थी। और, मिथिला का ब्राह्मण जो जितना ही कुलीन होता है, उसकी दरिद्रता भी उतनी ही बड़ी हुआ करती है। इन्द्रमणि को भी अपनी तीन कन्याओं का भरण-पोषण आजन्म करना पड़ा, क्योंकि चार में से तीन दामाद परम अभिजात और महादरिद्र थे। मरते वक्त, जो कुछ था, लड़कियों के नाम चढ़ा गए। इन्द्रमणि जब मृत्युशय्या पर थे तभी जयनाथ ने यह भगवान (शालिग्राम) उनसे माँग लिया था। आज पन्द्रह साल से जयनाथ उनकी पूजा करते आ रहे हैं।

पूजा समाप्त करके वे खाने गए।

अपने पुत्र की सहनशीलता और कार्यक्षमता देखकर प्रसन्न होने का अवसर आज जयनाथ को पहली ही बार मिला हो, ऐसी बात नहीं है। अब तो रतिनाथ ग्यारह साल का हो गया है। पाठशाला में सबसे अधिक तीव्र बुद्धि वाला समझा जाता है। बहुत कम बोलता है, फुर्ती गजब की है उसमें। गरीबी के मारे बाप उसे हिन्दी-अंग्रेजी स्कूल में नहीं रख सका। और रसोई-बसोई तो जब रत्ती सात साल

का था तभी से करना जानता है। सातवें (गर्भ-स्थिति के अनुसार आठवें) साल की उम्र में उपनयन (यज्ञोपवीत संस्कार) हुआ था। हाँ, मछली और मांस बनाना अभी उससे नहीं सपरता। पिता और पितियाइन (चाची) घरेलू कामों में रत्ती को कम उलझाते।

सो, खाना दो थालियों में परोस लिया गया और दोनों बाप-पूत खाने बैठ गये।

चार

माँ-बाप ने चाची का नाम रखा था गौरी।

वह बहुत सुन्दर थी। चेहरे में लम्बाई-गोलाई की अपेक्षा फैलाव ही अधिक था। आँखें बड़ी-बड़ी। नाक नुकीली। कपार छोटा। बाल खूब काले और एड़ी तक लम्बे। गोरी तो थी ही। गले की आवाज नरम और सुरीली थी। हाथ-पैर छोटे-छोटे, लाल और भरे हुए, मानो आम के पल्लव हों।

गौरी के इस सौन्दर्य का रहस्य उसके माँ-बाप की भरी-पूरी गृहस्थी तथा निर्विघ्न जीवन में निहित था। चुम्मन झा के पच्चीस बीघा जमीन थी, उपजाऊ। चार सौ मन धान साल-साल होता था। एक बड़ा-सा कलमबाग था जिसमें कलमी आम के पचासों पेड़ थे। मालदह, कृष्णभोग, बंबइया, फजली, शाहपसंद, राढ़ी, भदई, दुर्गीलाल का केरवा, सुकुल, सिपिया, जर्दा—सब थे। किसी साल नागा नहीं जाता, सब साल फलता वह कलमबाग। चुम्मन झा पाँच पेड़ छोड़कर बाकी खटिकों के हाथ बेच लिया करते। चार सौ, पाँच सौ और कभी छः सौ तक मिल जाता। इस तरह आम भी इनके लिए एक अच्छी फसल थी।

संतान कुल चार हुईं—दो लड़के और दो लड़कियाँ। एक लड़का और एक लड़की बची थी। लड़का जयकिशोर किसी जिला स्कूल में हेड पंडित था और बाल-बच्चे और पत्नी समेत बाहर ही रहा करता। उन दिनों शायद डाल्टनगंज में था। गृहपति को मरे सात साल हो चुके थे। अब गृहस्थी का सारा भार वृद्धा के कंधे पर था। जयकिशोर का मामा कभी-कभी इसमें अपनी बहन की मदद

करता और अक्सर उसका रहना तरकुलवा ही होता।

तीन साल पहले छोटे भतीजे का मुण्डन-छेदन हुआ था। पिछले दफे तभी गौरी यहाँ आई थी।

परिस्थिति की भयानकता का अन्दाज लगाकर गौरी की माँ गुमसुम थी। जयनाथ जब चले गए तब उससे नहीं रहा गया। गौरी की ठुड्डी छूकर कर्कश स्वर में उसने पूछा—यह क्या कर आई है तू?

साहस नहीं हुआ कि गौरी माँ की आँख से आँख मिलाती। माँ बोलती गई—इस खानदान में जो किसी ने नहीं किया, इस अभागिन ने वही कर डाला! हे दुर्गा! हे बाबा कपिलेश्वर! अब मैं इसका क्या इलाज करूँगी? कब तक इस बात को मैं छिपा सकूँगी?

नाखून से नाखून खोटती रही गौरी।

अभी तक किसी को मालूम नहीं हुआ था कि गौरी आई हुई है। लोगों ने जयनाथ को सिर्फ गाँव से जाते ही देखा। आये तब तो कुछ रात बाकी थी।

भैंस की बीमारी के बहाने गौरी की माँ ने बुधना चमार की औरत को बुलवा भेजा। यह चमाइन इन कामों में उस्ताद थी। गाय, भैंस, औरत, घोड़ी, बकरी वह सबके काम आती। आस-पास के दस-बारह गाँवों में उसकी शोहरत थी। गौरी की माँ के दो भैंसें थीं जरूर, मगर उन्हें कहाँ कभी-कुछ हुआ? फिर भी बुधना चमार की औरत फौरन आई।

गौरी की माँ ने सारी बात समझा-बुझाकर चमाइन के हाथ पर पाँच-पाँच रुपये के दो नोट धर दिए, लेकिन वह सिर हिलाने लगी—नहीं मलिकाइन, इतने में काम नहीं चलेगा। यह तो दवा का दाम भी नहीं होगा। मेरी मजदूरी आप क्या देंगी, बस इतना ही?

दो तो तुम्हारा बँधा हुआ है ही—गौरी की माँ ने कहा—और मैं तो इतना-सा दे रही हूँ।

मुस्कराकर सिर हिलाते हुए चमाइन ने कहा—यही बबुई तुम्हारी और भी तो दो बार यहाँ से बच्चे पैदा कर गई है। तब कहाँ मैंने तुमसे कुछ कहा मलिकाइन? मगर आज तो मामला ही कुछ और है···

इतना कहकर वह गम्भीर हो गई। जरा देर बाद बोली—अगर थाने में किसी ने जाकर चुगली कर दी तो मुझे जेहल-दामुल होगा। तुम लोग तो धन-

वाली हो, हाकिम भी तुम्हारी तरफदारी कर लेगा। कितने जोखिम का काम है पेट गिराना ! पता चल जाए तो सरकार मेरा सत्यानास कर देगी···

गौरी की माँ पाँच रुपये का एक नोट और निकाल लाई, फिर भी वह राजी नहीं हुई। उसने कहा—दस और देने होंगे। जब काम कर दूँगी तो अपनी खुशी से आप कुछ न कुछ और दे दीजिएगा।

चमाइन की बात पर गौरी की माँ ने गौर किया। वह काफी प्रतिभाशील स्त्री थी। समझ गई कि पचीस तो यह लेकर रहेगी। जरूरत ऐसी आ पड़ी है कि पचास पर भी अड़ जाए तो देना ही पड़ेगा। खैर, दस रुपये का एक नोट वह और निकाल लाई। देते हुए कहा—देखो, मेरी लडकी को इस मुसीबत से पार कर दो। पाँच-सात दिन के अन्दर ही यह सब हो जाना चाहिए और गुपचुप।

जीभ निकालकर चमाइन बोली—भला यह भी क्या कहने की बात है, मलिकाइन ? आपकी बदनामी क्या हमारी बदनामी नहीं है ? पर एक बात कहती हूँ, माफ करना, बड़ी जात वालों की तुम्हारी यह बिरादरी बड़ी मलिच्छ, बड़ी निठुर होती है मलिकाइन ! हमारी भी बहू-बेटियाँ राँड़ हो जाती हैं, पर हमारी बिरादरी में किसी के पेट से आठ-आठ नौ-नौ महीने का बच्चा निकालकर जंगल में फेंक आने का रिवाज नहीं है। ओह, कैसा कलेजा होता है तुम लोगों का ! मइया री मइया !

गौरी की माँ साँस खींचकर भी कुछ बोलीं नहीं। अपनी लड़की के बढ़े हुए पेट पर उनका ध्यान गया और ऐसा लगा कि उसके अन्दर एक सुन्दर और स्वस्थ शिशु पड़ा हुआ है। आँखें मुंदी हुईं, परन्तु पलकें लगातार फड़क रही हैं—ओ अभागे, तुम्हारा क्या कसूर ? यही चमाइन तुम्हें गाँव के बाहर झुरमुट के अन्दर डाल आएगी ! फिर कुत्ते और सियार नोच-नोचकर तुम्हें खाएँगे ! जैसे और बच्चे अपनी माँ के पेट से समय पर बाहर आते हैं, तुम उस तरह समय पर गर्भ से बाहर नहीं निकल सकते। तुम्हारे जन्म से प्रसन्न हो सोहर गाए, ऐसी एक भी औरत नहीं होगी···मेरा बस चलता तो—

अच्छा मलिकाइन, अभी मैं चली। कल शाम को आऊँगी।—इतना कहकर चमाइन आँगन से बाहर हो गई, लेकिन फिर लौट आई। कहा—ज़रा देख तो लूँ बबुई को।

माँ ने कहा—पूरब वाले घर में है, आओ।

गौरी को झपकी आ गई थी। आहट पाते ही उसने आँखें खोल दीं। चमाइन ने करीब जाकर देखा। बोली—आठवाँ महीना है। बबुई, नाहक तुमने बखत बर्बाद किया। पेट तीन-चार महीने तक काबू में रहता है। अब देखना, तन्दुरुस्ती पर कितना बुरा असर पड़ता है।

माँ को अँदेसा हुआ। उसने आँखें फाड़कर पूछा—क्यों री, गौरी की देह को फिर तैयार होने में बहुत दिन लग जाएँगे ?

हाँ मलिकाइन !—चमाइन घर से बाहर निकलती हुई बोली—दुसंझी मालिश करवाती रहें तो पचीस दिन लगेंगे। हाँ, आज और कल बबुई को कुछ खाने नहीं देना।

आज अभी तो खा चुकी—माँ ने कहा—हाँ, रात और कल नहीं खाने दूँगी। तो तू कल रात आएगी न ?

जरूर माईजी, आती तो मैं आज शाम को भी, मगर डीहटोल में सल्हेस महाराज की पूजा है। भाव-भगत होगी। हमारे यहाँ के सभी जाएँगे देखने।

बुधन चमार की औरत चली गई। गौरी की माँ ने उँगली पर गिनकर हिसाब लगाया। बड़ी छुट्टियों में, खासकर गर्मियों में जयकिशोर गाँव अवश्य आया करते। इस बार भी आएँगे। माँ ने सोचकर देखा, आधा चैत बीत चुका है। अभी समूचा बैसाख पड़ा ही है। जेठ के दशहरा से पहले शायद ही कभी जयकिशोर का स्कूल बन्द हुआ हो। और, तब तक गौरी बिल्कुल तन्दुरुस्त हो जाएगी। इस गणित से उस वृद्धा को कुछ आश्वासन मिला। जयकिशोर बाबू बहुत ही अच्छी प्रकृति के आदमी हैं, फिर भी माँ को खटका था कि अपनी बहन के सम्बन्ध में यह कुकाँड जब किसी तरह उन्हें मालूम होगा तो कुछ कहेंगे अवश्य। इसके अतिरिक्त, उमानाथ भी किसी-किसी साल आम खाने आता है। अपनी माँ के बारे में जब वह सुनेगा तो आश्चर्य नहीं कि कुएँ में कूदकर जान दे दे या माँ को ही मार डाले। लड़की को छः मास-आठ मास अपने पास रखना माँ को और भी भारी लग रहा था। इन बातों को सोचते-सोचते वृद्धा का दिमाग जब पथरा गया तो एक बार फिर आप पूरबवाले घर में घुसी और गुस्से में आकर गौरी की ठोड़ी में एक ठुनका लगा दिया। गौरी हाउ-हाउ करके रो पड़ी। आँखों से आँसू की धार जो बहने लगी तो उसने बन्द होने का नाम ही नहीं लिया था। माँ जी कड़ाकर कुछ देर अवाक् खड़ी रही, फिर धम्म से वहीं बैठ गई और लड़की को अपनी छाती

से लगाकर आप भी रोने लगी।

दरिद्र कुल में लड़की ब्याहने का ही यह दुष्परिणाम था। शुभंकरपुर के यह बैद्यनाथ झा कुलीनता की दृष्टि से ही ज़रा बड़े थे। गौरी के पिता चुम्मन झा को स्वयं भी पीछे जाकर यह विवाह-सम्बन्ध असंतोषप्रद लगने लगा। जमाई महाशय दमे के रोगी और प्रकृति से सुस्त थे। शादी के बाद तो पढ़ना जान-बूझकर ही छोड़ दिया था। ससुराल आते तो बीस-बीस दिन, पच्चीस-पच्चीस दिन तक पड़े रहते। शतरंज का इतना शौक था कि एक बैठक में दस-दस घंटे खेलते रहते। कमाकर शायद ही दो पैसे कभी झा जी ने अपनी स्त्री के हाथ पर रक्खे हों। जाते-जाते एक क्वाँरी लड़की और एक अबोध शिशु बेचारी के मत्थे ठोक गए। यह लोग औसत दर्जे के मध्यवित्त की लड़की को अपने यहाँ ले जाकर उसे नाना प्रकार के अभाव-अभियोगों की परिधि में डाल देते हैं। लड़की जिन्दगी-भर अपने माँ-बाप को उलाहना देती रहती है। बैद्यनाथ को विरासत में सात बीघा खेत मिले थे। तीन बीघा शुभंकरपुर में और चार बीघा कोसी के किनारे (उत्तर भागलपुर में)। बस्ती का नाम था रामगंज। वहाँ बैद्यनाथ का ननि-हाल था। नाना के लड़का नहीं हुआ था। मात्र लड़की थी, तीन दौहित्र थे—कमलनाथ, बैद्यनाथ और जयनाथ। इन्हीं तीनों के नाम पर वह अपनी जायदाद चढ़ा गए। शुभंकरपुर के खेत तो बैद्यनाथ बेंच-बाँचकर खा ही गए थे, डेढ़-दो बीघे रामगंज में भी रेहन रख दिए थे।

बहनोई की मृत्यु के बाद जयकिशोर ने चाहा कि गौरी हमेशा के लिए तर-कुलवा ही रह जाए, मगर गौरी को यह प्रस्ताव स्वीकार नहीं हुआ। यह दूसरी बात है कि इस समय बेचारी एक विचित्र परिस्थिति में पड़ गई है, मगर यों गौरी की प्रकृति में स्वाभिमान की मात्रा कूट-कूटकर भरी हुई है। इसी कारण पितृगृह की अपेक्षा पतिगृह में रहना उसने पसन्द किया। एक बार आग्रह करने पर अपनी माँ से गौरी ने कहा था—बाबू (पिता) ने कुश-तिल-जल लेकर मुझे दान कर दिया, फिर मेरा इस घर में रहना अनुचित नहीं होगा, माँ? विवाहिता के लिए पितृकुल का अमृत भी पतिकुल के माँड़ या पीने के साधारण जल की तुलना में तुच्छ है। माँ, तभी तो तुमने अपनी नानी के धन पर लात मार दी थी। है न माँ? ···ये सब बातें एक-एक करके माँ को याद आती रहीं और उसकी आँखों से जल-प्रवाह जारी रहा।

न जाने कितनी देर तक माँ-बेटी रोती रहीं ? शोक और पश्चात्ताप के इस समुद्र से उनका उद्धार तब हुआ जबकि चरकर वापस आई हुई भुल्ली भैंस चरवाहे की लापरवाही से आँगन के अन्दर घुस आई। उसके खुरों की खुट्ट-खुट्ट, खट्ट-खट्ट ने माँ का भी और बेटी का भी स्थान एवं समय की ओर ध्यान खींचा। अपने को छुड़ाकर माँ घर से बाहर निकली तो देखा अमावस की सन्ध्या अपने साज-सरंजाम लेकर आसमान से धरती पर उतर चुकी है। ऊपर देखने पर एक तारा नजर आया। गौरी की माँ ने चारों ओर घूम-फिरकर आसमान में दूर-दूर तक आँखें दौड़ाईं परन्तु दूसरा तारा न दिखाई पड़ा। तब हाथ जोड़कर उसने पहले तारे को प्रणाम किया और साथ ही यह श्लोक पढ़ा :—

एकातारा मया दृष्टा द्वितीया नैव दृष्यते।
तद्दोष परिहाराय नारदाय नमोऽस्तुते॥

नौकरानी ने आकर कहा—रसोई में देर न हो जाएगी ? मलिकाइन ! क्या बात है ? आज तबियत कुछ ढ़ीली दीखती है।

गौरी की माँ ने कहा—नहीं, कुछ नहीं, सुक्खो ! यों ही ज़रा सो गई थी। पानी भर चुकी घड़ों में ?

हाँ, मलिकाइन ! अब जाती हूँ।—उसने कहा। नजदीक आकर गौरी की माँ बोलीं—अपनी सास को ज़रा भेज देना। जरूरी काम है।

"अच्छा।"—सुक्खो चली गई। थाली में दिन का जूठा भात, दाल और कई किस्म की भाजियाँ लिए थी। मेहमान की थाली में दुगुना भात परोसना कोई नई बात तो है नहीं—जयनाथ सबेरे ही खाकर चले गए थे। और, तब से अब तक करीब आठ-नौ घण्टे खाने की यह सामग्री खुली पड़ी थी। सैंकड़ों मक्खियाँ इससे परितृप्त हुई होंगी। जौ-मकई-मड़ुआ की रोटी खाकर तंग आए हुए सुक्खो के बच्चे देखते ही इस पर टूट पड़ेंगे, चाट-पोंछकर थाली साफ कर देंगे। सुक्खो, उसकी सास, उसका घरवाला, सब ललचाई निगाहों से उस दृश्य को देख भर सकेंगे !

गौरी की माँ का खाना बनाने में मन नहीं लग रहा था, लेकिन कल मंगल है। मंगल को उपवास रखती है। अभी कुछ पेट में डाल लेगी तो अच्छा रहेगा।

चटपट उसने आग जलाई। पानी खौल जाने पर चावल उसमें छोड़ दिए। उसी में चार-छह आलू चोखे के लिए डाल दिए। सुजनी डालकर बीच आँगन

में लेट रही। लेटे-लेटे सोचने लगी—इस तरह गौरी को मैं छिपाकर कब तक रख सकूँगी ? इसी तरकुलवा में यह घटना क्या पहले कभी नहीं हुई है ? अवश्य हुई है, तब ? चतुरा चौधरी की लड़की, मक्खन पाठक की पतोहू, पण्डितजी की बहन···गौरी की माँ के सामने का समूचा आसमान तारों से झलमल-झलमल कर रहा था। नक्षत्रखचित यह रजनी उसको वैसी ही लग रही थी जैसी चाँदी के दस-पाँच गहनों से भूषित कोई साँवली औरत।···वह थोड़ी देर तक आँखें मूँदे रही, फिर मानो किसी निश्चय पर पहुँच गई हो, उसकी आँखें चमक उठीं। अन्दर के संकल्प को वाणी का परिधान देने के लिए उसके होंठ फड़कने लगे। वह अपने आप ही बुदबुदाने लगी—कोई क्या कर लेगा हमारा ? बिटिया को मैं प्याज की तरह जमीन के अन्दर दबाकर नहीं रख सकती, इसके चलते जो कुछ हो। जिस समाज में हजारों की तादाद में जवान विधवाएँ रहेंगी, वहाँ यही सब तो होगा ! मक्खन पाठक की पतोहू उढ़रकर पंजाब चली गई है, एक सिक्ख के साथ रहती है। मैं अपनी लड़की को झाड़ू से झाड़-पीटकर घर-निकाला और देश-निकाला दे दूँ सो मुझसे नहीं होगा। मेरे जीते जी गौरी मुसलमान या सिक्ख के घर जाने को मजबूर नहीं की जा सकती···

भात तैयार हो चुका था। छिलके छीलकर गौरी की माँ ने चोखा बनाया। नमक, हरी मिर्च और सरसों का तेल डाला। थाली में भात परोसा। चमाइन मना कर गई थी, मगर माँ का दिल ठहरा, वह कहाँ माने ! थोड़ा-सा भात एक छोटी थाली में भी परोसा। काँसे की चमचमाती यह छोटी-सी थाली माँ का ध्यान अतीत की ओर खींच ले गई। जयकिशोर भी इसी थाली में खाकर बड़ा हुआ था और गौरी भी इसी में खाकर बड़ी हुई थी। प्रतिभामा और उमानाथ ने भी कई बार इस थाली में खाया होगा। जयकिशोर बाबू के तीनों बच्चे इसमें खा चुके हैं। ममता के मारे माँ का हृदय छलकने लगा। वह पछताने लगी कि नाहक ही दिन में गौरी को एक ठुनका मार दिया ! माँ हूँ, तभी तो आई है। नहीं तो मुज-फ्फरपुर, पटना न भाग जाती ? कहते हैं, अरिया समाज (आर्य समाज) के तरफ से बड़ा ही अच्छा इन्तिजाम है। विधवा हो चाहे कोई हो, वहाँ गरभ किसी का नहीं गिराया जाता। ठीक समय पर बच्चा पैदा होता है। माँ चाहती है तो बच्चे को रखती है, नहीं तो अरिया समाज ही बच्चा को रख लेता है। अच्छा न है ! आखिर अच्छे लोग नहीं हैं तो दुनिया कैसे चलती है !

सब ठीक-ठाक करके वह उठी और गौरी को ले आई खिलाने। वह आ नहीं रही थी, परन्तु माँ ने कहा—तो मैं भी नहीं खाऊँगी, जा।

दोनों खाने बैठीं। दही का बर्तन नज़दीक ही रख लिया।

पांच

रतिनाथ को अपनी माँ याद नहीं है। थोड़ा-सा आभास मात्र है। वह गौर-श्याम थी। उसे दमा का रोग था। ज्यादातर वह लेटी ही रहती थी। बस यही रति को याद है। माँ का चेहरा कैसा था? कपार छोटा, आँखें न छोटी न बड़ी। नाक नुकीली नहीं थी। माँ का प्रसंग छिड़ते ही एक भयानक दृश्य उस लड़के की आँखों के आगे नाच जाता था। वह नहीं चाहता था कि इस तरह का अप्रिय और भयानक दृश्य उसे याद आए। किन्तु सिर्फ आँखें मूंद लेने से ही कोई बात मन में न आए, ऐसा तो कहीं हुआ नहीं।

क्या थी वह बात? यही कि रतिनाथ की बीमार माँ बिस्तरे पर उतान लेटी पड़ी है और जयनाथ रुद्र रूप धरकर बेचारी की छाती पर बैठा है। हाथ में कुल्हाड़ी है और वह अपनी स्त्री की गर्दन रेतता जा रहा है। वह घिघिया रही है, लेकिन कोई भी इस नरमेध में हस्तक्षेप करने वाला वहाँ मौजूद नहीं है···माँ घिघियाती है, साढ़े तीन साल के अबोध रत्ती ने यह दृश्य देखकर दम साध लिया है। घर के कोने में बैठा हुआ वह कनखी से रह-रहकर अपनी माँ और बाप को देख लेता है···

माँ की स्मृति के साथ यह भयानक चित्र रत्ति के आँखों के आगे आ जाता है। पिता के रुद्र स्वभाव के प्रति इस बालक के हृदय में प्रतिहिंसा की आग कभी-कभी सुलग उठती है। तनी भौंहों और चढ़ी आँखों से वह बाप की ओर घूरता है। जिसको चाची से सदैव घुल-घुलकर बातें करते पाया है, उसी का अपनी माँ के प्रति वह नृशंस और रुक्ष व्यवहार रतिनाथ की समझ से परे की बात थी। वह चार साल का था, तभी माँ मरी थी। माँ के बाद चाची ने ही उसकी देखभाल की है। अकारण क्रोधी स्वभाव के इस पिता से चाची ही उसे बचाती आई है।

इन बातों से रतिनाथ अपनी चाची के लिए जान तक देने के लिए हाजिर रहता। पिता के प्रति उसकी भक्ति या श्रद्धा बिल्कुल दिखावटी थी। हृदय से वह चाची को ही बाप और माँ सब समझता था।

आँगन में तीन घर थे। दच्छिन, पूरब और उत्तर तरफ। पच्छिम वाला डीह खाली था। मिट्टी की तीन भीत और बाँस के छप्पर, खर(खढ़) के छाए हुए। पूरब वाला घर चाची का था। दच्छिन और उत्तर वाले घर जयनाथ के थे। कमलनाथ को शुभंकरपुर से न कुछ लेना था, न देना। अपने हिस्से की जायदाद उन्होंने इन्हीं लोगों के सुपुर्द कर दी थी। इसी तरह जयनाथ और उमानाथ की रामगंज वाली जायदाद का उपभोग कमलनाथ करते थे। कमलनाथ पढ़े-लिखे नहीं थे, उनके तीन लड़के थे, तीनों मूर्ख। यह मूर्खता इन लोगों की चार-पाँच पुश्त की विरासत थी। मिथिला में कहावत है कि मूर्ख का लड़का मूर्ख हो सकता है, मगर पंडित का लड़का पंडित नहीं होगा। परन्तु पंडित का लड़का भी पंडित होता है जैसे कि नीलमाधव उपाध्याय का पुत्र जयमाधव झा। नीलमाधव के तीन लड़के थे—जयमाधव, वेणीमाधव और श्रीमाधव। इनमें दो अपठित थे, उनके जिम्मे खेती-बाड़ी का काम था। जयमाधव के दो लड़के हुए, सोनमणि और राजमणि। सोनमणि ने व्याकरण का अध्ययन काशी में रहकर किया था। सोनमणि के एकमात्र लड़का हुआ इन्द्रमणि। वही मूर्ख भगवान का छत्र-सिंहासन बेचकर खा गया। कमलनाथ आदि श्रीमाधव के प्रपौत्र थे। बैद्यनाथ ने पढ़ना आरम्भ किया था, परन्तु ब्याह के बाद उनकी पढ़ाई शीघ्रबोध और मुहूर्त चिन्तामणि तक ही सीमित रह गई।

आँगन में पच्छिम वाली निवास-भूमि खाली पड़ी थी। उस पर मौसम के मुताबिक भिंडी, बैंगन, मिर्चा वगैरह उपजाया जाता। इससे पूरब तालाब था, दच्छिन बाग और बाँस। बाग में चार ही छः आम के पेड़ थे। दो पेड़ कटहल के, एक बड़हल का, एक सहिजन का। अड़हुल, इन्द्रकमल, करबीर, कनैल, थलकमल, थल-कुमुदिनी, हरसिंगार, बेला—दो-दो, एक-एक झाड़ इन फूलों के थे। जम्बीरी नींबू का भी एक बड़ा-सा झाड़ था। तालाब में रोहू, भ्वारी, भाकुर से लेकर सिंगी, माँगुर, इच्चा, पोठी, यानी बड़ी से बड़ी और छोटी से छोटी मछलियाँ थीं। तालाब में इन लोगों का अठारहवाँ हिस्सा पड़ता था। तीनों भाइयों के बीच नौ बीघा खेत था सो अलग। पुरखों की लगाई हुई अमराई थी, छठवाँ भाग उसमें

भी होता था। दस कट्ठा जमीन ऐसी थी, जिसमें खढ़ होता था। घर छवाने के लिए खढ़-वढ़ इन्हें खरीदना नहीं पड़ता था। एक परिवार बहिया (खबास) का था, कुल्ली राउत का। कुल्ली राउत का परदादा ठीठर राउत था। उसने सात रुपये में अपने को रतिनाथ के परदादा के हाथ बेच दिया था।

गृहस्थी के उपयुक्त सब कुछ था, लेकिन करने वाला कोई नहीं था। जयनाथ का मन खेती-बाड़ी में लगता तो घर की यही हालत रहती? सारे खेत बटाई पर लगे हुए थे। पूरी उपज घर में नहीं आती थी। साल-साल कुछ खेत बेचना या रेहन रखना पड़ता था। उमानाथ की माँ भला कर ही क्या सकती थी? कोई टोकता तो जयनाथ कह उठते—का चिन्ता मम जीवने यदि हरिर्विश्वम्भरो गीयते? यदि भगवान का नाम विश्वम्भर है तो फिर चिन्ता किस बात की? खेत जोता ही रह जाएगा यदि बारिश न हो। धन्य भगवान् कि धान उपजता है, कि हमारे-तुम्हारे मुँह में दोनों जून पाँच-पाँच कौर भात जाता है! धन्य भगवान्!

जयनाथ को इस बात का बड़ा अभिमान था कि वह ब्राह्मण हैं। पूजा-पाठ, गप-शप, सैर-सपाटा, बाबा बैद्यनाथ, बाबा विश्वनाथ, दुर्गा-तारा-काली—इनकी चर्चाओं के अतिरिक्त यदि और कोई वस्तु जयनाथ को प्रिय थी, तो वह थी विजया बनाम भङ्ग भवानी। बम्भोले की बूटी का समय पर सेवन हो, वे इसके पाबन्द थे। जब आधा पहर दिन रहता, तो जयनाथ के नित्य कृत्य का यह महत्त्वपूर्ण अध्याय आरम्भ हो जाता। इस सिलसिले में वह मौलवियों का दृष्टान्त बड़े ही उल्लासपूर्वक दिया करते—देखो, मौलवी लोग कहीं भी हों, गाड़ी पर, चाहे नाव में, जल में, चाहे थल में, परन्तु नमाज का समय जहाँ आया कि अँगोछा बिछाकर चट से घुटने टेक देंगे! आहा हा हा!! कितनी तत्परता है! और, तब जोर-जोर से जयनाथ भंग रगड़ने लगते। उनका दीप्त चेहरा और भी दीप्त हो उठता। बीच-बीच में सोटे को रोककर कुंडी की ओर गौर से देख लेते और बोल उठते—स्वधर्मे निधनं श्रेयः परधर्मो भयावहः।

औरत मर गई तो लोगों ने कहा था—दूसरी शादी कर लो जयनाथ, नहीं तो घर बर्बाद हो जाएगा। लड़का अभी बहुत छोटा है, उसकी देख-रेख के लिए भी तो कोई चाहिए।

नहीं-नहीं!—जीभ निकालकर और दोनों हाथ दोनों कान पर रखकर

जयनाथ तब बोले थे—हरे-हरे ! इतना हलका मुझे मत समझिए। जगदम्बा की कृपा होगी तो दस वर्ष में रत्ती ही इस योग्य हो जाएगा। मैं तो अब यही प्रयत्न करूँगा कि देवधर या विन्ध्याचल में कोई मारवाड़ी अपने राम के लिए छोटी-सी एक मड़ैया डलवा दे, बस।

सुनने वाले अवाक् रह गए थे।

कुछ साल जयनाथ रत्ती को इधर-उधर टाँगते फिरे। पीछे लड़के ने एक दिन झुंझलाकर कहा—इस तरह मैं पढ़ नहीं सकूँगा, भुट्टू और टुन्नो मेरे सहपाठी थे, अब वह मुझसे एक दर्जा आगे हैं।

उमानाथ की माँ ने भी समझाया। जयनाथ इस बात पर राजी हो गए कि लड़का गाँव में ही रहे और संस्कृत पढ़े।

तभी से रत्ती अपनी चाची के पास रहता आया है।

उमानाथ बूढ़ानाथ पाठशाला (भागलपुर) में रहकर पढ़ रहा था। इससे पहले कुछ दिन वह अपने मामा के पास मोतिहारी में रहा। बुद्धि मन्द होने के कारण अपने पाठ उसे कभी याद नहीं हुए। हिसाब में जोड़ना जैसे-तैसे उसको आ गया, लेकिन गुणा और भाग दिमाग में घुसता ही नहीं था। घर से आया हुआ घी पिघलाते समय उमानाथ की असावधानी से कड़ाही ही उलट गई। सारा घी राख और चूल्हे की गरम मिट्टी पी गई। मामा ने भांजे को इस अपराध के लिए दो तमाचे लगाए तो भागकर वह भागलपुर चला गया, और अपने एक साथी के पास पाँच साल से वहीं है। प्रथमा में पिछले साल फेल हुआ था, इस साल पास हो जाने की सम्भावना है। गीता भाषाटीका बाँचकर सुनाने से एक मारवाड़ी सीधा-सामान देता है। रोज मालिश करवाकर पंडितजी कहीं से दो रुपया मासिक और दिलवा देते हैं।

वह घर बहुत कम आता है। एक बार रत्ती से भी उमानाथ ने कहा था भागलपुर चलने के लिए। परन्तु रत्ती ने जवाब दिया—मध्यमा तक तो गाँव में भी पढ़ा जा सकता है, भैया, फिर कहीं क्यों ले जाओगे ?

रत्ती का कहना यथार्थ था। पंडितों के इस गाँव में छोटी-बड़ी दो पाठशालाएँ थीं। एक लोअर प्राइमरी स्कूल था। छोटी पाठशाला के अध्यापक का नाम था पंडित योगानन्द ठाकुर, व्याकरणाचार्य। प्राइमरी स्कूल के मास्टर थे जयवल्लभलाल दास। वे पुराने थे। हमेशा एक खजूर की छड़ी उनके पास पड़ी रहती थी। लड़कों

को पीटते भी खूब थे और पढ़ाते भी खूब थे। बड़ी पाठशाला का नाम था 'श्री-तारिणी संस्कृत टोल' शुभंकरपुर। यह चटसाल बहुत पुरानी थी। बिहार जब बंगाल सरकार की मातहत था, तब संस्कृत पाठशालाएँ टोल कहलाती थीं। वही पुराना नाम अब तक इस पाठशाला का चला आ रहा था। पंडित भी इसके बहुत ही वृद्ध थे, नाम था बबुअन मिश्र। व्याकरण और धर्मशास्त्र में आप बड़े ही निष्णात थे। दूर-दूर से लोग पतिया-प्रायश्चित लिखाने आते। आस-पास के इलाकों में धार्मिक बातों को लेकर जब वाद-विवाद उपस्थित होते तो फैसला आप पर ही निर्भर करता। मिश्र जी के पास बड़ी उम्र के छात्र ही पढ़ा करते।

जयनाथ की अब यही महत्त्वाकांक्षा थी कि लड़का पढ़-लिखकर अच्छा पंडित बने। रतिनाथ था भी पढ़ने में खूब तेज। अपने साथियों में हमेशा वह बीस ही रहा। उसका मन था हिन्दी-अंग्रेज़ी पढ़ने का, मगर जयनाथ मास्टर को फ़ीस देने में बराबर आनाकानी करते। लोअर प्राइमरी का इम्तिहान देकर पिछले साल रत्ती आया तो अपर प्राइमरी की किताबें बाप से माँगीं। इधर-उधर टोह लेकर जयनाथ को जब पता चला कि चार-पाँच रुपये सिर्फ किताबों में ही लग जाएँगे तो तै किया—नहीं, कभी नहीं! यह नहीं हो सकता। प्रातःस्मरणीय नीलमाधव उपाध्याय का वंशधर म्लेच्छ भाषा पढ़ेगा? उस दिन धरती उलट ज़ाएगी और आसमान से अंगारे बरसने लगेंगे! वकील-बालस्टर बनकर प्याज-लहसुन और अंडा नहीं खाना है रत्ती को, उसे तो अपने पूर्वजों की कीर्ति-रक्षा करनी है···बस, एक फटा-कटा अमरकोष कहीं से उठा लाए और बेटा के हाथ में उसे थमाते हुए कहा—क्या करना है अंग्रेजी पढ़कर, क्रिस्तान बनना है! लो यह अमरकोष, जिस दिन यह कंठस्थ हो जाएगा उस दिन तीनों लोक तुम्हारे लिए हस्तामलक हो जाएँगे। क्या समझते हो, मैंने ज्यादा पढ़ा है? नहीं-नहीं, बेटा, यही अमर-कोष, थोड़ी लघु सिद्धान्त (कौमुदी)! बस! फिर भी देखो, लोग मुझे पंडित-पछाड़ कहते हैं।

सिर से पैर तक रतिनाथ ने अपने पिता को देखा और फटा हुआ अमरकोष ले लिया। मन ही मन उसे बहुत अफसोस हुआ कि प्राइमरी स्कूल के पुराने साथियों से बिछुड़ना पड़ेगा। जयनाथ बोले— दो पन्ने इसमें नहीं हैं, सो मैं पाठ-शाला जाकर किसी से लिखवा दूँगा। एक दुअन्नी लगेगी जिल्द में, कोई बाज़ार जाएगा तो वह इसे लेता जाएगा और बँधवा लाएगा। और हाँ, "विद्यारंभे गुरुः

श्रेष्ठः" मतलब यह कि वृहस्पतिवार को विद्या का आरम्भ करना अच्छा है। आज कौन-सा दिन है?

शनीचर।—रत्ती बोला।

जयनाथ ने उँगली पर हिसाब लगाकर कहा—शनि एक, रवि दो, सोम तीन, मंगल चार, बुध पाँच और वृहस्पति छः। आज से छठवें दिन हमारे साथ तुम चलना। योगानन्द ठाकुर की पाठशाला में जय गणेश-जय गणेश करके अमर-कोष आरम्भ कर देना।

सिर झुकाकर रतिनाथ ने पिता का आदेश मंजूर किया, परन्तु हृदय उसका रो रहा था।

रत्ती अपने बाप से बहुत डरता था। ज़रा-ज़रा-सी बात पर जयनाथ उसे पीटते थे। पिटाई में वह इस बात का ख्याल नहीं रखते कि दस-ग्यारह साल का बच्चा है, कोमल शरीर और लचीली हड्डियों में चोट ज्यादा लगती होगी। छड़ी, कलछी, चैला, लोढ़ी जो भी हाथ में पड़ जाता उसी से उसे पीटने लगते। कभी-कभी खम्भे में कसकर बाँध देते। एक दफा गर्दन पकड़कर ऊपर उठा लिया और धरती पर पटक दिया। ये घोर दंड उसे किन अपराधों के कारण सहने पड़ते? बहुत ही मामूली अपराध हुआ करते। खाते समय जमीन पर ज़रा-सा पानी गिर गया। थाली में थोड़ी दाल बाकी रह गई। पैसा या अधन्नी चुरा ली। तालाब में नहाने गये तो हाथ-पैर पटककर ज़रा तैर लेना चाहा। पेड़ पर चढ़कर अमरूद खाते समय नाखून-भर खरोंच लग गई। लुक-छिपकर कहीं तमाशा देखने निकल गए। इसी किस्म के अपराध हुआ करते थे। पिता के भय से रतिनाथ जी-भर कभी दौड़ नहीं लगा सकता था। खिलखिलाकर खूब हँसना उसके लिए स्वप्न की वस्तु थी। पेड़ पर चढ़ना कल्पना मात्र थी।

चाची उसे बहुत बचाती थी। इसी से उसका रोम-रोम चाची के प्रति कृतज्ञ था। किसी के मुँह से चाची की शिकायत सुनता तो गुस्से के मारे उसके छोटे-छोटे नथने फड़कने लगते।

और, अभी चाची नहीं थी। जयनाथ ने एक दिन कहा था—उमानाथ की माँ बीस-पचीस रोज में लौटेंगी। यह अर्सा रत्ती के लिए पहाड़ था। बहुत ही बच-बचकर उसे चलना था। रसोई तो, खैर जयनाथ खुद भी खुशी-खुशी कर लेते थे। घर के और कामों में भरसक रत्ती भी हाथ बँटाता। बचा हुआ समय वह

पढ़ाई में लगाता। इन्द्रमणि के घर में रामायण का एक बड़ा-सा पोथा था—तुलसीदासी। रत्ती ने निश्चय किया कि पाँचों दिन वह रामायण बाँचने में लगा देगा। डरते हुए उसने बाप से अपनी यह इच्छा प्रकट की। वे राजी हो गए।

इन्द्रमणि स्वयं तो अब थे नहीं। तीनों लड़कियाँ बाप के वैभव की मालकिन थीं। चौथी लड़की, चूँकि बिकौआ की औरत नहीं थी, ससुराल में ही रहती थी, उसका पति धनी था। ससुर की जायदाद में हिस्सा बँटाने की उस भले आदमी की कभी इच्छा नहीं हुई। ये तीनों लड़कियाँ भी एक-दूसरे से अलग हो गई थीं। दस-दस बीघा खेत एक-एक के हिस्से पड़ा था। तीन में से एक निःसन्तान थी। एक के एक लड़का और दूसरे के दो लड़कियाँ थीं। तीनों नाम मात्र की सधवा थीं। पाँच दिन में रत्ती अयोध्या काण्ड के अन्त तक पहुँच गया।

वृहस्पति के दिन रतिनाथ ने पाठशाला में जाकर अमरकोष आरम्भ किया। जयनाथ ने अपने बटुए से एडवर्ड छाप का एक रुपया निकाला और लड़के के हाथ पर धर दिया। कहा—गिरो पंडित जी के पैरों पर, प्रणाम करो।

रत्ती ने रुपया गुरुजी के पैर पर रख दिया, फिर प्रणाम किया। गद्‌गद होकर पंडितजी ने आशीर्वाद दिया—"आयुष्मान् भव ! विद्यावान् भव !"

छः

अगले दिन सुबह तरकुलवा के लोगों को मालूम हो ही गया कि गौरी आई है। कब आई, क्यों आई, कैसे आई—इस जिज्ञासा ने पुरुषों से अधिक स्त्रियों को ही चंचल बनाया। लोगों को इतना-भर पता लग सका कि कलेजे की बीमारी है, डाक्टर ने हिलना-डुलना तक मना कर रखा है।

लेकिन, इससे क्या ? लोग तो हिल-डुल सकते थे। उनका तो घर से निकलना वर्जित नहीं था।

आहिस्ता-आहिस्ता एक-एक दो-दो करके टोला-पड़ोस की औरतें जयकिशोर बाबू के आँगन में आने-जाने लगीं। गौरी की माँ ने अपने दिल को काफी मजबूत बना लिया था—कोई आए, कोई देखे। मेरी लड़की किसी का गला काटकर तो

आई नहीं।

गौरी भाई के खाली पलँग पर लेटी पड़ी थी। दूर के रिश्ते की दो भाभियाँ बिल्कुल करीब आ गईं, और गौर से घूरते हुए पूछा—लली, आखिर क्या हो गया है तुम्हें ? चेहरा पीला पड़ गया है, बदन पर खून का नाम नहीं है। नाखून सफेद पड़ गए हैं। यह क्या हो गया है तुम्हें ?

गौरी कुछ बोली नहीं। मन ही मन अपनी स्त्री-जाति पर उसे क्रोध हुआ—ओ अभागी औरतो ! मुझे क्या हो गया है, यह तुम भली-भाँति जानती हो। तुम्हें रत्ती-रत्ती पता है कि इस तरह का चेहरा एक स्त्री का कब होता है। इस तरह की झेंप, इस तरह का संकोच किसी विधवा की मुखाकृति पर कब छाया रहता है, यह भी तुम भली-भाँति जानती हो। फिर क्यों मेरा दिमाग चाटने आई हो ? तुम्हें जिसका खटका है, उसी दुर्भाग्य की मैं शिकार हूँ। मेरी नियति के साथ क्यों मखौल करने आई हो ?

उनमें से एक बिल्कुल पास आकर गौरी को देखने लगी। ज़रा देर बाद आहिस्ता से उसने अपना हाथ गौरी के सीने पर रख दिया। चट से गौरी ने उसका हाथ पकड़ लिया—नहीं, मुझे कुछ नहीं होता है, भाभी। छोड़ दो।

उसकी आँखों की कड़ाई से भाभी सकपका गई। दो कदम पीछे हटकर उसने कहा— नहीं लली, यों ही मैं देख रही थी। किसी ने कहा, तुम बीमार होकर यहाँ दवा कराने आई हो। सो मैं ज़रा देखने चली आई।

इतनी देर बाद अब दूसरी भाभी ने मुँह खोला—सुनती हूँ, कलेजे में दर्द होता है !

गौरी कुछ बोली नहीं। घूरकर रह गई।

जिस उल्लास से यह दोनों स्त्रियाँ गौरी के पास आई थीं, वह मर गया। पत्थर पर तीर मारकर उन्होंने अपने तरकस खाली कर दिए, तो चलीं गौरी की माँ से बातें करने। वह अजवायन सुखा रही थी। खुद छाँह में बैठी थी, और आध सेर के करीब अजवायन आँगन में पड़ी सूख रही थी। ये स्त्रियाँ जो रिश्ते में उसकी पतोहू होती थीं दिखावटी नम्रता से एक ओर खड़ी हो गईं, और इशारे से पूछा—चाची, इस अजवायन का क्या करोगी ?

गौरी की माँ को लगा कि समूचे गाँव ने मुझे चिढ़ाने के लिए इन्हीं दोनों छोकरियों को भेजा है। वह बाघिन की भूखी आँखों से उन्हें घूरने लगी कि इतने

में उन्हीं में से एक बोली—बहिना, पटुआ का साग अजवायन से छौंकने पर बहुत ही स्वादिष्ट हो जाता है। इतनी मामूली-सी बात तुम नहीं जानतीं ?

अब गौरी की माँ से न रहा गया। उन्हें विश्वास हो गया कि जान-बूझकर ये मुझे बनाने आई हैं। मगर उसने अपने आवेग को दबाया, और बोली—बेटी, यह दवा में काम आती है। ज़रा रुककर उसने फिर कहा—कहाँ आई थीं, गौरी को देखने ?

आधे घूंघट के अन्दर से सिर हिलाकर दोनों ने जतलाया—'हाँ'। और आँगन से बाहर हो गईं। गौरी की माँ बड़बड़ाने लगी—लुच्ची कहीं की ! अजवायन का और क्या होता है, दवा बनती है, यह दवा जो कि ब्याने के बाद औरतें खाती हैं। जान-बूझकर मुझे चिढ़ाने आई थीं।

उसके बाद दिन-भर फिर कोई नहीं आया। शाम को सुक्खो की सास आई। उसने बतलाया कि कैसे गाँव-भर में गौरी की चर्चा हो रही है, और, कैसे इस घटना को लेकर औरतें छी-छी, थू-थू कर रही हैं, मर्दों का लोकमत क्या है, इस बारे में सुक्खो की सास ज़रा भी जानकारी नहीं रखती थी। सब कुछ सुन-समझकर गौरी की माँ बोली – 'अब तो बात फैल गई, जानत सब कोई !'

थोड़ी देर चुप रहकर फिर छाती ठोकती हुई वह बोली—'देखें, कौन क्या बिगाड़ता है ? मैं रुई का फाहा नहीं हूँ कि लोग फूंक देंगे, और उड़ जाऊँगी। मर्द हो तो सामने आकर कोई कहे।'

सुक्खो की सास ने अपनी मलिकाइन को शान्त किया। जाते-जाते वह कहती गई—जब तक इस जर्जर देह में साँस बाकी रहेगी, गौरी की माँ, तब तक किसकी मजाल है जो तुम्हारी ओर उँगली उठाए।

पहर-भर रात बीती कि चमाइन आई।

गौरी की माँ को इस बात का खतरा था कि कहीं लड़की के प्राण न निकल जाएँ। परन्तु बुधुआ चमार की औरत इन कामों में बहुत होशियार थी। उसने कह दिया—नहीं मलिकाइन, खतरा किस बात का ? यह मेरे लिए कोई नई बात तो है नहीं, ऐसा मौका तो आता ही रहता है।

चार मास का, छः मास का, आठ मास का, पेट चाहे कितना ही असाध हो, इन हाथों के लगते ही सब ठीक हो जाता है, कमला मैया की कुछ ऐसी मेहरबानी है···

माँ ने दक्खिन ओर मुँह करके दोनों हाथ उठा लिए और आर्त स्वर में गुनगुनाई—दोहाई बाबा बैजनाथ की ! इस मुसीबत से राजी-खुशी मेरी लड़की निकल गई, तो गंगाजल भरकर मैं सुल्तानगंज से तुम्हारे धाम पहुँचूँगी।

इतना कहकर छलछलाई आँखों और भर्राई आवाज से नाम लेकर बाबा बैजनाथ को उसने प्रणाम किया।

चमाइन अपने काम में लगी।

सात

तारा बाबा की उम्र सत्तर साल से कम न होगी। उनके प्रति लोगों की बहुत ही गम्भीर श्रद्धा थी, बतला ही चुके हैं। शुभंकरपुर की मिट्टी से उन्हें एक प्रकार का मोह हो गया था। साल-डेढ़ साल बाद वह विन्ध्याचल या पशुपतिनाथ की यात्रा में निकला करते और डेढ़-दो महीने बाद वापस आ जाते। फिर वही गाँव, फिर वही कुटी।

गाँव से पूरब बलुआहा पोखर था। कहते हैं, खोदते समय उसमें से इतनी बालू निकली कि उसका नाम बलुआहा पड़ गया। यह पोखर शुभंकरपुर गाँव के मालिक राजाबहादुर दुर्गानन्दन सिंह का था। आपके परदादा महाराजकुमार गणेशसिंह ने इसे खुदवाया था। बाइस बीघा जमीन पानी के अन्दर पड़ती थी। आठ बीघा जमीन भिड थी। आसपास पाँच कोस में ऐसा तालाब नहीं होने से बलुआहा पोखर इलाके-भर में मशहूर था। चौगाँवाँ के धनी मल्लाह इस पोखर की मछलियों का ठेका लिए हुए थे। उन्हें दो हजार रुपया जल-कर के तौर पर जमींदार को प्रतिवर्ष देना पड़ता था। मछलियाँ इतनी अधिक निकलती थीं कि कम से कम छः हजार रुपये बिक्री से आ जाते थे। इसका मतलब यह नहीं कि तालाब की मछलियों का स्वाद गाँव के लोगों की लालसा तक सीमित था। प्रकट और अप्रकट रूप से गाँव के लोग काफी मछलियाँ पीटते थे। बड़ी और छोटी सभी किस्म की मछलियाँ। कहने को गाँव में और भी कई पोखर थे, मगर उनकी मछलियाँ लोगों की पारखी जीभ को रुचती नहीं थीं।

यह तो हुई मछली की बात। पानी का यह हाल था कि भारी से भारी अकाल में भी बलुआहा पोखर पास-पड़ोस के दस गाँवों की टेक रखता था। कभी उसका पानी खराब होता नहीं देखा गया। बरसात के दिनों में वह समुद्र जैसा लगता था। शरद् ऋतु की चाँदनी में नील निर्मेघ आकाश, बिखरे नक्षत्रों की अपनी जमात के साथ बलुआहा पोखर के श्यामल वक्षस्थल पर जब प्रतिफलित हो उठता, तो भिड पर बैठे हुए निपट निरक्षर दुसाध-मुसहर भी कवि की तरह उसाँसें भरा करते! उन्हें जाने अपने जीवन की मधुमय घड़ियाँ एक-एक कर याद आतीं, या क्या!

हेमन्त की हल्की ठंड में सिल्लियों और बनमुर्गियों का झुण्ड बलुआहा के निर्मल जल में घने सेंवार पर इधर से उधर छप-छप करके दौड़ा करता। शिशिर की नीरव निस्तब्ध निशा में रह-रहकर एक-आध बड़ी मछली पानी पर उतरा-कर अपने 'पर' फड़फड़ाती तो ठिठुरती प्रकृति के वे एकान्त क्षण मुखरित हो उठते। वसन्त में ग्रामीण बालक-बालिकाएँ लाख मना करने पर भी अपना जल-विहार आरम्भ कर देते। बैशाख और जेठ के महीने में तो मानो वरुण देवता का खजाना धनी-गरीब, बूढ़े-बच्चे, औरत-मर्द सभी के लिए खुल जाता। इन्हीं दिनों मछुए महाजाल डालकर बलुआहा की तमाम बड़ी मछलियाँ निकाल लेते। बरसात के दिन भी भूलने के नहीं हैं। बाहर से जब पानी का रेला आता तो इस पोखर की बची-खुची मछलियाँ बाहरी दुनिया की सैर को निकल पड़तीं। उनका वह अभियान स्वाद-लोलुप ग्रामीणों के लिए महोत्सव का द्वार उन्मुक्त कर देता। मतलब यह कि चौमासे में भी काफी मछलियाँ मारी जाती थीं। आश्विन और कार्तिक की कड़वी दुपहरियों में काँटे डालकर मछलियाँ फँसाना देहाती जीवन का एक बड़ा रोमांस है।

भिड पर चारों ओर बरगद, पीपल, पाकड़, मौलश्री, आम और जामुन के पेड़ थे। वे गर्मी, बरसात और जाड़े के दिन में चरवाहों और राहगीरों के माँ-बाप थे। अपनी शरण में आए हुए पशु-पक्षियों के लिए भी उनमें अपार ममता थी। कीड़े-मकोड़े तक उनकी स्नेह-सुधा से वंचित न थे।

इसी पोखरे पर तारा बाबा की कुटिया थी।

बाबा थे तो फक्कड़, मगर अपने जीवन का भेद उन्होंने किसी से कभी नहीं कहा। बड़ी मुश्किल से इन्द्रमणि ने यह पता लगाया था कि आप बड़े उच्च कुल

के ब्राह्मण हैं और सौतेली माँ से अनबन हो जाने के कारण संसार के प्रति विरक्त हो गए हैं।

आश्विन के महीने में बड़ी धूम-धाम से बाबा दशभुजा दुर्गा की पूजा किया करते। शुभंकरपुर से उत्तर, नजदीक ही छोटा-सा एक गाँव पड़ता है, परसौनी। वहाँ के वंशी मण्डल प्रतिमाएँ बनाने में बहुत ही कुशल थे। यह गुण उनमें अपने पूर्वजों की परम्परा से आया था। आजकल तो लोगों में इन बातों की ओर से काफी उदासीनता दिखाई देती है, परन्तु सौ-पचास साल पहले का जमाना कुछ दूसरा ही था। उन दिनों गाँव-गाँव में प्रतिमाएँ बना करतीं। आश्विन में दुर्गा की। कार्तिक में काली, चित्रगुप्त और कार्तिकेय की। माघ में सरस्वती की, चैत में राम, लक्ष्मण, सीता तथा उनके स्वजन-परिजन, अनुचर-परिचर की—कुल मिलाकर तेरह मूर्तियाँ। भादों में कृष्ण आदि की। इनके अलावा मिट्टी, रंग और कूची के इन उस्तादों की जरूरत और भी कामों में हुआ करती थी।

इसके लिए समूचा गाँव बाबा की मदद करता। वह थे भी तो गाँव भर के गुरु, गाँव भर के शुभचिन्तक। कितने गरीबों की बाबा ने चुपचाप सहायता की होगी। कितने रोते चेहरों के आँसू पोंछे होंगे। पीठ थपथपाकर कितने ही लड़खड़ाते पैरों को आगे बढ़ाया होगा। यह कोई बता नहीं सकता। उनके बारे में नाना प्रकार की किंवदन्तियाँ जनता में प्रचलित हो चुकी थीं। कहते हैं, एक दफे रात को बाबा की कुटिया में चोर घुसा। थोड़ी-बहुत काम की जो भी चीज मिली, उसे लेकर बाहर निकलने लगा तो निकल ही न सका। उनके पैरों में मानो किसी ने जाँत बाँध दिया। बाबा बाहर चारपाई पर सोए पड़े थे। सुबह-सुबह उठे तो चोर को ज्यों का त्यों बैठा पाया। पूछने पर वह रो पड़ा। बाबा ने उसे सान्त्वना दी और खिला-पिलाकर विदा किया। मरी गाय को बाबा ने जिला दिया, इस बात को कहते-कहते लोग थकते नहीं। छट्ठू कुम्हार की एक पूंछ कटी काली गाय थी, मगर दूध बहुत देती थी। एक दिन चरकर आने के बाद वह चित-पट हो गई, जंगल की कोई जहरीली घास खाकर मर गई। छठुआ दौड़ा-दौड़ा गया और धम्म से बाबा के पैरों पर गिर पड़ा। बाबा एक जड़ी उखाड़ लाए और गाय के मुँह में डाल दी। थोड़ी देर पीठ पर हाथ फेरते रहे कि वह उठ खड़ी हुई।

बाबा खाने-पीने या बरतने की चीज सँजोकर नहीं रखते। इसका फल यह होता है कि न देने वालों की कमी है और न ले जाने वालों की। परिवार में सिर्फ

दो कुत्ते हैं। उन्हें बाबा बहुत मानते हैं। यात्रा में निकलने पर खासकर उन्हीं कुत्तों के लिए एक सेवक को नियुक्त कर जाते हैं। सर्दी, जुकाम या फोड़ा-फुंसी हो जाने पर उसी तत्परता से इन कुत्तों की दवा-दारू होती है जिस तत्परता से राजाबहादुर दुर्गानन्दनसिंह की एक मात्र कन्या की। शाम को बड़े प्रेम से बाबा भाँग छानते हैं। उसमें भाँग की अपेक्षा ठंढई की ही मात्रा अधिक रहती है। जयनाथ जैसे भंग-भक्तों का मन बाबा की ठंढई से नहीं भरता।

उस दिन बाबा भाँग छान रहे थे कि ठीक उसी वक्त जयनाथ पहुँचे। पैर छूकर प्रणाम किया। बाबा ने कहा—बच्चा, भोजपत्र तो है नहीं। यन्त्र कैसे बनेगा?

कुटिया के ओसारे पर खंभेली के सहारे बैठते हुए जयनाथ ने कहा—तो क्या होगा? बादामी रंग के कागज पर लिख देने से काम नहीं चलेगा?

दाँतों तले जीभ दबाकर बाबा ने सिर हिलाया—नहीं रे, नहीं। भोजपत्र का माहात्म्य ही कुछ और होता है। यों तो पीपल के पत्ते पर भी बीज-मन्त्र लिख देने से काम चल सकता है, परन्तु यह तो खास मामला है न? भगवती त्रिपुरसुन्दरी का एक पंचाक्षर मन्त्र है, वह अवांछित गर्भ गिराने में अनुपम है। समझते हो न? इसीलिए कहा कि भोजपत्र ही चाहिए।

जयनाथ कुछ देर के लिए मौन रहे, फिर कहा—पण्डित कालीचरण पाठक साल-साल नेपाल जाते थे। वहाँ से वह ढेर का ढेर भोजपत्र लाते थे। उनको मरे आठ-दस साल हो गए हैं। ठहरिए, मैं ज़रा उनके लड़के से पूछ लूँ।

इतना कहकर तुरन्त जयनाथ वहाँ से बस्ती की ओर चल पड़े।

कालीचरण का मकान बस्ती के पूर्वी छोर पर था। जयनाथ जब तक वहाँ पहुँचे तब तक पंडितजी का लड़का अपनी अमराई की ओर निकल चुका था। फिर भी आवाज देने पर पण्डितजी की पत्नी बाहर आई। रिश्ते की भाभी होने के कारण वह जयनाथ के सामने आती थी। परन्तु यह क्या, छूटते ही पण्डिताइन ने जो पूछा, उस प्रश्न का सम्बन्ध जयनाथ की कल्पना के भोजपत्र से तो था ही नहीं; उल्टे वह प्रश्न उमानाथ की माँ पर चोट करता था।

क्यों बाबू—पंडिताइन ने पूछा—लक्ष्मण ने आसन्नप्रसवा सीता को ले जाकर कहाँ छोड़ दिया?

कुछ हतप्रभ होकर जयनाथ ने कहा—छोड़ा तो आखिर जंगल में ही।

और, आप लक्ष्मण लौट आए?

जयनाथ ने चुप्पी साध ली।

पण्डिताइन बोली—धिक्कार है तुम्हें ! उमानाथ की माँ और तुम वर्षों से साथ रहते आए हो और आगे भी सारी ज़िन्दगी साथ कटेगी, यह मुझे विश्वास है। फिर तुम उस बेचारी को अकेली तोप के मुँह पर छोड़ आए हो !

जयनाथ ने झुँझलाकर कहा—तो, भौजी, मैं करता ही क्या ? तरकुलवा में बैठे-बैठे पहुनाई करना और लोगों के कटाक्ष सहना···भला, इससे क्या फायदा था ? उनकी माँ सब ठीक कर लेंगी।

ठीक तो कर ही लेंगी—पण्डिताइन का सुर मद्धिम पड़ गया। कुछ रुककर उसने फिर कहा—बुरा न मानना, जयनाथ बाबू ! मैं दमयन्ती नहीं हूँ जो हाथ धोकर उमानाथ की माँ के पीछे पड़ जाऊँ। मेरे दिल में मुसीबत की मारी उस औरत के लिए बड़ा दर्द है।—तब दक्खिन की ओर मुँह करके पंडिताइन बोली—जाने गंगा माई, उमानाथ की माँ को मैं अपनी सगी बहन समझती हूँ। इस दुर्घटना के बाद भी उसके प्रति मेरा स्नेह ज्यों का त्यों है। परन्तु—

इतनी देर के बाद पण्डिताइन का ध्यान इस बात की ओर आया कि अरे ! जयनाथ को बैठने के लिए तो कहा ही नहीं। देखते ही लगी मैं उस पर तीर चलाने ! तब, ममता-भरी आवाज में उसने कहा—कब तक खड़े रहोगे ? ज़रा बैठ तो लो।

दरवाजे पर तख्तपोश पड़ा था। जयनाथ उस पर बैठने लगा तो पंडिताइन बोली—अजी ठहरो, दरी तो ले आने दो।

जयनाथ मना ही करते रहे, कि लपककर आँगन से वह दरी उठा लाई और तख्तपोश पर उसे बिछा दिया।

ममता की इस प्रतीक को जयनाथ बहुत गम्भीरता से देख रहे थे।

हाथ पकड़कर पण्डिताइन ने बैठा दिया—ताकते क्यों हो ? बैठो न। कोई जल्दी थोड़े है।

जयनाथ ने कहा—जल्दी तो नहीं है, लेकिन जिस आँगन में भूकम्प हुआ हो उस आँगन के प्राणी चैन से तो कहीं बैठ नहीं सकते।

जयनाथ की आँखें डबडबा आईं। उसके दिल के चढ़े हुए तारों को पण्डिताइन ने ज़रा छू भर दिया था कि वे झनझना उठे। उस तीव्र झनकार की लहरी में जयनाथ का पूरा व्यक्तित्व तिनके की तरह कम्पित हो उठा। क्षण-भर के

लिए उसकी आँखों के आगे उमानाथ की माँ का चमचमाता चेहरा नाचने लगा। उमानाथ की माँ ! तुम इतनी सुन्दर क्यों हुई ? पूर्व जन्म के किस अभिशाप से वैधव्य का यह दुर्वह भार ढो रही हो ? मेरी कृतघ्नता को, देवि, कभी क्षमा मत करना···जयनाथ की आँखें छलक पड़ीं।

पंडिताइन से नहीं रहा गया। अपनी सफेद धोती के आँचल की खूंट से जयनाथ के आँसू पोंछती हुई कहने लगी—ओह ! नाहक ही इतना सब मैंने तुम्हें कहा। बच्चे तो तुम हो नहीं, रोते क्यों हो ?

पंडिताइन की इस सान्त्वना का फल यह हुआ कि आँसू और भी तेजी से बह निकले। अब अपने ही अँगोछे से आँख पोंछकर और नाक साफ करके जयनाथ ने इशारा किया कि भौजी, बैठ जाओ तुम भी।

पंडिताइन आँगन की ओर चली और कहती गई—भाग मत जाना, मैं सुपारी लेकर आती हूँ।

बड़ी मुश्किल से जयनाथ ने अपने को प्रकृतिस्थ किया। तब तक सुपारी के दस-बारह खण्ड तश्तरी में सामने रख दिए गए थे। पंडिताइन ने कहा—हाँ, यह तो नहीं बताया कि मेरे लड़के की कौन-सी जरूरत थी जो पुकार रहे थे ?

दो टुकड़े सुपारी मुँह में डालकर जयनाथ बोले—कालीचरन भैया नेपाल से भोजपत्र लाया करते थे। तारा बाबा को एक यन्त्र बनाना है, दो उँगली-भर भोजपत्र चाहिए। और कहाँ मिलेगा ?

अपनी गोल-गोल आँखों को बड़ी करके पंडिताइन बोली—लाते तो थे··· ठहरो मैं देखती हूँ।

पंडिताइन भोजपत्र की खोज में अन्दर गई और जयनाथ सोचने लगे—आह ! कितना अच्छा स्वभाव है इस स्त्री का ! इसके पिता जिन्दगी-भर बनैली में राजपंडित रहे। सज्जनता की मूर्ति थे। जैसा बाप, वैसी बेटी। क्यों न हो, हीरे की खान से काँच थोड़े ही निकलता है···

पंडिताइन फौरन वापस आई। उसके हाथ में भोजपत्र था। जयनाथ को उसे देती हुई कहने लगी—पंडित रोज चंडी का पाठ करते थे। उसी पोथी के गत्ते में यह भोजपत्र पड़ा था। मुझे ख्याल आया और मैं निकाल ले आई।

भोजपत्र लेकर जयनाथ चले तो तश्तरी में बचे पड़े सुपारी के टुकड़े उठाकर पंडिताइन ने कहा—बाबू, यह रख लो बटुए में। खुद न खाना तो किसी को खिला

देना।

वाह भौजी, तुमने भी खूब कहा, खुद न खाना···

आठ

पाठशाला में भी जल्दी ही रतिनाथ ने छोटे-बड़े विद्यार्थियों का ध्यान अपनी ओर आकृष्ट कर लिया। पंडितजी भी उस पर प्रसन्न रहते थे क्योंकि अपने पाठों को वह खूब मन लगाकर याद किया करता। इसके अलावा जब जिस काम में वे उस लड़के को लगाते तो उसमें वह ज़रा भी आनाकानी नहीं करता। हाँ, पंडितजी का धौला बैल बड़ा बदमाश था। एक दिन रत्ती से उन्होंने कहा—इसे ले जाकर तालाब से पानी तो पिला लाओ। रत्ती ने असमर्थता जाहिर की तो पंडितजी बोले, अरे, यह काम तो सात साल का हमारा मुन्नू कर लेता है।

इस पर रत्ती ने कहा—गुरुजी हमारे अपने यहाँ तो बैल-गाय हैं नहीं। फिर हम क्या जानें कि किस तरह पुचकारने से बैल सीधी राह पकड़कर पानी पी आता है।

यह पंडितजी बड़े ही चतुर थे। बारह रुपया महीना डिस्ट्रिक्ट बोर्ड से भी लेते थे, और पाँच रुपया राजाबहादुर से भी। पतिया-प्रासचित से भी कुछ निकल आता था। पुरोहित के कामों में भी पंडितजी का दखल था। गरज यह कि कुल मिलाकर पंडित की आमदनी पचीस रुपए माहवार पड़ जाती थी। अपनी ही दालान में पाठशाला थी। सात-आठ बीघा खेत थे। दो चचेरे भाई थे। तीन लड़कियाँ, दो लड़के। तीन गाय-बैल एक हलवाहा, एक खेत-मजदूर। घर-गिरस्त का छकड़ा मजे में पंडितजी चला रहे थे। अध्यापन का कार्य उनके लिए उतने महत्त्व का नहीं था, जितने महत्त्व की खेती-बाड़ी और पुरोहिती। राजाबहादुर दुर्गानन्दन सिंह पंडितजी को खूब मानते थे। अन्दर हवेली में रोज चंडीपाठ करने का संकल्प पंडितजी के दादा ही कर गए थे। अभी तक उसे यह पंडितजी चलाए जा रहे हैं। इसीलिए बारह रुपया सालाना मिलता है। रक्षाबन्धन के दिन राजाबहादुर की कलाई में पंडितजी राखी बाँधते हैं। विजयादशमी के दिन राजा

बहादुर के सिर पर जौ के मृदु मनोरम हरितगौर अंकुर डाल आते हैं। इसका भी एक-एक रुपया बँधा है। पर्व-त्योहार के दिन कभी पंडितजी अपने घर नहीं खाते, ऐसे अवसरों के लिए राजाबहादुर के यहाँ उनका नित नेवता रहता है। पेट भर-कर खा भी आते हैं और अँगोछे में बाँधकर ले भी आते हैं।

राजाबहादुर और उनके पूर्वजों का गुणगान पंडितजी के नित्यकृत्य का ही एक अंग है। अपने छोटे-बड़े छात्रों को पाठ के आदि, मध्य या अन्त में राजाबहादुर से सम्बन्ध रखने वाली कथाएँ अवश्य वे सुना जाते हैं, और है भी ठीक। वैद्यनाथ-धाम में उस साल नौ दिनों तक हरिवंश पुराण रानी ने यदि पंडितजी के मुँह से न सुना होता तो यह लड़की भी न हुई होती? पंडितजी कहा करते—यह मेरा ही दुर्भाग्य है कि राजाबहादुर के यहाँ लड़का नहीं हो रहा है···यह कहकर दाएँ हाथ की तीन बिचली अँगुलियों से वे अपना चन्दनचर्चित ललाट ठोंकने लगते।

शुभंकरपुर की उस छोटी-सी पाठशाला में नियमित रूप से पढ़ने वाले लड़कों की तादाद तेरह थी। उसमें से पाँच शब्द रूपावली, धातु रूपावली और अमरकोष पढ़ रहे थे। रत्ती पढ़ने में तेज तो था ही, महीना पूरा होते-होते अपने साथियों में प्रमुख हो गया। इस पाठशाला का वायुमंडल उसे और भी स्वतंत्र मालूम पड़ता था। प्राइमरी स्कूल में तीस-पैंतीस लड़के थे। खजूर की छड़ी लेकर बैठे हुए मुंशी जयवल्लभलाल की कड़ी मूँछों वाली वह सूरत रत्ती को बहुत भयावनी लगती थी। वहाँ अनुशासन काफी कड़ा था। घर में क्रोधी पिता के डर से जी भरकर वह कभी मुस्करा भी तो नहीं सका! इस पाठशाला का यह शिथिल अनुशासन रतिनाथ की चेतना के लिए कुछ स्फूर्तिप्रद साबित होने लगा। यहाँ पंडितजी लड़कों को परेशान नहीं करते थे। बहुत हुआ तो हलकी उँगलियों से कान उमेठ दिए; गधा, कुत्ता और पाजी कह दिया; बस। खजूर की उस छड़ी के आगे मीठी सजा का यह संसार रत्ती को रोचक लगा। इसका फल यह हुआ कि उसे मुक्त-प्रकृति के साथी मिले। उछल-कूद का मौका मिला।

अपने पिता से कई दफे उसने कहा—शब्द रूपावली और धातु रूपावली मँगवा दीजिए। अमरकोष की जिल्द बँधवा दीजिए। परन्तु जयनाथ ने बराबर झिड़क दिया—अभी यह तो खत्म करो। किताबें आ जायेंगी। जिल्द नहीं बँधी तो क्या हुआ? तुम्हारे हाथ से तेल चूता है क्या?

भीतर ही भीतर रत्ती का दिल कचोट और आत्मग्लानि से भर उठता। उसे

चाची याद आतीं।

एक दिन बैशाख की कड़ी दुपहरी में वह पाठशाला पहुँचा। और लड़के दो-अढ़ाई बजे के करीब आया करते थे। रत्ती भी समय पर ही आता था, मगर आज वह निर्जन दुपहरी में पाठशाला के अन्दर घुसा।

सरस्वती की एक सुन्दर प्रतिमा थी। प्रतिवर्ष वसन्तपंचमी के दिन सरस्वती की नई प्रतिमा की स्थापना होती थी, और साल-भर वह प्रतिमा ज्यों की त्यों वहाँ रहती थी। दूसरे कोने में एक रद्दी-सी आलमारी थी। उसी में पंडितजी अपनी पुस्तकें रखा करते। टूटी होने के कारण वह ऐसी थी कि कोई भी चीज यों ही अन्दर रख या बाहर निकाल सकते थे। लड़कों का जिस दिन खूब खेलने का मन रहता, उस दिन वे भी अपनी किताबें आलमारी में डाल देते। सो, आज रत्ती ने अपने साथियों को आलमारी के अन्दर किताबें डालते देखा था।

इधर-उधर नजर मारता और पैर बचाता हुआ वह आलमारी के पास पहुँचा। अन्दर हाथ डालकर चार-छः किताबें निकालीं। तीन नई और अच्छी किताबें उसने छाँट लीं और पुराने अखबार में लपेटकर उन्हें पाठशाला से ज़रा दूर एक झाड़ी में छिपा दिया। फिर शंकित चित्त से बार-बार झाड़ी की ओर देखता हुआ वह अपने घर चला आया। उस दिन दुबारा रत्ती पाठशाला नहीं गया।

अगले दिन सुबह जब पाठशाला पहुँचा तो उसके सभी साथी चोर को गालियाँ दे रहे थे। रतिनाथ को उन्होंने घेर लिया और ऊपरा-ऊपरी कहने लगे—देखो रत्ती, आलमारी के अन्दर से किसी ने हमारी किताबें उड़ा ली हैं···हे सरस्वती माता, आपको तो पता होगा!

रत्ती का दिल धड़क रहा था। आज तक उसने बाहर चोरी नहीं की। अपने घर में समय-समय पर दुअन्नी, इकन्नी, चवन्नी और अठन्नी चुराई थी। बाप ने दो-तीन दफे पकड़ा भी था। और, आज रत्ती के इस छोटे-से जीवन में यह पहला ही अवसर है कि उसने किसी की कोई चीज चुराई है।

रत्ती के अन्दर से एक धीमी-सी आवाज आई—धिक्कार है! अपने साथियों की किताबें तुम चुरा ले गए!

झूठ वह पचीसों बार और बोला है, मगर आग में तपाए लोहे के लाल गोले की भाँति इतना असह्य झूठ रत्ती के कंठ से कभी बाहर नहीं निकला। वह बोला

—चोरी ! नहीं, नहीं, चोरी नहीं, किसी ने देखने के लिए उठा ली होगी।

साथी एक साथ चिल्ला उठे—अरे भाई, इन छोटी-छोटी किताबों की जरूरत और किसको पड़ी होगी ! भूत-प्रेत तो ले नहीं गए होंगे ! अच्छा, परसौनी का जूगल कामति कटोरा चलाना जानता है। जिस साले ने हमारी किताब ली होगी, उस पर अगर कटोरा न चलवाया, तो…

यह सुनकर रतिनाथ का चेहरा फक हो गया। उसे लगा कि चोरी का पाप दानव बनकर आज उसको निगल जायगा। पिता सुनेंगे तो कच्चा खा जाएँगे। हे भगवान ! …बेचारे की आँखों के सामने अँधेरा छा गया। शौच जाने का बहाना कर वह नजदीक के पोखर की ओर चला गया। उसके मुँह से इतनी-सी भी बात नहीं निकल सकी कि साथियो ! कटोरा चलवाने की क्या जरूरत है ? पाठशाला के सभी लड़कों को सुनाकर यह कह दो, आज शाम तक—नहीं, कल सुबह तक आलमारी के अन्दर किताबें वापस न आईं तो हम परसौनी जाकर चोर पर कटोरा चलवाएँगे।

रत्ती शौच के लिए गया तो पोखर के भिंडे से नीचे उतरकर इमली के एक बूढ़े पेड़ की आड़ में बैठ गया। उसकी आँखों में आँसू का अविरल प्रवाह चुपचाप बह चला, लेकिन आज चाची नहीं थी कि अपनी धोती की खूंट से आँसू पोंछती और पीठ पर हाथ फेरते हुए चुमकारती, पुचकारती।

वह सूने मन से बड़ी देर तक रोता रहा। उसने रो-रोकर अपनी आँखें लाल कर लीं। अन्त में वापस लौटा और पोखर में नहाने के घाट पर घुटने-भर पानी के अन्दर धँसकर उसने आँख-मुंह, हाथ-पैर धोए। पानी से निकलकर अँगोछे के फटे-पुराने कपड़े से चेहरा पोंछा और फिर पाठशाला आ गया। वहाँ वह अपनी किताब लेकर जब पढ़ने बैठा तो सत्तो (सत्यनारायण) ने कहा—तुम्हारी आँखें क्यों लाल हो गई हैं, रत्ती ?

पोखर पर गया था, उड़ते कीड़े पड़ गए थे। बड़ी मुश्किल से निकले। मसलने से आँखें लाल हो गईं—रतिनाथ ने जवाब दिया।

थोड़ी देर बाद रत्ती घर के लिए चल पड़ा—आज पिताजी नहीं हैं, रसोई करनी पड़ेगी ?

उस दिन दुबारा वह पाठशाला नहीं गया ! अगले दिन आलमारी में गायब किताबें मौजूद थीं। किताबें मिलने की खुशी में सत्तो, परमा, उत्तिम, नित्या और

रत्ती—पाँचों साथियों ने मिलकर सरस्वती मैया को पाँच पैसे की मिठाई अगले इतवार को चढ़ाना मंजूर किया।

नौ

आम अब बड़े-बड़े हो गये थे। बैशाख का महीना खतम हो गया था। चाची के न रहने से इस बार सतुआ संक्रान्ति रत्ती के लिए फीकी रही। बीच-बीच में कई बार अंधड़ और तूफान आए। इतने आम गिरे कि घिवही की टहनियाँ हलकी हो गईं। अचार तो बनाता ही कौन? रह गई आमिल और फाँकी की बात, इसमें जयनाथ ने तत्परता दिखाई। दो मजूरिन रखकर गिरे-पड़े आमों की आमिल और फाँकियाँ उन्होंने काफी बनवा लीं!

अब इक्के-दुक्के आम पकने लग गए थे। एक दिन सुबह-सुबह रतिनाथ ने एक पका आम पाया और खुशी के मारे चिल्ला उठा—पिताजी, यह देखिये, कैसा बढ़िया है! घर के अन्दर से ही जयनाथ ने आवाज दी—अरे सूँघ मत लेना, भगवान को भोग लगाएँगे।

रत्ती ने वह आम लाकर फूल-डाली में रख दिया।

इस बार शुभंकरपुर में आम खूब नहीं फला था। जिसके बाग में दस-पाँच भी कलमी पेड़ थे, उनकी तो बात नहीं, लेकिन बीजू ही बीजू के पेड़ जिनके बाग में थे, उनके लिए सचमुच ही आम कम था। जयनाथ के पिता एक कलकतिया और एक मालदह की कलम लगा गए थे। सेवा नहीं होने के कारण ये दोनों पेड़ प्रौढ़ होने से पहले ही बुड्ढे हो रहे थे। कुछ डालें सूख गई थीं। कुछ में टहनियाँ कम थीं। फिर भी सौ-दो सौ आम हर साल वे देते थे। मालदह (लँगड़ा) का पेड़ लम्बा नहीं, फैला हुआ था। जब जयनाथ नहीं रहते, उस समय मालदाह की टेढ़ी-मेढ़ी डालों पर रतिनाथ का एकछत्र राज्य रहता और वह टोल-पड़ोस के पाँच-सात लड़कों को बुलाकर खेलने लग जाता था। और, इस बार तो मालदह में गिने-गिनाए पचास आम बच रहे थे। मालदह आमों का राजा है—जिसने एक

बार खाया, उसका कहना है। कलकतिया फलने में बहादुर होता है, लेकिन जयनाथ का भी यही कलकतिया अपने मालिक की लापरवाही से चिढ़कर कसम खा बैठा है, कम से कम फलो।

इससे क्या ? आम के अपने पेड़ फलें या न फलें, जयनाथ ब्राह्मणों की भिक्षा-वृत्ति के बहत प्रशंसक थे। राजाबहादुर की ड्योढ़ी के चारों ओर सैकड़ों बीघा कलमबाग थे। दुनिया के लिए आम का अकाल भले ही हो, लेकिन राजाबहादुर की स्टेट कभी आम के फलों से खाली नहीं जाती थी। दस-दस, पाँच-पाँच करके भी फलते तो लाखों फल निकल आते। 'बम्बई' आम जेठ से ही पकने लगता है, और बथुआ ठेठ कुआँर तक जाता है। इन चार-पाँच महीनों में स्टेट के कर्मचारी आम खा-खाकर लाल बुन्द हो जाते। अवधनारायण मल्लिक राजाबहादुर के यहाँ दीवानगीरी करते थे। मल्लिकजी के घर बच्चे हो-होकर मर जाते। न लड़का जीता न लड़की। ताराबाबा के आदेश से दीवानजी साधु-ब्राह्मणों की बड़ी सेवा करते थे।

जयनाथ पर तो उनकी खास कृपा थी; वे कई बार मल्लिकजी के यहाँ महामृत्युंजय का जप कर चुके थे। दक्षिणा के अलावा दो धोतियाँ, कम्बल का आसन, अर्घा, पंचपात्र, आचमनी, ताँबे की पवित्री (अँगूठी) मिला करती। जितने दिनों तक जप चलता, तस्मई (खीर) और पकवानों से एकभुक्ति होती।

जयनाथ को मल्लिकजी का बड़ा भरोसा रहता था। जब जाते, शास्त्र-पुराण की बात सुनाकर, कोई न कोई चीज या एक-आध रुपया ले आते। दीवान जी की तीसरी पत्नी का मायका मानिकपुर में था और जयनाथ की भी शादी वहीं हुई थी। गाँव के रिश्ते में वह जयनाथ की सरबेटी होती थी और इन्हें फूफा कहा करती थी। इस प्रकार मल्लिकजी के परिवार में जयनाथ का प्रवेश हो गया था। अब, दुनिया में चाहे आम फले या न फले, मल्लिकजी बरकरार रहें; जयनाथ को और चाहिए क्या ?

आठ-दस दिन बीतते-बीतते घिवही के आम पक-पककर टपकने लगे। दिन-भर की प्रचंड गर्मी, दो पहर रात तक की ठिठकी हवा और उसके बाद रात्रिशेष में जब दक्षिण पवन ग्रीष्मऋतु की श्रान्त शिथिल अलस प्रकृति-नटी के सिमटे हुए आँचल को फरफराने लगता, तो घिवही के विशाल वृक्ष की निस्पन्द टहनियाँ उच्छ्वसित हो उठतीं—टप-टप करके आम गिरने लगते। पूर्वी आसमान में शुक्र-

तारा अपने मधुर उज्ज्वल प्रकाश से दिग्वधुओं को ललचाता हुआ सहसा उग आता कि रत्ती की आँखें खुलतीं। वह पेड़ के नीचे जाकर आम चुनने लगता। एक-एक करके बीती बातें उसे याद आतीं—पद्मा की आँखें, बागों के लम्बे बाल ! अपर्णा का गोल-मटोल चेहरा। और, इन सब पर अपने बड़े-बड़े परन्तु हलके पंख फैलाकर मुस्कराने वाला चाची का वह अनुपम सौन्दर्य ! आसिन की दूध-धुली रातों में इन लड़कियों के साथ वह छुटपन से ही हर्रसिगार के फूल चुनता आया है। बाप की मार खाकर, यही जगह है कि, घंटों खड़े होकर माँ की याद में उसने आँसू बहाये हैं। यही जगह है कि चाची की अशेष सहानुभूति का अधिकृत उत्तराधिकारी की भाँति हृदय से उपभोग किया है।···

तब तक जयनाथ भी उठ जाते और अच्छी तरह पौ फट चुकी होती। फिर बिहान हो जाता। पूर्वजों के खुदवाए हुए अपने उस छोटे पोखर की हल्की लहरों पर जब रतिनाथ बालरवि की किरणों को मचलते देखता, तो सिहरन से उसका रोम-रोम कंटकित हो उठता।

जयनाथ का उमानाथ की माँ पर तो ध्यान था ही, फिर भी तारा बाबा ने जो यंत्र दिया था, उसे उन्होंने तरकुलवा नहीं भेजा। लिफाफे में भेजने से यंत्र का प्रभाव घट जाता। शूद्र के द्वारा इसे भेजा जा नहीं सकता ! अन्ततोगत्वा जयनाथ ने तय किया कि रत्ती को तरकुलवा भेज दें।

कुल्ली राउत को साथ कर दिया। यह खवास सत्तर साल का था। बातचीत, रंग-ढंग और बनाव-देखाव ऐसा था कि अपरिचित लोगों को भ्रम हो जाता कि यह ऊँची जाति का कोई आदमी है। उसे संस्कृत के कई स्तोत्र याद थे। जनेऊ का मंत्र वह जानता था और, कहते संकोच होता है, गायत्री भी उसे आती थी। संकोच इसलिए कि जिस गायत्री के लिए ब्राह्मण बटुकों का उपनयन संस्कार होता है, जो सिर्फ द्विजों की चीज है, उस महान् प्रणव को एक शूद्र जान जाय, यह असह्य है। जाने कैसे उसने सीख ली थी ! जयनाथ से इस बात की किसी ने शिकायत की, तो वह फुफकार उठे—साले की चमड़ी उधेड़ लूँगा। शूद्र है तो शूद्र की भाँति रहे।

तरकुलवा के रास्ते पर दरभंगा महाराज का एक बड़ा-सा पोखर पड़ता है। वहीं दोनों ने स्नान किया, रतिनाथ ने जल्दी-जल्दी संध्या की तो कुल्ली राउत ने टोका—बबुआ, तुम नीलमाधव उपाध्याय के वंशधर हो। फिर अपने कर्म-धर्म में

इतनी हड़बड़ी क्यों दिखाते हो ? कहीं कोई जान जायगा तो शुभंकरपुर की हँसी होगी।

रत्ती ने जवाब दिया—अरे, यहाँ कौन देखता है ? देखना चलकर तरकुलवा में, घंटा-भर नाक न दबाए रहा, तो जो कहो।

राउत ने मुस्कराकर कहा—लो, बाप का गुन सीख न गए ! जयनाथ भी जब दूसरी जगह जाते हैं, तो चार-चार घंटे पूजा करते हैं।

रत्ती को बात लग गई। ऊपर से उसने कहा—चलो राउत, धूप कड़ी हो जायगी।

दोनों चले, परन्तु रास्ते-भर रतिनाथ यह सोचता रहा कि राउत का कहना गैरवाजिब नहीं था। पिताजी अपने यहाँ तो पूजा-पाठ में आधा घंटा मुश्किल से ही लगाते हैं, मगर लोगों के सामने गप्पें खूब मारते हैं। क्या किसी को ऐसा करना पड़ता है ? रतिनाथ को कुल्ली राउत बहुत ही चतुर, बहुत ही व्यावहारिक, और बहुत बड़ा ज्ञानी मालूम पड़ा। वह सोचने लगा—अगर यह भी ब्राह्मण के घर में पैदा हुआ होता, तो निश्चय ही इसके बदन पर फटे-पुराने कपड़े न होते। हमारी जूठन खाकर, हमारी पहिरन पहनकर इसके बच्चे पलते हैं। उन्हें कभी स्कूल और पाठशाला जाने का अवसर नहीं मिलता। क्या मर्द, क्या औरत—इन लोगों का जीवन बड़ी जातिवालों की मेहरबानी पर निर्भर है···सोचते-सोचते रतिनाथ का दिमाग चकराने लगा तो तरकुलवा नजदीक आ गया। पूछने पर एक घर से आवाज आई—ग्वाले का घर है। कुल्ली ने रत्ती से कहा—आ तो गए ही, बबुआ, ज़रा सुस्ता न लें !

इस सुस्ताने की ओट में कुल्लीराउत की तमाखू पीने की इच्छा काम कर रही थी। अन्दर से बुढ़िया निकली तो कुल्ली ने कहा—पीनी हमारे पास है, तुम हुक्का भरकर ला दो।

और, आग नहीं चाहिए ?—मुस्कराकर बुढ़िया ने कहा। फिर उल्टे पैर आँगन चली गई। पीनी लेती गई थी।

हुक्का और चिलम जब आई तो राउत रतिनाथ को तरकुलवा का भूगोल बता रहे थे—पाँच कोस उत्तर नेपाल है। पूरब लौकहा थाना है, दक्खिन थाना फुलपरास पड़ता है। पच्छिम कमला मैया बहती हैं। जमीन बड़ी उपजाऊ है। दो-दो मन कट्ठा धान उपजता है।

फिर तन्मय होकर राउत तमाखू पीने लगे। गुड़गुड़ाते-गुड़गुड़ाते जब जी भर गया, तो हुक्का बुढ़िया को थमा दिया।

चुम्मन झा का घर राउत को मालूम था। वह कई दफे भार लेकर तरकुलवा आया है। सीधे दोनों जयकिशोर बाबू की दालान पर पहुँचे। रतिनाथ आँगन में चला गया। चाची पूरब की ओर वाले घर के ओसारे पर बैठी थी। आँखें चार होते ही वह बोल उठीं— लाल मेरे, इतनी कड़ी धूप में पैर तो तुम्हारे जरूर ही पक गए होंगे ! साथ कौन आया है, राउत ?

हाँ !—कहते हुए, रत्ती ओसारे पर पहुँचा और चाची के पैर छुए। गौरी ने उसे छाती से लगा लिया और ठुड्डी छूती हुई बोली—हे भगवान ! भूखे पेट इस जेठ में कैसे आया होगा ?

रत्ती ने कहा—नहीं चाची, भूखा नहीं हूँ, चिउड़ा और आम साथ थे।

आँखें नचाकर चाची ने कहा—रहने भी दे, चिउड़ा और आम। पेट पाँजर से सटा जा रहा है, और, भूखे नहीं हैं !

रत्ती ने देखा, आषाढ़ में जब पहले-पहल किसी दिन मूसलाधार वर्षा होती है, तब जिस तरह धरती का सद्यःस्नात रूप निखर आता है, उसी प्रकार चाची का शरीर लगता है। डेढ़ मास पहले चाची की शक्ल जैसे कुछ पीली-पीली लगती थी, अब वैसा रंग नहीं था। इस परिवर्तन का रहस्य उस किशोर का मन भला जान ही कैसे सकता था ! उसके लिए इतना काफी था कि बीमार होकर चाची तरकुलवा आई थी, और अब राहु-मुक्त चन्द्रकला की भाँति अपने स्वाभाविक स्वास्थ्य को फिर से उसने पा लिया है।

लोटा-भर ठंडा पानी लाकर अपने ही हाथ से चाची ने रत्ती के पैर धोये। अपने ही आँचल से उन्हें पोंछा और कहा—राउत को भी पानी दे आओ, हाथ-पैर धोएँगे।

जब तक राउत को पानी देकर वह आया, तब तक इधर चाची ने काँसे की उसी चमचमाती थाली में खाना परोस रखा था। वह खाने बैठा तो चाची पंखा झलने लगी। खाते-खाते रत्ती ने पूछा—क्यों चाची, इस साल इधर आम की फसल कैसी है ?

पंखे की बेंट से अपनी ठुड्डी को टेककर चाची बोलीं—आठ आना समझो।

रतिनाथ की आँखें चमक उठीं। वह गुनगुनाया—फिर तो दस दिन रहने का

मन करता है।

इतने में उसे भूली हुई कोई बात याद आई। खाते-खाते ही गौर से इधर-उधर नजरें घुमाईं और कहा— नानी दिखाई नहीं पड़ रहीं !

पंखा झलते हुए चाची ने कहा – रात में चोरों ने आम तोड़ लिए। मालदह के दो पेड़ साफ कर दिए, माँ वहीं गई है। जो कुछ बच रहे हैं, उनकी हिफाजत का इन्तजाम तो करना ही पड़ेगा।

रत्ती मचल उठा—खाने के बाद मैं वहीं जाऊँगा।

नहीं बेटा, जब ठण्डा होगा, तब जाना, अभी बहुत धूप है। और, मैं तो राउत के सामने जाती नहीं। बूढ़े को खाना कौन खिलाएगा !

वह इस दलील से चुप हो गया।

राउत को खिलाकर और दो टुकड़े सुपारी देकर रत्ती अन्दर आया और जयकिशोर वाबू के पलँग पर चाची के पास सो गया।

थोड़ा दिन बाकी रहा तो गौरी की माँ बाग से लौटी। रतिनाथ को देखकर बहुत खुश हुई। शाम को रत्ती और राउत बाग की ओर टहलने गए। बम्बई आम जा रहा था और मालदह का पकना शुरू हो गया था कि ऐन मौके पर चोरों ने धावा बोला। फिर भी डेढ़-दो सौ बच रहे। दोनों ने घूम-फिरकर सारा बाग देखा। राउत की भी तबीयत हुई कि दस दिन रहकर आमों की बहार लूटी जाय, मगर उसे अपने वे खेत याद आए, जो मड़ुआ रोपने के लिए तैयार पड़े थे।

राउत दो ही दिन तरकुलवा में रहा, फिर भी काफी आम उसे खाने को मिले। गौरी की माँ को खिलाने-पिलाने का बड़ा शौक था। स्वयं विधवा होने के कारण वह निरामिषभोजी थी, परन्तु आगन्तुकों के लिए दूर-दूर से मछलियाँ मँगवाती, खस्सी पिटवाती। यह ठीक है कि कुल्ली राउत के लिए तरकुलवा में कभी खस्सी नहीं पिटवायी गई, फिर भी उमानाथ की नानी का स्वागत-सत्कार इस बूढ़े खवास के लिए खास आकर्षण रखता था। वह दो दिन रहा, और तीसरे दिन प्रातःकाल शुभंकरपुर के लिए रवाना हो गया। चाची ने जयनाथ के लिए दस बम्बई और दस मालदह आम दिए।

दस

समाज उन्हीं को दबाता है, जो गरीब होते हैं। शास्त्रकारों को बलि के लिए बकरे ही नजर आए। बाघ और भालू का बलिदान किसी को नहीं सूझा। बड़े-बड़े दाँत और खूनी पंजे पंडितों के सामने थे, इसलिए उधर से नजर फेरकर उन्होंने बेचारे बकरों की बलि का फतवा दे डाला।

गौरी की माँ समाज के लिए बाघिन थी। इतना बड़ा 'कुकांड' हो जाने पर भी तरकुलवा में किसी ने गौरी की माँ को खुल्लम-खुल्ला कुछ कहा नहीं। गर्भ गिराने के ठीक ग्यारहवें दिन उसने सत्यनारायण की पूजा की। गाँव-भर को आमन्त्रित किया। पाँच ही छः लोग थे, जो नहीं आए। उनमें से तीन तो ऐसे थे जिनकी इस घर से पुश्तैनी अनबन थी। बाकी दो-तीन ऐसे थे जिनका ख्याल था कि सिमरिया घाट जाकर प्रायश्चित कर लेने के उपरान्त ही सत्यनारायण की पूजा करवानी चाहिए थी।

गौरी की माँ का कहना था कि बूंद-भर गंगा जल में उतनी ही सामर्थ्य है, जितनी कि सिमरिया घाट की गंगा में। यों कोई कहे तो हमारी बेटी पचीस बार गंगा नहाने को तैयार है। गौ-हत्या, ब्रह्म-हत्या का पाप तो इसने किया नहीं, फिर महज मामूली बीमारी के लिए किसी को इतना बड़ा दंड मैं कैसे दिलवाती ?

गरी-छुहाड़े और मुनक्के डलवाकर पंजीरी तैयार की गई थी। पुरोहित महाराज थे, बुढ़ऊ वैदिक नरेश ठाकुर। गुलाबी रंग में रँगी हुई दो धोतियाँ सत्यनारायण स्वामी को चढ़ाई गई थीं। पीले रंग में रँगा हुआ तीन हाथ का एक अँगोछा। पुजारी बने थे शंकर बाबा। संकल्प करते समय वैदिक जी ने जयकिशोर की माँ से कहा ··गौरी बिटिया से कहो, पुजारी के सामने आकर ज़रा बैठ जाय।

स्वच्छ सफेद शान्तिपुरी धोती पहिने गौरी सामने आई, तब संकल्प हुआ—ॐ अद्य ज्येष्ठे मासे शुक्ले पक्षे त्रयोदश्यां तिथौ निवृत्तरोगाया अस्या: श्री गौरी देव्या: सर्वाऽऽपत्ति प्रशमनार्थं सांगसायुध सवाहन सपरिवार श्री सत्यनारायण पूजनमहं करिष्यामि···

पूजन हुआ, कथा हुई, विसर्जन हुआ। फिर आमंत्रितों में प्रसाद बाँटा गया। इस बीच में रह-रहकर ढोल, पिपिहिरी वाले गाते-बजाते रहे। छाँटकर जिन

पन्द्रह ब्राह्मणों को खाने का निमन्त्रण दिया गया था, उन्हें खिलाया गया।

गाँव की तीन-चार वृद्धाओं ने भी असहयोग कर दिया था। गौरी की माँ को किसी की परवाह नहीं थी। हाँ, बेटे का डर जरूर था। अभी जयकिशोर के आने में आठ-नौ दिन की देरी थी। उनके आने से पहले ही गौरी ने शुभंकरपुर लौटना चाहा। इस विचार से माँ भी सहमत हो गई।

जेठ की पूर्णिमा को, रात के समय बैलगाड़ी पर रत्ती और चाची राजनगर स्टेशन की ओर चले। गाड़ीवान एक ग्वाला था। गाँव से बाहर आने पर रतिनाथ ने बाबा से कहा—स्टेशन बहुत दूर है, आइए आप भी चढ़ लीजिए। नहीं तो थक जाएँगे।

दाँतों तले जीभ दबाकर बाबा ने गम्भीरतापूर्वक सिर हिलाया—उहूँ:

रत्ती बाबा की ओर बकर-बकर ताकने लगा। अपने हाथ से उसका हाथ दबाकर गौरी ने कहा—बाबा, कभी बैलगाड़ी पर नहीं चढ़े? तुम्हारा गाँव कहने को तो पंडितों का गाँव है, किन्तु आँख-मुँह ढँककर बड़े-बूढ़े भी बैलगाड़ियों पर दूर-दूर तक हो आते हैं। तुम्हारे बाप को भी मैंने एक बार बैलगाड़ी पर बैठे देखा है।

रत्ती को बूढ़े बाबा के प्रति एक अजीब-सी श्रद्धा हो आई। वह बोला—तो चाची, कुछ दूर तक मुझे भी इन्हीं के साथ पैदल चलने दो।

पागल कहीं का! चाची ने डाँटा—फूलकर पैर तुम्बा हो जाएँगे!

आखिर रत्ती नहीं माना। छलाँग मारकर नीचे आ गया और शंकर बाबा के पीछे-पीछे चलने लगा। थोड़ी दूर जाकर उसने मुँह खोला—क्यों बाबा, आप बैलगाड़ी पर क्यों नहीं चढ़ते?

बाबा ने सुरती फाँक रखी थी। थूककर कहा—बच्चा, अब कोई इन बातों का विचार नहीं करता। बैल ठहरे शिवजी के वाहन। इनके चारों पैर धर्म के ही चार चरण हैं। इसीलिए ब्राह्मण न हल जोतते हैं, न गाड़ी चलाते हैं। चढ़ना भी मना है।

बाबा ने एक बार फिर थूका। रत्ती ने फिर पूछा—तो क्यों लोग चढ़ने लगे हैं? हल तो कोई नहीं जोतता है। बाबा ने चलते-चलते रतिनाथ का कन्धा पकड़ लिया और थोड़ा रुक गए। बोले—घोर कलियुग आ गया है, आज नहीं तो कल ब्राह्मण भी हल जोतेंगे। देख लेना। अंग्रेजी पढ़े-लिखे ब्राह्मण, सुना है,

प्याज-लहसुन खाते हैं। मुर्गी का अंडा खाते हैं···इतना कहकर बाबा ने फिर थूक दिया।

गाड़ी चली जा रही थी, ढचर-ढचर-ढच। गौरी उसी पर लेटी पड़ी थी। आकाश से चाँद अमृत बरसा रहा था। हौले-हौले हवा चल रही थी। तारों को एक-दूसरे से दूर-दूर देखकर उसे फिर एक बार अपने एकाकी जीवन का ख्याल आया। स्त्री और पुरुष, पुरुष और स्त्री। एक-दूसरे के पूरक हैं। एक-दूसरे से रहित कुछ नहीं है—इसके बाद गौरी को वह व्यक्ति याद आया जिसके हाथ में आज से बाईस साल पहले वैदिक जी ने यह हाथ थमा दिया था। फिर उसे अपना अभाव-अभियोग-ग्रस्त वह दाम्पत्य-जीवन याद आया जो इसी गाड़ी की भाँति ढचर-ढचर कुछ दिनों जैसे-तैसे चलता रहा—इस गाड़ी के भी दो बैल बराबर नहीं हैं, उनकी भी जोड़ी ऐसी ही विषम थी—इसके बाद अपने हृदय-आकाश में अकस्मात् उग आने वाले उस स्वस्थ तरुण की याद आई, जिसे लोग जयनाथ कहते हैं—

तब गौरी ने रतिनाथ की ओर मुड़कर देखा। वह बाबा के साथ आहिस्ते-आहिस्ते चला आ रहा था। चाँदनी में उस किशोर का सुन्दर मुखमंडल चमक रहा था। मन हुआ कि आवाज देकर फिर उसे गाड़ी पर बैठा लें।

और सचमुच ही उसने आवाज दी—आओ, गाड़ी पर चढ़ जाओ।

रत्ती ने एतराज नहीं किया। चुपचाप आ बैठा। हिलती-डुलती उस गाड़ी पर थोड़ी देर बाद वह नींद के झकोरे खाने लगा और चाची के बदन पर उठंग गया। कुछ समय तक गौरी रतिनाथ की देह पर हाथ फेरती रही। उसे सहसा एक ख्याल आया···जयनाथ को धर-पकड़कर अगर किसी तरह दूसरी शादी कर लेने के लिए राजी कर लिया जाय, तो कैसा रहे ? एक ही खतरा है कि सौतेली माँ इस लड़के को जिन्दगी-भर परेशान करती रहेगी ! अरे, क्या परेशान करेगी ? मैं भी तो रहूँगी। रत्ती को अपने साथ रक्खूंगी, अपनी दुनिया लेकर जयनाथ और उनकी बीवी अलग रहें। दूसरा फायदा इससे यह होगा कि मुझ पर जयनाथ की लोलुप दृष्टि नहीं पड़ेगी। नई नवेली सहचरी पाकर निश्चित है कि मेरी ओर से उनका मन खट्टा हो जायगा। तीसरा फायदा यह कि उतने बड़े आँगन में रात-विरात मुझे अकेले रहना पड़ता है सो, एक साथिन मिलेगी।

आधे रास्ते पर एक ओर बहुत ही चालू एक कुआँ पड़ता था। शंकर बाबा

झटककर आगे जा चुके थे और उसी कुएँ पर बैठे सुस्ता रहे थे। गाड़ीवान को दूर से ही उन्होंने आवाज दी—रोकना हो ऽऽऽ

सड़क कुएँ से दो बीघा थी। गाड़ीवान सोया हुआ था। बैल बेचारे लीक पकड़कर चले जा रहे थे। बाईं ओर जो जुता था, वह सिलेविया (संवलिया) था, दाईं ओर धौला। डील-डौल, चाल-ढाल, रंग-रूप सभी दृष्टि से सिलेविया अव्वल था। उसकी तुलना में धौला काफी हल्का था। सिलेविया की गरदन में घंटी बंधी थी। उसकी टुन्-टुन्-टुन्-टुन् उस नीरव निशीथ में अवश्य दूर-दूर तक प्रतिध्वनित होती होगी। बाबा की परिचित आवाज सुनकर बैल ठिठक गए और हल्का-सा धचका लगा तो गाड़ीवान की नींद टूट गई। गौरी और रतिनाथ भी जगे। सबने उतरकर पानी पिया। कुछ देर तक खड़े रहने से बैलों को भी दम मारने की फुरसत मिली। उन्होंने मूता।

करीब आधा घंटा के बाद गाड़ी फिर चली।

दूर की निविड़ अमराइयों में से चुहचुहिया की आवाज आ रही थी। शंकर बाबा राह चलते ही सोते जा रहे थे। एक बार आँख झपकती तो दस कदम उसी हालत में बढ़ जाते। वह देहात की कच्ची सड़क थी। राह के किनारे एक ओर तो गाड़ी की लीक थी, और दूसरी ओर पगडंडी। पगडंडी पर कहीं धूल, कहीं चिकनी मिट्टी और कहीं दूब ही दूब पड़ती थी। बाबा के पैरों की खुरदरी उँगलियाँ दूब में उलझ जातीं, तो नेत्र खुल जाते। मिट्टी और धूल से तो पैरों को कोई डर था नहीं, इस स्थिति में चुहचुहिया की मधुर आवाज ने बाबा को एकदम जगा दिया और उन्होंने प्रभाती की तान छेड़ दी—जागहु हो बृजराज, लाज मोर राखहु हो बृजराज···

स्टेशन करीब आ गया था। बाबा ने गाड़ीवान से कहा—अभी तक बैल अपने मन से चले हैं। अब ज़रा इनकी पीठ थपथपाओ। चाल तेज होगी, तो संभव है, सुबह वाली टेन (ट्रेन) मिल जाय। नहीं तो दिन-भर राजनगर ही अगोरना पड़ेगा। तुम्हें क्या है, अभी लौट जाओगे।

गाड़ीवान ने कहा—तो, बाबा तुम चलो झपटकर आगे। टिकट-उकट लो।

उसने शाबाशी देकर बैलों को ललकारना शुरू किया। वे सरपट दौड़ने लगे। उनकी जोड़ी ठीक रहती, तब तो खूब ही दौड़ सकते थे। थोड़ी देर में बैलगाड़ी राजनगर पहुँच गई, महाराजा के महलों की बगल से निकलते हुए आगे

उसने कमला का पुल पार किया कि, बस स्टेशन।

और, ठीक ही उस दिन सुबह वाली ट्रेन घण्टा-भर लेट थी। अभी जयनगर से ही चली थी। जयनगर के बाद खजौली और खजौली के बाद राजनगर।

शंकर बाबा, चाची और रत्ती प्लेटफार्म पर जा बैठे। सामान ज्यादा नहीं था। गाड़ीवान को उन लोगों ने छुट्टी दे दी थी। मगर उसने कहा—क्या है, पहर-आध पहर देर ही होगी तो क्या है? आप लोगों की गाड़ी जब छूट जायगी, तब मैं भी अपनी लढ़िया हाँक दूँगा।

शंकर बाबा ने दूसरी-तीसरी दफे पैटमैन से पूछकर मन को पक्का किया कि आधा घंटा और बाकी है तब स्टेशन से बाहर निकलकर पुल के पार एक बाग में पहुँचे और आम की तीन दतुवनें तोड़ लाए। इसके बाद नदी के किनारे बैठकर दाँत साफ करने लगे और सोचा—बहुत दिन हो गए, कमला स्नान नहीं किया। आज तो हो नहीं सकेगा, लौटते समय, हे मैया, अवश्य मैं तुम्हारी धारा में दो डुबकियाँ लगाऊँगा।

इतने में टिकट काटने की घंटी बजी। जल्दी-जल्दी दतुअन चीरकर बाबा ने जीभ साफ की, और घाट के अन्दर घुटने-भर पानी के अन्दर कुल्ला किया, आँख-मुँह धोए। फिर तीन बार अपने ऊपर हिमालय से निकली उस पुण्य सलिला नदी का जल छींटकर अपने को सिक्त किया।

टिकट कटाया। दो पूरा और एक अद्धा। तब तक बंगाल-नार्थ-रेलवे की वह छोटी गाड़ी भी आ पहुँची। भीड़-भाड़ अधिक नहीं थी। तीनों चढ़ गए। इंजन ने छुस-छुस की आवाज की और चल पड़ी।

तारसराय में शंकर बाबा ने इक्का ठीक किया। इक्केवान ने उस पर बाँस की दो फट्टी लगाकर ऊपर से बड़ी-सी चादर डाल दी। फिर, पर्दा का इन्तजाम हो जाने पर चाची इक्के पर बैठ गईं। इधर का इक्का बनारस और इलाहाबाद के इक्के की तरह नहीं होता। वहाँ के इक्कों पर छतरी होती है। उन्हें देखकर ऐसा लगता है कि पुराने जमाने के रथ का बिगड़ा हुआ आधुनिक नमूना ही हमारे सामने खड़ा है, लेकिन इधर के यह इक्के छतरीदार नहीं होते।

कच्ची सड़क पर डिस्ट्रिक्ट बोर्ड वालों ने किसी जमाने में अपनी उदारता दिखलाई थी। वहाँ रोड़ियाँ आवागमन की आधुनिक सुविधा के नाम पर अपना रोना रो रही थीं—इक्का इतना हिलता-डुलता कि चाची ने वह सारा रास्ता

आह्-ऊह करते हुए पार किया। बाबा और रत्ती बातें लड़ाते हुए पीछे आते रहे।

थोड़ी देर में शुभंकरपुर पहुँच गए।

ग्यारह

दमयन्ती ने टोल-पड़ोस की प्रमुख और मुँहजोर औरतों को इकट्ठा किया। दुपहर के बाद का समय था। अपने-अपने परिवार को खिला-पिलाकर खुद खा-पीकर औरतें जब निश्चिंत होती हैं, तो ज्ञान-गोष्ठी का सबसे निर्विघ्न समय होता है। एक-दूसरे के सुख-दुख की चर्चा; जो मौजूद न रही उसका छिद्रान्वेषण। अर्थ, धर्म, काम, मोक्ष; काशी, प्रयाग, गंगा, यमुना और जानें क्या-क्या। आज की गोष्ठी में रामपुरवाली चाची, सन्नो की माँ, दम्मो फूफी, शकुन्तला और जनकिशोरी शामिल हुई थीं।

दम्मो फूफी अपने भतीजे की मसकी हुई चादर में जाली मढ़ रही थी। रामपुरवाली चाची और सन्नो की माँ अपनी-अपनी तकली लिए आई थीं। शकुन्तला को तकिया के खोल पर रंग-बिरंगे सूतों में नक्कासी निकालना था। जनककिशोरी के नाखून ज़रा बड़े-बड़े थे, वह नहरनी लेती आई थी। रामपुरवाली चाची के साथ उसकी दस साल की लड़की बागो भी थी। बागो के हाथ में हनुमानचालीसा था।

पीला धागा सुई में डालते हुए शकुन्तला ने कहा—दम्मो दीदी, दुपहर में तुम्हें सोने की आदत नहीं है?

रामपुरवाली चाची ने अभी तक तकली चलाना आरम्भ नहीं किया था। वे प्यूनियाँ बना रही थीं। काम पर नजर रखकर ही बोलीं—खाकर तुरन्त सबको नींद नहीं आती। अपनी सुई रोककर दमयन्ती मुस्कराई—नींद का कोई ठिकाना नहीं!

जनककिशोरी वहीं मिट्टी पर नहरनी की धार ठीक कर रही थी। उसने जब देखा कि सबसे मनोरंजक बात को छोड़कर ये लोग बहकी जा रही हैं, तो उससे नहीं रहा गया। वह बोली—उमानाथ की माँ मायके से आई है। फूफी,

तुम्हारे यहाँ भी आम भिजवाया होगा। इसका जवाब फूफी के बदले रामपुरवाली ने दिया। कहा—हमारे यहाँ भी दो मालदह आम रत्ती देने आया था। लौटा दिया।

दमयन्ती का चेहरा खिल उठा। वह अपनी बारीक सुई को चादर पर चला रही थी। प्रसन्नता से उँगली की गति रुक गई और बोली—उस भ्रष्ट औरत से भगवान हमें बचायें। इन आँखों के सामने वह न आवे, महादेव से मेरी यही प्रार्थना है। सन्नो की माँ तन्मय होकर अपनी तकली चला रही थी, किर्र-किर्र-किर्र। अब उसका ध्यान भंग हुआ। ऊपरी मन से यह बातें वह सुन रही थी। तकली में कते सूत को लपेटती हुई वह बोली—आम लेने में क्या हर्ज हैं ! हाँ, पकवान-वकवान होता तो बात दूसरी थी।

दमयन्ती सुलग उठी। उसकी भौंहें तन गईं। वह सन्नो की माँ पर बरस पड़ी—सवाल यह आम और पकवान का नहीं है।

शकुन्तला और जनकिशोरी ने अपना सिर हिलाकर इस बात का समर्थन किया। इससे उत्साहित होकर दमयन्ती दूने ओज से बोलने लगी—बात इतनी ही नहीं है सन्नो की माँ, देखना यह है कि पड़ोस के इस पाप का हमारे जीवन पर क्या असर पड़ता है। अपराधी को यदि दंड न मिले तो एक दिन भी संसार टिक नहीं सकता। उमानाथ की माँ अपनी मायके जाकर पाक-साफ हो आई है। परन्तु शुभंकरपुर का नाम इससे कितना कलंकित हुआ है···

दम्मो फूफी आवेग में आ गई। बागो के हाथ से छूटकर हनुमानचालीसा जमीन पर गिर पड़ा। सन्नो की माँ ने कहा—तो अब उसका क्या होगा ? इतना बड़ा कलंक क्या मामूली सज़ा है !

रामपुरवाली चाची चाहती थी कि दमयन्ती और बोले। तकली छोड़कर उसने सन्नो की माँ का हाथ पकड़ लिया। कहा—पूरा-पूरा कहने तो दो ?

दमयन्ती कहती गई—अब और क्या होगा ? मर्दों का तो कोई ठिकाना है नहीं। अगर हम न रहें, तो संसार से आचार-विचार हट जाय। उमानाथ की माँ व्यभिचारिणी है, पतिता है, भ्रष्टा है, कुलटा है, छिनाल है, उससे हमें किसी प्रकार का सम्बन्ध नहीं रखना चाहिए। बोल-चाल बन्द। बात-विचार बन्द। प्रत्येक विचार बन्द। हाँ, जयनाथ और रतिनाथ दोनों बाप-पूत यदि प्रायश्चित कर लें तो इस समाज में उनके लिए स्थान हो सकता है, परन्तु उमानाथ की माँ

को समाज किसी भी हालत में क्षमा नहीं कर सकता।

रामपुरवाली ने कहा—बिल्कुल ठीक। अपराधी को सज़ा मिलनी ही चाहिए।

थोड़ी देर तक उस गोष्ठी पर सन्नाटा छाया रहा।

निस्तब्धता को भंग करते हुए कोमल स्वर में दम्मो फूफी से जनककिशोरी ने पूछा—उमानाथ की माँ भी तो प्रायश्चित करके शुद्ध हो सकती है?

सन्नो की माँ ने जनककिशोरी की ओर देखा, मानो यह कह रही हो कि तुम्हारी जिज्ञासा ठीक है, मैं भी यही जानना चाहती थी।

उत्तर दिया दमयन्ती के बदले रामपुरवाली ने। वह बोली—प्रायश्चित की बातें तो कोई पंडित ही बता सकता है। इसमें किसी दूसरे के लिए रियायत थोड़ी ही हो सकेगी।

दम्मो ने चादर में जाली मढ़ने का अपना काम खतम कर दिया था। सुई को एक कागज में टाँचते हुए उसने कहा—रामपुरवाली की राय सही है, लेकिन खाली प्रायश्चित किसी काम का नहीं; जाति-बिरादरी का दंड ही इस प्रकार के अपराधों को फिर से न दुहराने की दवा का काम करता है। सामाजिक बहिष्कार तो उमानाथ की माँ का हर हालत में करना पड़ेगा।

सन्नो की माँ ने कहा—और, इस बात को लेकर गाँव में दो दल हो जाएँ तो?

इस प्रश्न पर सभी थोड़ी देर तक चुप रहीं। मौन भंग किया रामपुरवाली ने। उसने कहा—भले ही तीन दल हो जाएँ, हमारा तो उमानाथ की माँ से किसी भी प्रकार का संपर्क न रहेगा!

दम्मो फूफी ने मौन रहकर अपनी स्वीकृति इस विचार पर दी।

सन्नो की माँ उतनी मुँहजोर नहीं थी, जितनी कि समझदार। रामपुरवाली अपने पति की दूसरी स्त्री थी। भोला पंडित ने पुत्र की लालसा से पैंतालीस की उम्र में यह दूसरी शादी की थी। पहली स्त्री भी अब तक मौजूद है। दोनों मुर्गियों की तरह आपस में लड़ती रहती हैं। रामपुरवाली को ही दुनिया विजयिनी मानती है, क्योंकि अपनी सौत को इसने ऐसी करारी हार दी कि वह बेचारी पाँच साल से मायके में पड़ी है। यहाँ शुभंकरपुर के पाँच घरों के इस टोले में अब रामपुरवाली का एकच्छत्र राज है। झगड़ते-झगड़ते अंत में गालियों के अपने

जिन तीरों का वह इस्तेमाल करने लग जाती है, यहाँ उनका जिक्र न करना ही अच्छा है। एक बार भोला पंडित ने स्वयं अपने श्रीमुख से कहा था—पूर्व जन्म में बहुत बड़ा प्रत्यवाय मैंने किया होगा, जिससे रामपुर में अवतार लेने वाली यह चंडी मेरे घर आ गई। पंडित को जब बहुत गुस्सा चढ़ता है, तो झोंटा पकड़-कर चार लात जमा देते हैं। और, भगवान की कृपा से ऐसे अवसर इस दम्पति के जीवन में आते ही रहते हैं। बागो कोयले की खान का हीरा है। कम बोलना, स्निग्ध और स्थिर आँखों से देखते रहना, मुस्कान और सौन्दर्य। बागो का यही परिचय है।

जनककिशोरी और शकुन्तला, इन्द्रमणि की वही लड़कियाँ हैं जिनका ब्याह बिकौआ से हुआ था। दोनों बहिनों का स्वभाव तीव्र था। परन्तु बुद्धमती होने से उनकी यह तीव्रता बात नहीं, काम से जाहिर होती थी। एक का अपने चचेरे भाई से, और दूसरी का कुल्ली राउत के जवान बेटे से गुप्त स्नेह-संबंध था। साल-डेढ़ साल पर बिकौआ महाशय आ ही जाते। डेढ़-दो मास रहकर फिर चले जाते। शकुन्तला के तीन लड़के थे, और जनककिशोरी के एक लड़का और एक लड़की। शकुन्तला के पति की सात शादियाँ हुई थीं, और जनककिशोरी के पति की दस। शकुन्तला का तीसरा लड़का हू-ब-हू उसके चचेरे भाई की शक्ल का था। जनककिशोरी की दोनों सन्तानें आकृति में कुल्ली राउत की परंपरा में आती थीं।

दम्मो के पिता की दो शादियाँ हुई थीं। पहली शादी से एकमात्र यही दमयन्ती हुई। दूसरी से दो लड़के थे। पिता का नाम था विश्वनाथ झा। यह सभी लोग नीलमाधव उपाध्याय के ही वंशज थे। जयनाथ के पिता और विश्वनाथ चचेरे भाई थे। तांत्रिक-साधना में दिलचस्पी लेने के कारण विश्वनाथ आजीवन रक्ताम्बर-धारी रहे। बड़े-बड़े बाल, बड़ी-बड़ी दाढ़ी। दीप्त और प्रशस्त ललाट, सिन्दूर का बड़ा-सा टीका। लाल-सुर्ख धोती। लाल जनेऊ। हाथी के दाँत के तराशे हुए दानों की सुन्दर माला—विश्वनाथ का यह स्वरूप अब भी शुभंकरपुर में बहुतों को याद है। उन्हें लोग सिद्धजी-सिद्धजी कहते थे। अपनी ढलती उमर में ग्वालियर और इन्दौर जाकर वे रुपये भी काफी बटोर लाए थे। अपनी बाल-विधवा पुत्री—दमयन्ती को उन्होंने आग्रहपूर्वक यहीं रख लिया। दमयन्ती के ससुराल वाले उस कोटि के ब्राह्मण थे, जिन्हें अपनी परंपरा से चली आई मर्यादा

का बहुत अधिक ख्याल रहता है, जिनके रग-रग में ब्रह्मवाद और आस्तिकता भरे रहते हैं और पूर्वजों की ज्ञाननिधि के संरक्षण में बड़ा-सा बड़ा त्याग करते हुए जो हिचकते नहीं। जिनके साथ दमयन्ती का विवाह हुआ उनका नाम था वाचस्पति पाठक। न्याय और व्याकरण के अद्वितीय विद्वान थे। छब्बीस साल की उमर में हैजे से उनका देहान्त हो गया। और, तब से दम्मो अपने पितृकुल में रहती आई है। अपनी जायदाद का तीसरा हिस्सा पिता उसके नाम चढ़ा गए हैं।

एक सम्मानित व्यक्ति की बुद्धिमती बेटी होने के नाते गाँव के सामाजिक जीवन में दमयन्ती का जो स्थान है, वह उपेक्षणीय नहीं है। समाजपतियों के कूटनीतिक शतरज की वह भी एक खिलाड़िन है। उसकी पैनी सूझ का लोहा सभी मानते आए हैं।

इसलिए उमानाथ की माँ के सम्बन्ध में दम्मो फूफी का उक्त निर्णय बड़ा ही महत्त्व रखता था।

बारह

रतिनाथ तेरह-चौदह दिन पर गाँव आया था।

देहात की पाठशाला और सो भी संस्कृत की। उसका बन्द रहना और न रहना बराबर है। अपने साथियों से मिलने की इच्छा रत्ती को पाठशाला की ओर खींच ले गई। पहर-भर दिन बाकी था। तीन ही चार लड़के थे। सरस्वती को प्रणाम करने के पश्चात रतिनाथ ने पंडित जी के पैर छुए। पंडित जी उल्लसित होकर बोले—क्यों रे, कहकर नहीं गया था ?

रत्ती की जबान बेधड़क होकर झूठ खेल गई—क्या करता गुरूजी, पिताजी ने कहा। जाना ही पड़ा। बतला तो उन्होंने आपको दिया ही होगा।

गाय का पगहा टूट गया। पंडित जी कुशासन पर बैठे हुए उसकी मरम्मत कर रहे थे। आगे सन पड़ा था। पगहा की नई गाँठ को दोनों हाथों की पूरी ताकत लगाकर पंडित जी कसने लगे। बीच ही में बोल उठे—नहीं, तुम्हारे बाप ने मुझे यह सब नहीं बतलाया। हाँ, मत्तो से तुम्हारे तरकुलवा जाने की बात मालूम हुई

थी···तब पंडित जी ने गौर से रत्ती की ओर देखा। और आँखें फाड़कर बोले—देखता हूँ, दस दिन की पहुनाई में ही तेरी शकल बदल गई है।

सत्तो मौजूद था। मुस्कराकर बोला—हाँ, गुरुजी, बम्बई और मालदह इतना अधिक खा आया है कि साल-भर इसका बदन यह लाल ही रहेगा।

रत्ती ने मटकी मारकर सत्तो की ओर देखा, फिर नजर नीचे कर ली।

पगहे की मरम्मत हो चुकी थी। कुछ मामूली-सा पढ़ा-वढ़ाकर पंडित जी शौच के लिए निकल गए। थोड़ी देर बाद रतिनाथ भी चला आया। कल से ही रत्ती का मन बागो से मिलने के लिए तरस रहा था। आज शाम को पाठशाला से लौटने के बाद वह अपने घर की ओर न जाकर भोला पंडित की दालान की ओर चला गया।

भोला पंडित का घर इन्द्रमणि के घर से कुछ उत्तर की तरफ था। उसके दो तरफ खेत थे। पीछे की ओर बाँस का जंगल था। रामपुरवाली चाची की कोख से बागो के अलावा एक और सन्तान पैदा हुई थी, लड़का। वह नौ महीने का होकर चल बसा। उसके बाद सन्तान होने का कोई लक्षण किसी को दिखाई नहीं पड़ा। भोला पंडित सत्तर की उमर टाप गए थे। हड्डी इतनी मजबूत थी कि चौदह-चौदह, सोलह-सोलह घण्टे अब भी खटते रहते। तेरहों अध्याय चंडी (दुर्गा सप्तशती) का पाठ रोज करते। कंठस्थ हो गया था सारा। सुबह उठकर, शौच से निबट चुकने के बाद उनकी यह भनभन शुरू हो जाती। हाथ लगे रहते काम में और जीभ नाम में। दुनियादारी और जगदम्बा की स्तुति। इहलोक और परलोक यह दोनों भोला पंडित साथ चलाते। इस बीच कोई मिलने वाला आता तो उससे एक प्रकार की अस्पष्ट भाषा में मतलब की बात भी कर लेते, जैसे कि कोई आकर कहता—पंडित जी, आज दुपहर का निमन्त्रण देता हूँ, तो पंडित पाठ छोड़कर उससे पूछ बैठते—ङौङ ङौङ ङङ ङा (कौन-कौन रहेगा) और उनका ऐसा करना बिल्कुल दुरुस्त था। चंडी, गीता अथवा किसी अन्य धार्मिक ग्रन्थ का पारायण करते समय बीच-बीच में आप बातचीत नहीं कर सकते। हाँ, संस्कृत की बात दूसरी है। वह ठहरी देवताओं की वाणी। उसका इस्तेमाल भले ही कोई कर ले। अनिवार्य आवश्यकता पड़ने पर समझदार लोग इसी ङू-ङ या ऊँ-आँ जैसी अव्यक्त ध्वनियों का सहारा लेते हैं।

भोला पंडित की दौड़-धूप का क्षेत्र चार जिलों तक विस्तृत था। दरभंगा,

मुंगेर, भागलपुर और पूर्णिया। साल में एक बार तीन दिन के लिए वे बेतिया भी जाते थे। भिक्षा, आशीर्वाद, अनुष्ठान और रिश्तेदारी के सिलसिले में प्रतिवर्ष चार-छः महीने उनके बाहर बीत जाते। राजाबहादुर दुर्गानन्दन सिंह से लेकर बनैली के राजा कीर्त्यानन्दसिंह तक भोला पंडित की शुभकामनाओं के पात्र थे। भागलपुर का सबसे धनी मारवाड़ी उन दिनों रायबहादुर भोलीराम जयपुरिया था। वहाँ तक पंडित की पहुँच थी।

असमर्थ व्यक्तियों के प्रति इस ब्राह्मण के हृदय में असीम करुणा थी। कितने ही लूले, लँगड़े, अन्धे, अपाहिज और बूढ़े भोला पंडित की कृपा से अधखिली कलियों जैसी बालिकाओं को गृह-लक्ष्मी के रूप में पाकर निहाल हो गए। एक-एक ब्याह में पचास-पचास रुपए पंडित के बंधे हुए थे। उमानाथ की बहन को भी इन्हीं महाशय ने पैंतालीस साल के एक महामूर्ख के चंगुल में डाल दिया था। इस तरह पचीसों लड़कियाँ आपका नाम लेकर दच्छिन-पच्छिम में करम कूट रही थीं। तारा बाबा का कहना था कि भोला पंडित ब्रह्मपिशाच होगा। पचीसों लड़कियाँ जिसके नाम पर रात-दिन आँसू बहाएँ, उसका भला कैसे होगा? दस-पाँच लड़कों को ठगने में भी पंडित ने सफलता पाई थी। किसी के पल्ले गूँगी पड़ी, तो किसी के पल्ले अन्धी। किसी के पल्ले लँगड़ी पड़ी, तो किसी के पल्ले कुबड़ी।

परन्तु, इससे क्या? बाबा वैद्यनाथ प्रसन्न रहें, पंडित का कौन क्या कर लेगा? वह साल-साल कन्धे पर कामरू लेकर गंगाजल भरकर पैदल ही देवघर पहुँचता है। बाबा पर जल ढालता है। कौन है ऐसा शुभंकरपुर में?

बागो के बारे में रामपुरवाली चाची अभी से सतर्क थी। डर था कि पंडित कहीं से किसी मसानवासी कापालिक को लाकर इस गौरी के साथ न बैठा दें।

रतिनाथ की दरवाजे पर ही बागो से भेंट हो गई। नजर पड़ते ही लड़की ने मुँह फेर लिया। रत्ती नजदीक आया और बोला—कल दिन-भर घर के काम में लगा रहा। आज सुबह चाची के काम से परसौनी गया था। दुपहर के बाद पाठ-शाला जाना पड़ा और अब जाकर कहीं फ़ुसरत मिली है। भौंहें तानकर बागो ने सिर हिलाया।

नहीं, अपनी कसम! मैं बहानेबाजी नहीं करता—रत्ती ने कहा। लड़की ने चट से लड़के की कलाई पकड़ ली—बड़ी बुरी आदत है तुम्हारी, कुछ बात हुई

नहीं कि अपनी कसम खा लो।

रत्ती ने बागो के चेहरे पर आँखें गड़ा दीं। थोड़ा रुककर बोला—तुम मानती जो नहीं हो !

हाथ पकड़कर बागो रत्ती को खींचकर आँगन में ले गई। रामपुरवाली चाची किसी दूसरे के घर गई हुई थी। बागो ने एक पीढ़ा डाल दिया और इशारे से कहा—बैठ जाओ।

रतिनाथ चुपचाप बैठ गया, निर्निमेष बागो की ओर देखने लगा। चार-पाँच साल की पुरानी मित्रता थी, दोनों एक-दूसरे को जी-जान से प्यार करते थे। दोनों ने साथ-साथ तालाब में तैरना सीखा था। आसिन के रात्रिशेष में उस बूढ़े हरसिंगार के नीचे खड़े होकर दोनों ने एक-दूसरे के लिए फूल चुने थे। किसी रात हवा नहीं चलने से खिले फूल अपने-अपने वृन्तों से चिपके रह जाते। तब बागो सहारा देती और रतिनाथ उस पेड़ पर चढ़ जाता। छोटी-बड़ी डालों को हिलाकर नीचे उतर आता, और फिर दोनों साथ-साथ फूल चुनने लगते। दोनों की डालियाँ जब भर जातीं, तो फिर एक-दूसरे पर चुने हुए फूल बिखेर देते। अपने बड़े-बड़े बालों में उलझे फूलों की ओर संकेत करती हुई बागो कहती—यह तुमने क्या किया ? कैसे ये झड़ेंगे ?

हँसकर रतिनाथ उत्तर देता—रहने भी दो। क्या बिगाड़ते हैं।

झुँझलाकर वह रत्ती की गरदन से लपेटे हुए गमछे का पल्ला पकड़ लेती—नहीं, मेरे बालों से एक-एक कर ये फूल तुम्हें हटाने होंगे।

नहीं तो ?

नहीं तो फिर कभी तुम्हारे साथ इस हरसिंगार के नीचे मैं नहीं आऊँगी।

तब, हरे काँच की चार-चार चूड़ियों वाले उन गोरे हाथों को अपने हाथों से रतिनाथ दबा देता और उसका सिर सूँघ लेता।

फिर विभोर होकर वह चुपचाप उसकी पीठ की तरफ हो लेता और बालों में से लगता फूल निकालने। दो-एक फूल जान-बूझकर छोड़ देता···

क्या बात है—खम्भे से सटकर खड़ी हुई बागो बोली—क्या सोच रहे हो ?

रत्ती का सपना टूट गया। चौंककर उसने कहा—कुछ तो नहीं। फिर दोनों टोल-पड़ोस के दूसरे लड़के और लड़कियों की चर्चा में लग गए। अन्त में बागो ने दम्मो फूफी की उस ज्ञान-गोष्ठी का जिक्र किया, जिसमें वह खुद भी मौजूद थी।

रत्ती इतना ही समझ सका कि उसकी चाची के खिलाफ लोग कुछ साजिश कर रहे हैं।

कहीं से आए हुए दो पेड़े रखे पड़े थे। उनमें से एक बागो निकाल लाई और रत्ती के हाथ पर धर दिया। बोली—पानी लाती हूँ। पीकर जाना।

तोड़-तोड़कर थोड़ा-थोड़ा पेड़ा वह खाने लगा। खाते-खाते सोच रहा था—चाची के बाद दूसरी कोई औरत मुझे मानती है तो यही बागो। कई बार ऐसा हुआ है कि रत्ती बाप के पैसे चुराकर कहीं से कुछ खा-पी आया है। और, पीछे पिटाई के आतंक से चेहरा कुम्हला गया है, तो खोद-खोदकर इस लड़की ने चिन्ता का कारण मालूम कर लिया है। फिर उतने पैसे अपनी माँ की डिबिया में से निकालकर रत्ती को दिए हैं। और उसने अपने बाप के बटुए में ज्यों के त्यों वे पैसे फिर से रख दिए हैं।

अपने आँगन में पैर रखते ही रतिनाथ की निगाह पिता पर पड़ी। वे भाँग घोट रहे थे। चुनार के पत्थर की बनी हुई यह कुंडी ज़यनाथ विन्ध्याचल से लेते आए थे। कुंडी लाल पत्थर की थी। बड़ी मजबूत, वजन में तीन सेर की रही होगी। सोंटा अमरूद का था। भोला पण्डित की बगिया में अमरूद का एक पेड़ है। उसी की पतली डाली काटकर जयनाथ ने भाँग घोटने का यह सोंटा तैयार किया था। सदियों के तजुर्बे के बाद भंग-भक्तों की राय अब पक्की हो गई है कि अमरूद का सोंटा घिसता कम है। इसीलिए भाँग पीसने के लिए बहुत ही उपयोगी होता है। आम, जामुन, कटहल वगैरह की डाली से तैयार किया हुआ सोंटा भुस-भुस घिसता है। बम्भोले की बूटी छानने वाले इसीलिए अमरूद के सोंटे की प्रशंसा करते थकते नहीं। जयनाथ कड़ी पत्ती का इस्तेमाल करते थे। गिनकर ग्यारह दाने काली मिर्च डालते, दो बादाम। चुटकी-भर सौंफ। चीनी और गुड़ डालकर भाँग पीना उन्हें पसन्द नहीं था। वह कहते—यह साधकों की चीज नहीं है। पर्व-त्योहार को नशाखोरी की नीयत से भाँग पीने वाले ऐसा भले कर लें, परन्तु विजया देवी के जो नित्य सेवक हैं, उन्हें कड़वी भाँग ही प्रिय होती है।

रत्ती ने छिपाकर एक बार थोड़ी भाँग पी ली थी। बुरा हाल हो गया उसका। खाते समय मुँह के बदले कान में ही उसने भात के कौर डालने शुरू किए। जयनाथ ने पूछा—दाल में नमक तो ठीक है? लड़के ने यों ही मुँह चलाकर सिर हिला दिया। कन्धे पर कान से भात गिरते देखकर पिता ने समझा, लड़के ने भाँग खा

ली है। बस, फिर क्या था ? रत्ती पर बड़ी पिटाई पड़ो। चाची ने आकर छुड़ा लिया, नहीं तो उस रात पीट-पाटकर जयनाथ उसे बेहोश कर देते। उस वक्त नशे में चोट नहीं लगी, मगर अगले दिन रत्ती का बदन टूटा जा रहा था। चाची ने दो बार मालिश की, तब कहीं जाकर दर्द दूर हुआ। मालिश के वक्त जयनाथ ने तो दाँत पीसते हुए कहा—गधा ! फिर कभी भाँग तूने पी, तो कुल्हाड़ी से गरदन काट लूँगा। चाची ने जयनाथ को फटकारा, खुद जो पीते हो, भर-भर लोटा ! जयनाथ बरबराते हुए आँगन से बाहर हो गए कि मैं तो अभिमन्त्रित करके पीता हूँ, उसमें नशा कम होता है।

जयनाथ तन्मय होकर भाँग घोंट रहे थे ! रत्ती नजदीक आकर खड़ा हो गया।

पिता ने पूछा—क्या चाहिए ?

कड़वा तेल नहीं है !—पुत्र ने कहा। जयनाथ बोले—अभी उमानाथ की माँ से लेकर काम चला लेंगे, कल देखा जायगा।

रत्ती की आवाज सुनकर चाची निकल आईं। उपालंभ के स्वर में बोलीं—आज नाश्ता नहीं किया रे !

रतिनाथ ने निगाहें जमीन पर गाड़ लीं। चाची ने सिर से पैर तक उसकी ओर देखा। ज़रा रुककर बोलीं—तेरा खाना मैं ही बना रही हूँ।

रत्ती चुप रहा। पिसी हुई भाँग के गोले को पानी में मिलाते हुए जयनाथ बोल उठे—तो, इस गर्मी में अपने पेट के लिए चूल्हे के पास बैठकर मैं तपस्या क्यों करूँ ? पाव-डेढ़ पाव चिउड़ा घर में है ही, घिवही आम का गाढ़ा रस और फूला हुआ चिउड़ा···ज़रा-सी कसौंझी···आहा ! हाँ !! इस दिव्य पदार्थ के आगे भात-दाल-तरकारी गोबर है !

चाची से न रहा गया। बोलीं—रात-दिन वही गोबर तो खाते रहते हो।

अरे गोबर नहीं, एक बात कही है।—जयनाथ ने कहा। जब परिश्रम किए बिना भी खाने की चीज सुलभ है, तो रसोई की झंझट में वे पड़ते ही क्यों !

कमलनाथ, बैद्यनाथ और जयनाथ—जब तक माँ जीती रही, तीनों इकट्ठे रहे। उसके बाद अलग-विलग हो गए। जमीन-जायदाद, बर्तन-बासन सभी के तीन हिस्से हुए। चूल्हे भी तीन। कमलनाथ यहाँ थे नहीं। रह गए बैद्यनाथ और जयनाथ। यह दोनों भी अलग-विलग थे। बैद्यनाथ की मृत्यु के बाद जब रत्ती की

माँ मरी तो बेचारे जयनाथ की गृहस्थी छिन्न-भिन्न हो गई। यों तो वह पहले ही से गई-गुजरी थी, क्योंकि जयनाथ ठिकाने से कभी शुभंकरपुर नहीं रहे। उनकी सारी जवानी कटी थी भागलपुर से बाईस कोस दक्षिण बड़हड़वा में। वहाँ इन लोगों की बड़ी बहन सुमित्रा की ससुराल थी। इसकी भी एक कहानी है। आज से चालीस साल पहले रुपया ही महँगा था, चीजें खूब सस्ती थीं। मेवालाल ठाकुर बड़हड़वा के बहुत बड़े काश्तकार थे। पचास वर्ष की उमर में उन पर यह सनक सवार हुई कि किसी कुलीन कन्या का पाणिग्रहण करना चाहिए। दो शादियाँ इससे पहले की थीं। वे दोनों औरतें मौजूद थीं। उनमें से एक के चार और दूसरी के सात सन्तानें थीं। जयनाथ के पिता को अपने एक मित्र से मेवावाल की यह इच्छा मालूम हुई। यह जानकर कि बड़हड़वा वाले बहुत ही धनी हैं और धूम-धाम से शादी करेंगे, उन्होंने निश्चय किया कि अपनी कन्या सुमित्रा का ब्याह उधर ही कर देंगे, तदनुसार बातचीत शुरू हो गई और सम्बन्ध स्थिर हो गया। रानी छाप के दो सौ नगद रुपये, सौ मन कनकजीरा चावल, पन्द्रह मन अरहर की दाल, दो मन घी, पाँच थान ननगिलाट (लाँग क्लाथ), इतना सामान लेकर मेवालाल ठाकुर शुभंकरपुर आए थे शादी करने। बारात में कुल चार आदमी थे, एक खवास था। गरीब ब्राह्मण के घर को ठाकुरजी ने भर दिया। गहनों से सुमित्रा लद गई। खानदान के पाँचों घर की औरतों को एक-एक बिसहत्थी साड़ी मिली थी। कुल्ली राउत को दो धोतियाँ। उसकी घरवाली को दस हाथ की साड़ी! छः महीने बाद ही गौना हुआ। भाइयों में जयनाथ ही छोटे थे। वही साथ गए। पहली यात्रा में वे साल-भर बड़हड़वा रह आए। दूध, दही, घी, मछली-मांस—इनकी प्रचुरता ने जयनाथ के मन और तन, दोनों पर प्रभाव डाला। वे सदा के लिए अपने बहनोई के यहाँ रहने को तैयार थे। अपनी शादी और गौने के बाद भी जयनाथ का मन घर पर नहीं लगता था। वे भाग-भागकर बड़हड़वा पहुँच जाते। टट्टू और गधे को छोड़ दीजिए। वह उसी मैदान की ओर पिछली दो टाँगों के बल पर रुक-रुककर कूदता हुआ पहुँच जायगा जिसकी हरी-हरी मुलायम दूबों का स्वाद उसे भली-भाँति मालूम है। यही हाल था जयनाथ का। बड़हड़वा उनके लिए हरी घास का अक्षय मैदान था। फिर अपनी सारी जवानी अगर उन्होंने दक्षिण भागलपुर के उस देहात में बिता दी, तो इसमें आश्चर्य ही क्या? ठाकुर जी की विधवा भावज वहाँ जयनाथ के लिए जान देती थी। खेत की मजूरिनों से हँसी-

मखौल करने का जयनाथ को अवाध अधिकार था। विशाल वटवृक्ष की छाया में दस-पाँच गायों के बीच खड़े होकर साँड जैसे आँखें मूँदे जुगाली करता रहता है, वही स्थिति थी जयनाथ की।

यही बात थी कि गृहस्थी में कभी जयनाथ का मन नहीं लगा। रत्ती की माँ मर गई, तब से उमानाथ की माँ ने अपने देवर की टूटी गृहस्थी को सँभालने की बराबर चेष्टा की है।

अलगाव-बिलगाव की वह मोटी दीवार बहुत कुछ ढह चुकी थी। नाममात्र के दो चूल्हे थे। खाना बहुधा साथ ही बनता। और, जयनाथ जब बाहर रहते तब तो रत्ती रात-दिन चाची के ही घर में आसन जमाये रहता; आँगन के दक्षिण ओर अपना बन्द घर उस लड़के का ध्यान शायद ही कभी आकर्षित करता।

भाँग पीकर जयनाथ बलुआहा पोखर की ओर निकल गए और रत्ती चाची के घर में घुसा। खाना तैयार होने में कुछ देर थी।

तेरह

ठीक दीपावली के दिन बैद्यनाथ की वर्षी पड़ती थी। इस अवसर पर उमानाथ घर आता। कम से कम पाँच ब्राह्मण जिवाये जाते! किसी-किसी वर्ष यह संख्या, सात और नौ तक पहुँच जाती। प्रथा यह है कि पाँच वर्षों तक कम से कम ग्यारह व्यक्तियों को निमंत्रण दिया जाय। उसके बाद आप स्वतन्त्र हैं।

परन्तु इस वर्ष तो समस्या ही दूसरी थी। कौन खाएगा उमानाथ के घर? सभी ने उसकी माँ को समाज से बहिष्कृत कर दिया है।

उमानाथ दुर्गा पूजा की छुट्टी में हमेशा आता और दिवाली के दिन बाप की वर्षी करके फौरन चला जाता बहन के यहाँ। कार्तिक शुक्ल द्वितीया उन व्यक्तियों के लिए एक महत्त्वपूर्ण तिथि है, जिनकी बहन जीवित हों। भाई दूज का यह त्योहार उमानाथ के लिए बचपन से ही आनन्द और उत्सव का दिन रहा है। ब्याहकर दूर चली जाने पर भी प्रतिभामा प्रतिवर्ष अपने भाई को इस त्योहार के अवसर पर बुलवाती ही। उमानाथ जब से भागलपुर रहने लगा तब से तो आग्रह

और भी अधिक हो गया।

इस बार दुर्गा पूजा की छुट्टी में, कलश-स्थापन (नवरात्रि के आरम्भ का दिन—अश्विन शुक्ल, प्रतिपदा) से दो रोज पहले उमानाथ घर पहुँचा, पर थोड़ी ही देर बाद अपनी माँ के सम्बन्ध में सारी बात जब उसे मालूम हुई, तो ग्लानि और क्षोभ के मारे उसका दिमाग फटने लगा। और, उससे यह सब कहा किसने ? दम्मो बुआ ने !

आँखों में आँसू भरकर विषाद की फीकी छाया चेहरे पर लाकर फूफी ने उमानाथ से कहा था—बबुआ, तेरी माँ ऐसी कुलबोरनी निकलेगी, इस बात का जरा भी पता पहले होता, तो कभी मैं वैद्यनाथ की शादी तरकुलवा में नहीं होने देती। सोचो तो, नीलमाधव उपाध्याय का यह विमल वंश कितना प्रसिद्ध है ! और एक विधवा···इतना कहते-कहते उन बनावटी आँसुओं को आँचल के खूंट से दमयन्ती ने पोंछ लिया और हाथ पकड़कर उमानाथ को अपने दरवाजे की भीत के ओट में ले गई।

उमानाथ फुफकारता हुआ अपने आँगन में आया और माँ का झोंटा पकड़ लिया। वह बेचारी इस आकस्मिक आक्रमण से चकित थी ही कि इसी बीच लड़के ने उसकी पीठ पर आठ-दस लात गद्दागद जमा दिये। चाची ऐंचकर रह गई। उसे यह समझते देर न लगी कि दमयन्ती ने उमानाथ के कान भरे हैं।

अपने आँसू, अपनी आह—चाची सब पी गई।

पति, पुत्र या परिपालक के द्वारा पीटी जाने पर यदि औरत न रोए, न चिल्लाए और न आह-ऊह करे, तो क्या होगा ? होगा यही कि पीटने वाले का क्रोध क्षोभ के रूप में बदल जायगा और तब अपना कपार आप ही वह पीट लेगा···

उमानाथ का मन न भरा। दाँत पीसता हुआ वह बोला—राक्षसी कहीं की ! ले, रख अपना घर। मैं जाता हूँ तालाब में डूबने और तब तू मौज मारती रहना···

उठकर चट से चाची ने उमानाथ के पैर छान लिए।

लड़का चिल्लाया—नहीं, नहीं, जीकर मैं क्या करूँगा ! गले में घड़ा बाँधकर डूब मरूँगा, तभी मुझे शान्ति मिलेगी।

नहीं भैया—लड़के के पैरों पर अपना मुक्त-कुन्तल मस्तक डालकर माँ गिड़गिड़ाई—नहीं भैया, कोने में कुल्हाड़ा रखा है, उठा लाओ, मुझे खण्ड-खण्ड

कर दो ! मैं खुद इसलिए नहीं डूब मरी कि तुम्हारे हाथों से सद्‌गति मिलेगी तो मेरे सारे कुकर्म धुल जाएँगे।

माँ के बाहु-पाश से अपने पैर छुड़ाकर वह अलग हो गया और बीच घर में बैठकर फूट-फूटकर रोने लगा। माँ की आँखें भी आँसू से तर थीं। वह उठी। लड़के के बिल्कुल करीब आकर बैठ गई। आँचल के खूँट से उसके आँसू पोंछने लगी, परन्तु आज उमानाथ का हृदय गर्मी की गंगोत्री बन गया था। तापविगलित हिमानी प्रखर स्रोत की भूमिका बनकर जब बह निकलती है, तो मैदान की गंगा अपने दोनों तटों को आप्लावित करती हुई बहती चली जाती है।

बहुत देर तक उमानाथ रोता रहा, माँ पास ही बैठी बराबर उसके आँसू पोंछती रही। पाठशाला से रतिनाथ आ गया तो जागकर वह उठा और लोटा में पानी लेकर आँख-मुँह धो आया।

रत्ती को साहस नहीं हुआ कि चाची से पूछे।

यह सब तो हुआ, किन्तु निमन्त्रण देने पर वर्षी के दिन कोई खाने नहीं आया। मूर्ख और मन्दबुद्धि रहने पर भी उमानाथ होनहार को बलवान तो मानता ही था। अपनी अपराधिनी माँ को क्षमा करके उसे फ़िर कभी पश्चात्ताप नहीं हुआ। दीवाली के दिन ही वह भागलपुर के लिए रवाना हो गया।

चौदह

दुर्गा पूजा के दसों दिन जयनाथ ने विन्ध्याचल में बिताए। एक मारवाड़ी ने चंडी का सम्पुट पाठ करवाया था। पाठ करने वाले नौ थे। पचीस-पचीस की दक्षिणा मिली थी। एक-एक जोड़ा धोती। दसों दिन फलाहार का इन्तजाम था। शाम को गंगा के किनारे पंडे ठंडई छानते। वहीं जयनाथ भी अपनी कुंडी और सोंटा लेकर एक ओर बैठ जाते। पाठ करने वालों में से चार मैथिल थे और पाँच सरयूपारी। सेठ था कलकत्ते का, मगर प्रबन्ध मिरजापुर के हरिहर पंडे के हाथ था। सेठ के लड़के को लड़का नहीं हो रहा था। इसलिए भगवती विन्ध्यवासिनी की आराधना वह करवा रहा था। हरिहर पंडा से जयनाथ का पहले से ही परिचय

था। खत लिखकर उसने जयनाथ को इस बार बुलाया था। शर्त यही थी कि अपनी दक्षिणा में से पाँच रुपया पंडे को देना पड़ेगा। सभी से पाँच-पाँच उसने लिए थे। सेठ से एकमुश्त पाँच सौ लिया था।

दीवाली के बाद जयनाथ प्रयाग चले गए। वहाँ बेतिया की महारानी रहती थी। पागल करार देकर उसकी रियासत सरकार ने ले ली थी। सालाना डेढ़ लाख रुपया उसे खर्च के लिए मिलता था। इलाहाबाद में एक बड़ा-सा बँगला लेकर अपने अमले और नौकर-चाकर के साथ महारानी रहती थी।

बेतिया की महारानी के यहाँ पूजा-पाठ, अनुष्ठान, जप और ध्यान का कुछ न कुछ सिलसिला लगा ही रहता। रुद्रधर मिश्र पुजारी के तौर पर रानी के यहाँ रहते थे। इस बार विजयादशमी के दिन महारानी भगवती का दर्शन करने विन्ध्याचल गईं तो मिश्र जी भी साथ थे। वहीं जयनाथ का मिश्र से परिचय हुआ और वही परिचय जयनाथ को प्रयाग खींच लाया। एक मास महामृत्युञ्जय का जप करके चालीस रुपया दक्षिणा पाई। भोजन का प्रबन्ध तो, खैर, अलग से था ही।

प्रयाग से जयनाथ काशी आ गए।

काशी बहुत ही विलक्षण और बड़ा ही विचित्र स्थान है। ऐसा लगता है, मानो हिन्दुत्व और भारतीयता के सारे गुण और सारे दुर्गुण यहाँ बाबा विश्वनाथ की शरण में दुबके पड़े हैं। इससे पहले भी जयनाथ दो बार काशी आ चुके थे। बनैली के राजा पद्मानन्दसिंह की रानी पद्मावती ने नेपाली खपड़ा मुहल्ले में तारा भगवती का एक मन्दिर बनवाया। भोग-राग के लिए लाख रुपये की तहसील भगवती के नाम ट्रस्ट कर गई। गरीब विद्यार्थी और काशीवास की इच्छा से आनेवाले बूढ़े पचासों की तादाद में वहाँ नित्य भोजन पाते। परन्तु यह सुविधा केवल मैथिल ब्राह्मणों के ही लिए थी। मन्दिर के मैनेजर से जयनाथ की दूर की रिश्तेदारी की लपेट थी। इसलिए चाहे जितने दिन काशी-वासी बनकर वह तारा भगवती का प्रसाद पा सकते थे। फिर भी होली तक ही रहे। साढ़े तीन महीने के इस काशीवास की स्मृतियाँ जयनाथ को जीवन-भर न भूलेंगी। यह अनुताप कि शिक्षित नहीं बना, उनके हृदय में काशी रहते समय और तीव्र, और भी असह्य हो उठा। बड़े-बड़े पंडितों को गंगा में तख्त पर बैठे और त्रिपुंड किये जप में लीन देखते तो जयनाथ सोचने लगते—यह अगर पच्छिम की ओर निकल जायँ, तो सौ-

सौ रुपये का मासिक वेतन पाएँ। परन्तु विद्या भी विजया की तरह एक मादक बस्तु है। तभी तो पन्द्रह-पन्द्रह, बीस-बीस रुपये लेकर जिन्दगी-भर ये लोग काशी ही में पढ़ाते रह जाते हैं। जयनाथ को अपने क्षेत्र के महामहोपाध्याय भवनाथ मिश्र का नाम याद आया, जिन्हें लोग अयाची कहते थे। वे जीवन-भर किसी से कुछ माँगने नहीं गए। बस, अपनी कुटिया में बैठकर विद्यार्थियों को पढ़ाते रहे।

इन बातों से रह-रहकर जयनाथ को अपनी मूर्खता खलती और आहत मन को बहलाने के लिए वह कचौड़ी गली, कुँजगली, ठठेरी बाजार, चौक और दशाश्वमेध की राह लेते। यदा-कदा परिचितों की निगाह बचाकर दालमंडी का भी चक्कर लगा आते। 'राँड़, साँड़, सीढ़ी, संन्यासी, इनसे बचे तो सेवै काशी।' सो, बेचारे जयनाथ झा आखिर उलझ ही गए। विश्वनाथ और अन्नपूर्णा की पूजा कर चुकने पर लोग ढुंढिराज पर जल चढ़ाने जाते हैं। वहाँ से दंडपाणि। दंडपाणि बाली गली में चूड़ियों की कई दुकानें हैं। एक दिन जयनाथ ने देखा कि दो विधवाएँ वहीं एक दूकान पर मैथिली वोली में चूड़ियों का मोल-भाव कर रही हैं। जयनाथ के कन्धे पर भीगी धोती थी, हाथ में लोटा था। जल चढ़ाकर आ रहे थे। अपनी मातृ-भाषा में विधवाओं को बोलते पाकर ठिठक गये। बाद में जिधर वे चलीं, वह भी उधर ही हो लिए। जाते-जाते मणिकर्णिका घाट के पास ऊपर एक गली में एक मकान के अन्दर वे घुसीं। उस मकान की दीवाल पर किसी ने गेरू से लिख दिया था—मैथिल विधवा-निवास। साहस हुआ, अन्दर गए। एक बुढ़िया नल के पास कपड़ा फींच रही थी। उसने देखते ही पूछा—किसे ढूंढ़ते हो ?

शुभंकरपुर की एक मुसम्मात यहाँ रहती है। उससे ही मिलने आया हूँ।

बुढ़िया ने सिर हिलाकर कहा—ना, ना, शुभंकरपुर की तो कोई नहीं है यहाँ।

इतने में उन्हीं दो में से एक विधवा ने ऊपर से झाँककर देखा और पूछा—आप कहाँ के रहने वाले हैं ?

शुभंकरपुर के।—जयनाथ ने कहा।

ऊपर से आवाज आई—ठहरिए, सीढ़ियों में धम्-धम् करते दो हल्के पैर नीचे उतर आए। नजदीक आकर उस विधवा ने माथे पर का कपड़ा ठीक किया और बोली—मैं परसौनी की रहनेवाली हूँ। शुभंकरपुर और परसौनी दोनों पड़ोसी हैं।

जयनाथ बरबस मुस्करा पड़े—तो, हम और आप पड़ोसी हुए।

बिना किसी संकोच के चट से उस औरत ने कहा—इसमें भी क्या कुछ सन्देह है ?···थोड़ा रुककर वह फिर बोली—ऊपर चलिए, हमारी कोठरी को अपनी चरण धूलि से···

जयनाथ ने टोका—प्रतिदिन सवेरे जहाँ की गलियाँ झाड़-बुहारकर साफ कर ली जाती हों, वहाँ भला चरण-धूलि ?

धूल न सही, चरण तो पड़ेंगे !—विधवा ने कहा—और सीढ़ियों से चढ़कर ऊपर चलने का संकेत किया।

चार महीने हो गए थे, जयनाथ को घर छोड़े। इतने दिनों पर नजदीक से एक स्त्री का मुँह देखकर और उस मुँह से निकली बातें सीधे अपने कानों से सुनकर उनका मन प्रसन्न हो गया।

दुतल्ले पर पहुँचकर पूरब की ओर एक छोटी कोठरी के पास वह औरत रुक गई। मुड़कर जयनाथ की ओर देखा और बोली—इस मकान का किराया अपने ही जिले के एक श्रीमान् देते हैं। हम विधवाओं पर उनकी विशेष कृपा रहती है। और, आप देखते ही हैं, इस मकान में कमरा दो ही एक हैं। तीन तल्लों में कुल मिलाकर पाँच ही सात कोठरियाँ हैं, बाकी बरंडा ही बरंडा हैं।

चारों ओर नजर घुमाकर जयनाथ ने उस मकान को देखा।

ख्याल आया—वह कौन श्रीमान् हैं, इन विधवाओं के प्रति जिनके हृदय में करुणा का यह उद्रेक हुआ है ?

कुश का आसन बिछाते हुए विधवा ने बैठने का इशारा किया और बोली—लोटा रख दीजिए और धोती दीजिए इधर। सूखते क्या देर लगेगी ?

जयनाथ ने कहा—बैठने को तो थोड़ा मैं बैठ लेता हूँ, मगर तारा मन्दिर में ठीक ग्यारह बजे भोजन की घंटी बजती है।

आसमान की ओर दृष्टि डालकर वह विधवा बोली—दस भी न बजे होंगे। तब तक यह गीली धोती क्या आप कन्धे पर ही डाले रहेंगे ?

जयनाथ ने कन्धे से उठाकर यह गीली धोती उसे थमा दी।

संसार का जयनाथ को जो थोड़ा-बहुत ज्ञान था, तद्नुसार वह विधवा उन्हें उन विधवाओं से विलक्षण मालूम हो रही थी, जिन्हें शुभंकरपुर, बड़हड़वा या कहीं और देखा था। वह चौड़े पाड़ की सफेद साड़ी पहने थी। गले में चाँदी की तीन सिकड़ियाँ झूल रही थीं। भ्रमर-कुंचित केश और खिला हुआ चेहरा देखकर

ऐसा लगता था कि इस जीवन को वह उपेक्षा के योग्य नहीं समझती।

तब तक बरामदे की खूँटियों पर वह धोती डाल आई और कोठरी के अन्दर जाकर एक दोने में चार पेड़े लाकर जयनाथ के सामने रख दिए। कहा—अभी तक आपने पानी नहीं पिया होगा।

जयनाथ से 'न' कहते नहीं बना। उन्होंने अपने को समझाया—मिट्टी की ओर सभी खिंचते हैं, मेरी-इसकी कोई जान-पहचान तो थी नहीं। शुभंकरपुर का नाम सुनकर इसे अपनी मातृभूमि परसौनी याद आई। पास-पड़ोस का होना ही इस खिंचाव का कारण है···जयनाथ भी चार महीने से प्रवासी-जीवन बिता रहे थे। एकाएक यों पड़ोस की महिला से भेंट हो जाना कितना बड़ा सौभाग्य है?

उनका साहस नहीं हो रहा था कि प्रथम परिचय के इन क्षणों में ही नाम, कुल, जीविका आदि पूछ लें।

पेड़ा खाकर पानी पीकर वह जब तक निवृत्त हुए, तब तक पान के दो बीड़े सामने आ गए। विधवा और मगही पान! जयनाथ की आँखें कपार तक फैल गईं! पान खाकर उन्होंने कहा—धोती मैं आकर फिर ले जाऊँगा, अभी जाने दीजिए।

स्त्री ने निषेध-मुद्रा में हाथ उठाकर कहा—अब आठ बजे रात से पहले मैं नहीं मिलूंगी। एक खत्री के तीन बच्चे हैं। औरत उसकी पिछले साल चल बसी। उन अबोध बच्चों की मैं ही देखभाल करती हूँ।

मन ही मन जयनाथ बोले—तभी तो! अब बात समझ में आई।

—मेरा नाम सुशीला है। धोती आपकी थोड़ी देर बाद पहुँच जाएगी, उसकी चिन्ता न करें, विधवा ने कहा।

उस समय तो जयनाथ चले आए, मगर सुशीला उनके हृदय-कमल पर मानो बज्रासन मारकर बैठ गई।

तारा मन्दिर में जयनाथ के ननिहाल की एक वृद्धा चावल फटकने का काम करती थी। अवसर पाकर सुशीला के बारे में जयनाथ ने कुछ बातें मालूम कीं। वह सचमुच परसौनी की ही रहने वाली थी। बाल-विधवा हो जाने के बाद जेठानी और ननद के दुर्व्यवहार से तंग आकर मायके में रहने लगी। वहाँ भाभी से खटपट हुई, तो भागकर काशी आ गई। पहले एक घाटिया महाराज के पल्ले पड़ी, और अब उस खत्री दूकानदार के घर की मलिकाइन बनी हुई है। खूब चुगती है, खूब

छितराती है। भाई और चाचा आते हैं, तो उन्हें भी काफी दे-दिवाकर बिदा करती है।···सुशीला की यह गुण-गाथा सुनकर जयनाथ ने उसके प्रति और भी आकर्षण अनुभव किया। यह तीसरे-चौथे दिन सुशीला के यहाँ पहुँचने लगे। सम्पर्क बढ़ता गया तो इससे क्या? उस विधवा ने अपने व्यक्तित्व को सदैव जयनाथ की कोरी भावुकताओं से ऊपर रखा। एक दिन, रात को वह उन्हें सिनेमा दिखाने ले गई। भागलपुर और इलाहाबाद में जयनाथ सिनेमा पच्चीसों बार देख चुके थे, लेकिन ऐसी अद्भुत साथिन तो उन्हें कभी नहीं मिली। एक बार पंच-गंगा घाट पर बैठे-बैठे सुशीला ने कहा—बहता पानी ही धार कहलाता है। देखो, सुबह-शाम हजारों आदमी नहाने आते हैं। मगर तुम जिस जाति में, जिस समाज में पैदा हुए हो, वह जिन्दा नहीं, मुर्दा धार है, वह छाड़न है। फिर भी मिथिला की उस मिट्टी का मुझे बहुत ही मोह है। उस धनी सज्जन का नाम मैं तुम्हें नहीं बताना चाहती जिसका हृदय हम विधवाओं के प्रति करुणामय है—इतना करुणामय कि तीन-तीन विवाहिताएँ और पाँच-पाँच रखेलियाँ रहते हुए भी चूड़ियों से सूनी कलाई की ओर ललचाई निगाह से देखा करता है। ताड़ी पीने वाले को तुमने अवश्य देखा होगा, मेरा भी वही हाल है। मैं प्रज्वलित अग्नि-कुण्ड हूँ, जो जितनी ही स्निग्ध समिधाएँ पाता है, उतना ही निर्धूम, उतना ही निठुर होता जाता है।

जयनाथ समझदार जरूर था, मगर सुशीला की जलन को भली-भाँति समझ सका हो, इसमें सन्देह है। वह जब आवेश में आती तो लगती सिगरेट पर सिगरेट फूँकने! एक दिन उसे कीमती चूड़ियाँ पहने देखकर जयनाथ दंग रह गया था और इस पर क्या कहा था सुशीला ने? कहा यही था कि मेरे जितने मित्र बनते हैं, उतनी बार मैं चूड़ियाँ पहनती हूँ, और फोड़ती हूँ।

पन्द्रह

पंडित कालीचरन की स्त्री और सन्नो की माँ ने अब चाची से मिलना-जुलना आरम्भ कर दिया था। और लोगों का भी रुख बदल रहा था। कर्ज, घाव का निशान और बदनामी—यह तीन ऐसी बातें हैं जो आहिस्ते-आहिस्ते मिट जाती हैं।

चाची के भी कलंक को अब लोग भूलने लगे थे। और शुभंकरपुर जैसे प्रतिष्ठित गाँव में हर छः माह पर किसी न किसी ऐसी घटना का हो जाना असम्भव नहीं, जो पिछली तमाम दुर्घटनाओं पर पर्दा डाल दे।

जयदेव मिश्र एक ज्योतिषी थे। उन्होंने अपने तीन लड़कों में से दो को अंग्रेजी की उच्च शिक्षा दिलवाई थी। बड़ा लड़का हरिदेव एम० ए० में सर्वप्रथम होकर फौरन पटना कालेज का प्रोफेसर हो गया था। छोटा भवदेव एम० एस-सी० में सर्वप्रथम हो फिलहाल अनुसंधान का कोई काम कर रहा था। घर वाले उससे आगे चलकर एस० डी० ओ० और कलेक्टर हो जाने की उम्मीद रखते थे। वह स्वयं विलायत जाकर और भी उच्च शिक्षा प्राप्त करना चाहता था। बड़े की शादी हो चुकी थी और अब इसकी होने वाली थी।

पच्छिमी बंगाल के दिनाजपुर और मालदह जिले बिहार की पूर्वी सीमा से बहुत दूर नहीं है। आज से सैकड़ों वर्ष पहले कुछ मैथिल ब्राह्मण उधर जाकर बस गये। अब भाषा, वेश, शिक्षा आदि की दृष्टि से वे बिल्कुल बंगाली हो गए। औरतों तक ही अपने क्षेत्र की संस्कृति, सभ्यता और भाषा सीमित रह गई है। रायबहादुर ब्रजबिहारी ठाकुर दिनाजपुर के रहने वाले थे। पूर्णिया में आप कलेक्टर के ओहदे पर थे। अपनी लड़की के लिए वर का पता लगाते-लगाते उनकी नजर भवदेव पर पड़ी। बात पक्की हो गई। रायबहादुर ने मान लिया कि वह या तो भवदेव को विलायत में पढ़ने का सारा खर्च देंगे या डिप्टी मजिस्ट्रेट का ओहदा दिलवा देंगे। पिता का विचार न रहने पर भी भाई तो इस विवाहवार्ता से सहमत था ही। पूर्णिया में ही भवदेव की शादी हो गई। बस, फिर क्या था? उठा शुभंकरपुर में तूफान! लोगों ने कहना शुरू किया—बंगाली की लड़की से जयदेव ने अपने लड़के की शादी करा दी। लड़की का बाप किरिस्तान है और अण्डा खाता है। बाल-बच्चे समेत इतवार के दिन गिरजा जाता है।···इस चर्चा ने इतना तूल पकड़ा कि चाची की कलंक-कथा उसके आगे बिल्कुल फीकी पड़ गई। समाज-पतियों ने तुलसी, ताम्र, गंगाजल उठाकर आपस में शपथ खायी—यदि लड़का शादी करके आया, औ बाप ने उसे अपने घर में घुसने दिया, तो जयदेव के यहाँ का अन्न-जल हममें से जो भी ग्रहण करे, वह गौ मांस खाय। तीन बार सविधि उच्चारणपूर्वक यह शपथ ली गई थी—दमयन्ती के दरवाजे पर। दमयन्ती ने भी शपथ ली थी।

चैत का महीना था। एक दिन संध्याकाल पाँच इक्कों ने गाँव में प्रवेश किया और जाते-जाते जयदेव के दरवाजे पर रुक गए। पीछे-पीछे गुलाबी रंग की धोती और आसमानी रंग की कमीज पहने हैट लगाए भवदेव साइकिल पर आया। लोगों ने आँख फाड़-फाड़कर देखा। वह आकर सीधे अपने दरवाजे पर उतरा। तख्तपोश पर बैठे पिता को प्रणाम किया। सामान उतारा जा चुका था। तीन इक्कों पर सूती, ऊनी कपड़ों से भरे ट्रंक लदे थे। दो पर मिठाइयों से भरे खाँचे थे। उन मिठाइयों की खुशबू से गाँव-भर की हवा भारी-भारी हो रही थी। नथने बिचका-बिचकाकर बूढ़ियाँ कहने लगीं—हुआ भ्रष्ट ! सारा गाँव इन मिठाइयों को खाकर किरिस्तान हो जायगा। सभी परिवार-पति अपने-अपने दालान पर किंकर्त्तव्यविमूढ़ होकर बैठे थे। दो बातें उन्हें परेशान किए हुए थीं। एक यह कि बच्चों पर बराबर तो निगरानी रखी जा नहीं सकती। दिनाजपुर के बंगाली के यहाँ से आई हुई यह मिठाइयाँ अगर बच्चों को गुपचुप खिला दी गईं तो अन्दर ही अन्दर सारा गाँव विधर्मी के संपर्क में आ जायगा। दूसरी यह बात उन्हें परेशान कर रही थी कि जयदेव और उसके कुपुत्र भवदेव का अधिक से अधिक अपमान किस तरह से किया जा सकता है। इन दोनों बाप-बेटों को चित करने के लिए किस्म-किस्म के दाँव-पेंच सोचे जा रहे थे। बच्चों को धमकाकर कह दिया गया था कि उस दरवाजे की ओर गए तो टाँग तोड़ देंगे।

उसी रात को जयदेव ने लोगों को बुलाया कि आकर नवविवाहित भवदेव पर दूब-अक्षत डाल जायँ, आशीर्वाद दे जायँ। जबकि पचकौड़ी पाठक और घूटर झा दो को छोड़कर कोई तीसरा नहीं गया। ऐसे में आशीर्वाद देने के लिए कम से कम पाँच ब्राह्मणों का होना तो अनिवार्य है, परन्तु भवदेव का आना निश्चित तिथि से तीन दिन पहले ही हुआ, इस असावधानी से दुश्मनों को खिल्ली उड़ाने का बहुत ही बढ़िया अवसर हाथ लगा। जयदेव टिटियाकर मर गए, अपने को लगाकर भी चार से अधिक ब्राह्मणों का जुटाना पहाड़ हो गया उस दिन। चौथे सज्जन थे जयदेव के मौसरे भाई यदुनन्दन। वह पाँच-छः दिनों से यहाँ पहुनाई कर रहे थे। मछली के अंडों का बड़ा बहुत ही स्वादिष्ट होता है। यदुनन्दन ने कुछ अधिक खा लिया था। दूसरे दिन रोहू के तेल खंडों के साथ घी में भूने चिउड़े का नाश्ता किया था। अगले दिन कटहल की भाजी आवश्यकता से अधिक खा ली थी। नतीजा यह हुआ कि पेट खराब हो गया और अब दही और बेल खाकर शीतो-

प्रचार कर रहे थे। इन्हीं कारणों से पहुनाई में तीन दिन के बदले छः दिन हो गए थे!

पचकौड़ी पाठक समूचे गाँव के निर्णय को अमान्य करके भी जयदेव के यहाँ जो आए, वह भी निःस्वार्थ नहीं था। पचकौड़ी के लड़के ने इसी साल मैट्रिक किया था और आशा थी कि हरिदेव उसे पटना ले जाकर आगे पढ़ने का कोई रास्ता पकड़ा देंगे। घूटर झा ठहरे पाक-शास्त्री। वह जयदेव की बात में इसलिए आ गए थे कि भवदेव का डिप्टी मजिस्ट्रेट और थोड़े ही दिनों बाद एस० डी० ओ० बन जाना बिल्कुल निश्चित था। सो, सरकारी अफ़सर के साथ रहना कम भाग्य की बात नहीं है।

गाँव वालों को अपार आनन्द हुआ, जब उन्होंने यह सुना कि वर के माथे पर दूब-अक्षत डालने के लिए जयदेव को पाँच हाथ भी न मिले।

तब भी जयदेव ने बड़ी नम्रता दिखलाई। जयनाथ भी गाँव ही में थे। भोला पंडित भी मौजूद थे। दमयन्ती थी ही। दूसरे टोले में प्रमुख थे जयनारायण झा और रमानाथ मिश्र। जयदेव ने स्वयं जा-जाकर इन पाँचों के पैर पकड़े। गिड़-गिड़ाकर कहा—जिसे आप लोग बंगाली कहते हैं, किरिस्तान कहते हैं, वह प्रवासी मैथिल है। कुल और शील सब अच्छा है। चाहें तो पंजीकार से जाँच करवा लें।

इस पर सभी ने यही कहा कि भवदेव को प्रायश्चित्त लगेगा। तुम्हारे घर-भर को प्रायश्चित्त करना होगा।

सभी घरों में मिठाइयाँ भेजी गई थीं। मगर यह बायना लोगों ने लौटा दिया। जयनाथ ने लौटाया तो नहीं, परन्तु दमयन्ती के बैल को खिला दिया। दो दिन के बाद भोला पंडित दल से फूट गए। जयदेव ने उन्हें एक जोड़ा महीन धोती देकर चाँदी के दस रुपये सुँघा दिए थे। अब क्या था, भोला पंडित ने तारा बाबा की कुटिया पर जाकर गरजना शुरू किया—अरे, मैं तो उस ब्राह्मण की सत्रह पीढ़ियाँ जानता हूँ। ब्रज-बिहारी ठाकुर के दादा, परदादा बहुत बड़े तांत्रिक थे। मुर्शिदाबाद के नवाब ने दिनाजपुर जिले के अन्दर पाँच हजार बीघा लाखिराज ब्रह्मोत्तर उन्हें दिया था। यह लोग तभी से उधर बस गए।···जयदेव के घर और कोई न खाय, मगर···

आवेश में आकर भोला पंडित अपनी छाती पर आप ही मुक्कियाँ मार-मार-

कर कहने लगे—मैं ? यह चला मैं जयदेव के घर खाने। देखूँ, कौन मेरा क्या कर लेता है ?

कहते-कहते वे इतने आवेग में आ गए कि कच्छा खोलकर अपने को अर्धनग्न कर लिया। इसके बाद प्रतिद्वंद्वियों का नाम ले-लेकर बड़ा ही वीभत्स संकेत किया।

जोरों की गर्जना सुनकर आसपास के खेतों से कुछ ग्वाले जमा हो गए। उन्हें डर हुआ कि उन्हीं में से किसी की गाय या भैंस पंडित की बगिया में घुसकर कुछ नुकसान कर आई है। जब वे नजदीक आए, तब तक अविराम गर्जन के कारण भोला पंडित का गला बेसुरा हो चुका था; मानो फूटा शंख हो। कच्छा-वच्छा वे ठीक कर चुके थे।

ब्रिरजू अहीर ने झुककर पालागन किया और नम्रता से पूछा—क्या बात है ? किस पर आप इतना गरज रहे थे ?

भोला पंडित ने थके स्वर में कहा—अरे, जयदेव का लड़का ब्याह करके आया है। जानते हो न ?

हाँ, सब जानते हैं। बिरजू बोला।

भोला पंडित खिसियानी सूरत बनाकर बोले—सारा शुभंकरपुर जयदेव के ऊपर उलट पड़ा है। चाहते हैं लोग यही कि जयदेव सबकी जूतियाँ धो-धोकर पिए।···

थोड़ा-सा विश्राम पाकर भोला पंडित के गले में फिर ताकत आ गई और दायाँ हाथ उठकर चला गया मूँछ पर। मूँछ के विरले बालों को मरोड़ने की निष्फल चेष्टा ने उनके आवेश को द्विगुणित कर दिया। वे तमककर बोले—अंग्रेज बहादुर का राज है, कोई किसी को चबाकर खा जाएगा, सो नहीं होगा

इस पर बिरजू अहीर बोला—आखिर गाँववाले चाहते क्या हैं ?

चाहेंगे क्या ?—भोला बोले—जयदेव के दिन फिरेंगे। किसी से भला यह कैसे देखा जायगा !

ब्राह्मणों के समाज पर टीका-टिप्पणी करने का अवसर पाकर बिरजू अहीर को सचमुच ही बड़ी खुशी हुई। वह बोला—जब ऐसी बात थी, तब क्यों जयदेव बाबू ने सबसे राय नहीं ले ली ? और समाज को भी अब सोचना पड़ेगा कि इस जमाने में किसी को एकघरा बनाकर छोड़ा नहीं जा सकता। हजाम अगर बाल

नहीं बनाएगा तो क्या? इस्टीसन पर दिन की गाड़ी के वक्त दस-दस हजाम दाढ़ी-बाल बनाने को तैयार बैठे रहते हैं। जाति-पाँति नहीं किसी की पूछते। अब बताओ महाराज, जिसका हजाम तुम बन्द कर दोगे, वह क्या जाकर इस्टीसन से बाल न बनवा आएगा?

भोला ने कहा—बिरजू, अब इस गाँव में पंडित तो कोई रहा नहीं, खाली गधे भरे पड़े हैं। उनकी समझ में यह बात नहीं आती।

अभी तक तारा बाबा कुटिया में बैठे जप कर रहे थे। जप खत्म हो गया। वे बाहर निकले। देखो, भोला पंडित बिना नाथे बैलों को हाँके जा रहे हैं। गाँव का कोई भी रहस्य बाबा से छिपा नहीं था। गाँव वालों पर कभी बाबा ने अपना निर्णय थोपने की कोशिश नहीं की। फिर भी बाबा के लिए सभी के हृदय में श्रद्धा थी। उनके पास जयनाथ जैसे कामचोर, जिद्दी और रगड़ी आते थे और भोला पंडित जैसे लोलुप, अवसरवादी और काइयाँ भी आते थे। कभी-कभी जयदेव भी आते थे।

बाबा को सामने खड़े देखकर भोला पंडित और बिरजू अहीर, जो बैठ चुके थे, खड़े हो गए। बाबा ने हाथ से इशारा किया—बैठो।

एक बार और अन्दर जाकर फिर वे बाहर आए तो हाथ में एक बड़ा-सा बेल था। उसे भोला की ओर बढ़ाते हुए बाबा ने कहा—बागो जगदम्बा की पूजा के लिए अड़हुल के लाल फूल मुझे दे जाया करती है, वह बेल ले जाओ, उसको देना।

भोला पंडित का गर्जन सुनकर दो-चार ग्वाले जो और आए थे, वे गरजने की वजह जानकर वापस चले गए थे। बिरजू ही था जो नजदीक आकर बैठा था। तारा बाबा की यह कुटिया गाँव वालों की साझी संपत्ति थी। सुखी-दुखी, धनी-गरीब, पठित-अपठित, सभी आते थे समय पाकर। बाबा भी गाँव-भर में सबके यहाँ जाने को तैयार रहते। पर, इधर बुढ़ापे के कारण कुटिया से निकलते कम थे। कल जयदेव के यहाँ से दही, केले, मिठाइयाँ आई थीं। भगवती को भोग लगाकर और थोड़ा-सा अपने लिए रखकर बाकी बाबा ने बच्चों में बँटवा दिया।

भोला पंडित को अपने पक्ष में पाकर जयदेव निश्चित हो गए कि यह बुड्ढा खुद ही कई को खींच लाएगा।

और हुआ भी ऐसा ही।

सोलह

शुभंकरपुर की कुल उपजाऊ जमीन का रकबा तीन सौ बीघा था। ढाई सौ बीघा धान के खेत थे। पचास बीघा रबी और भदई के थे। इसके अलावा आमों के बाग, बाँसों के जंगल, तालाब, गोचर आदि के लिए पचास बीघा और पड़ते थे। ढाई सौ परिवारों की आबादी, खाने वाले मुँह ग्यारह सौ। साफ है कि गरीब ही अधिक थे। यह गरीब भी दो श्रेणी में बँटे थे। बाभन और गैर-बाभन। ब्राह्मणों में विद्या का खूब प्रचार था। पढ़े-लिखे लोग शहरों में फैले थे। चिट्ठियाँ और मनीआर्डर उन्हीं की बदौलत गाँव में खूब आते। सौ घर ब्राह्मणों के थे, मुश्किल से पन्द्रह घर ऐसे होंगे, जिनका शुमार महादरिद्रों में होता था। बाकी लोग खेती के अभाव में भी भर पेट खाने वालों में से थे। गाँव के नजदीक हाट लगती थी, सोमवार और गुरुवार को। धान, चावल, दाल, तेलहन, मड़ुआ, मकई, साग-भाजी, मछली, पान, मोटिया गमछा और चादरें—हाट के रोज शुभंकरपुर के लोग यह चीज जाकर खरीद लाते थे।

इस गाँव के ब्राह्मणों का खिला चेहरा देखकर बाहर वाले सोचते—बड़े सुखी होंगे ये लोग। काफी खेत होंगे इन लोगों के पास! मगर, असलियत यह थी कि लूट लाओ, कूट खाओ। ये लोग जवार में जब भोज खाने जाते, तो इनका साफ-सुथरा पहनावा, विनीत और भद्र वेश देखकर दूसरे गाँव वालों को भ्रम होता कि जमींदार घराने के होंगे।

इस मौजे के मालिक रायबहादुर दुर्गानन्दनसिंह बड़े जमींदार तो थे ही, साथ ही लहना-तगादा का भारी कार-बार भी चलाते थे। आसपास की पाँच कोस जमीन पर उनकी छत्रछाया थी। तीन लाख रुपये पचीसों बस्तियों के इस समुद्र में दाँत निपोड़े पूँछ कड़ी किए मगरों की भाँति टहल-बूल रहे थे। ब्याज की दर प्रति मास डेढ़ रुपये सैकड़ा थी। राजाबहादुर पुराने अँगूठे को साल-साल नया करवाते जाते। सूद भी मूल बनता जाता। चक्रवृद्धि का यह क्रम राजाबहादुर की शरीर वृद्धि के लिए रसायन का काम कर रहा था। कहते हैं, हवेली में नकद रुपये रखने के लिए उन्हें चहबच्चा बनाना पड़ा था। माँ के श्राद्ध में समूचे भारत के उन पंडितों की आपने सभा बुलवाई थी, जो महामहोपाध्याय की उपाधि से

विभूषित थे। प्रत्येक पंडित को दुशाला और एक-एक सौ एक एक रुपये की बिदाई दी गई थी। आने-जाने का सेकेण्ड क्लास का खर्च। सात दिनों तक पंडितों का शास्त्रार्थ चला था। मैथिल पंडितों को अपनी भूमि पर अपने पाँडित्य प्रदर्शन का जो सुयोग मिला, वह अभूतपूर्व था। बाहर के पंडित विदा होते समय राजाबहादुर को 'धर्म-दिवाकर' की गौरवपूर्ण उपाधि से सुशोभित करते गए थे। जवार के पचासों गाँव निमंत्रित किए गए थे। उन्हें पूड़ी-तरकारी से नहीं, खाजा, मुँगवा (बुँदवा), घेवर, बर्फी, पेड़ा, बालूसाही, रसगुल्ला, गुलाब जामन, जलेबा वगैरह अठारह किस्म की मिठाइयों से परितृप्त कर दिया गया। हाथी के कान जैसा बड़ा-बड़ा खाजा, फुटबाल जैसा मुँगवा था। दरअसल यह चीजें खाने की नहीं, तमाशे की थीं। सबके आगे बड़े पत्तलों में मिठाइयों का ढेर लगा था। जूठन की उन मिठाइयों को जवार के शूद्रों ने कई दिन तक खाया था और आज भी उल्लसित होकर वे राजाबहादुर का गुणगान कर रहे हैं। ब्राह्मणों को भर-भर अँजुरी बम्बइया सुपारी दी गई थी। महापात्र को हाथी मिला था।

अपने वैभव के इस विराट् प्रदर्शन से राजाबहादुर को इतना आत्म-सन्तोष हुआ कि खाने-पीने में अरुचि हो गई। कोई भी चीज चित्त पर चढ़ती ही न थी। एकमात्र कन्या थी। धूम-धाम से उसकी शादी वे पहले ही कर चुके थे। स्टेट का सारा भार घर-जमाई के कन्धों पर डालकर राजाबहादुर तीर्थयात्रा के लिए निकलने ही वाले थे कि सन् '३७ का वह कांग्रेसी जमाना आ धमका।

बार-बार आगे-पीछे सोचकर कांग्रेस ने जब प्रान्तों के शासन में हाथ बंटाना स्वीकार कर लिया तो जनता ने युग की ओर नई आशा से देखा। मिनिस्टरी कुबूल कर लेने पर नेताओं का उत्तरदायित्व बेहद बढ़ गया। चुनाव के समय उन्होंने जनता से बड़े-बड़े वादे किए थे।

जमींदार चुनाव में हारकर अपने अंधकारमय भविष्य की कल्पना करते हुए कछुए की भाँति दुबके पड़े थे। अन्दर ही अन्दर कुछ सोचकर अपने पैंतरे बदल डालने का उन्होंने निश्चय किया। परम्परा की दुहाई देकर कांग्रेसी मन्त्रियों को उन्होंने धमकी दी—"आपका, खादी का कुर्ता पहले हम अपने खून से तर कर देंगे, उसके बाद जाकर जमींदारी प्रथा उठा दीजिएगा।"

मन्त्रियों ने अपनी पीठ कर दी किसानों की ओर, मुँह कर दिया जमींदारों की ओर। दुनिया-भर में बदनामी फैल गई कि बिहार की कांग्रेस पर जमींदारों का

असर है। जवाहरलाल तक ने खुल्लम-खुल्ला यह बात कही।

किसान संगठित होने लगे। उनका नारा था—"कमाने वाला खाएगा, इसके चलते जो कुछ हो।" संगठन की यह हवा राजाबहादुर की भी जमींदारी में पहुँची। उनकी सूदखोरी और जमींदारशाही से सारा इलाका तंग आ गया था।

हजारों बीघा जमीन वे किसानों को मनखप (कूत, मनहुन्डा) दिए हुए थे। चार मन फी बीघा से लेकर पन्द्रह मन फी बीघा तक रेट था। शुभंकरपुर के ग्वाले सत्तर-अस्सी बीघा खेत मनखप पर जोतते थे। अब वे लोग भी सुरफुराए। गाँव में से ही दो-तीन लीडर निकल आए। बलुआहा पोखर के भिंडे पर किसान-कुटी बन गई। घर-घर से मुठिया वसूल होने लगा। किसान कुटी के लिए किसी ने लोटा दिया, किसी ने थाली दी। कुम्हार ने घड़े दिए, तौला दिया, कड़ाही दी। उमानाथ की माँ ने अपना दो साल का पुराना कंबल दे दिया। उनके पास दूसरा कंबल नहीं था। रतिनाथ ने मना किया तो बोली—यह दस का काम है। देश का काम है। गरीबों का यज्ञ है। मेरे पास और है ही क्या, जो दूँगी।

ब्राह्मणों में इस बात को लेकर दो दल हो गए। एक दल जमींदारों की ओर था, दूसरा किसानों की ओर। जो लोग जमींदारों की ओर थे वे खूब नफे में रहे। आन्दोलन की बातें इस तरह बढ़ा-चढ़ाकर राजा-बहादुर के कानों में डाली गईं कि वे बदहवास हो गए। बढ़िया-से-बढ़िया धनहर खेत सौ या पचास रुपए फी बीघा लुटाने लगे। 'आग लगते झोपड़ी जो आवे सो हाथ।' किसान बित्ता-भर भी जमीन छोड़ने को तैयार नहीं थे। उनमें गजब का जोश था। उनके लीडर दरभंगा और पटना तक दौड़ लगा रहे थे। इस संघर्ष की ज़रा-ज़रा-सी बात भी "जनता" में विस्तारपूर्वक छपती थी। सभा, जुलूस, दफा एक सौ चवालीस, गिरफ्तारी, सज़ा, जेल, भूख-हड़ताल, रिहाई—यह सिलसिला किसानों को ठंडा नहीं कर सका। जयदेव ज्योतिष पढ़-लिखकर घर बैठ गए और अब तीन-तीन लायक बेटों के भाग्यवान् बाप बनकर बुढ़ापे के दरवाजे पर खड़े थे! शायद ही कोई कुकर्म उनसे छूटा हो। तरुणी विधवाओं को प्रेम-पाश में फँसाकर फिर उनकी जायदाद अपने नाम लिखवा लेना और चूसे आम की गुठली की भाँति फिर उन्हें फेंक देना; दो खेत वालों में सीमा का झगड़ा खड़ा करके मुकदमों में बझा देना और उनमें से एक को खुदका बनाकर लील जाना; सस्ते दामों में अँगूठे (हैंडनोट) खरीदकर पीछे ज्यादा-से-ज्यादा रकम चढ़ाकर उन्हें अदालत में पेश कर देना, और अपने घर में

आप ही सेंध डलवाकर पड़ोसी को गिरफ्तार करवा देना—इसी रास्ते से चलकर जयदेव उस मंजिल तक पहुँचे थे, जहाँ कि चोरों का सरदार और थाने का दारोगा समान श्रद्धा-भक्ति से स्वागत पाता है। किसान-आन्दोलन से सर्वाधिक लाभ इन्हीं महाशय को पहुँचा, क्योंकि राजाबहादुर ने दबंग समझकर मनखप वाले दस बीघा खेत जयदेव को लिख दिया, सिर्फ छः सौ रुपये लेकर। मालूम होने पर किसान गुस्से के मारे पागल हो गए, मगर अन्दर के घूसखोर और ऊपर के पुरजोर कुछ किसान-सेवकों ने उल्टा-सीधा समझाकर उन्हें शान्त कर दिया। जिला किसान सभा के एक प्रमुख नेता रमापति झा परसौनी के रहने वाले थे, तीन साल तक एड़ी-चोटी का पसीना एक करके उन्होंने राजाबहादुर के रैयतों को जगाया था। और अब उनके भी मुँह से लार टपकने लगी। चौदह बीघा जमीन मिली, बारह सौ का कर्जा माफ हो गया। शुभंकरपुर के तीन तरुण ब्राह्मण छोटी जाति वाले किसानों के अगुआ बनकर उठे थे। दो-दो बीघा खेत देकर राजाबहादुर ने उनके मुँहों में भी दही लगा दिया। इतने पर भी किसान डटे रहे। पड़ोस के एक दूसरे छोटे जमींदार ने राजाबहादुर के शुभंकरपुर वाले सारे खेत लिखा लिए। किसानों के संघर्ष को अवसरवादी नेता चौपट कर चुके थे। मुकदमा लड़ते-लड़ते उन बेचारों का बुरा हाल था। ऐसी स्थिति में पंडित कालीचरण के नौजवान लड़के ताराचरण ने बीच-बचाव करके नये जमींदार से यह मनवा लिया कि खेत किसानों की ही जोत में रहेंगे। फी बीघा ग्यारह मन के हिसाब से अनाज इसके एवज में उसे साल-साल मिलता रहेगा। हारती बाजी के समय का यह मामूली नेतृत्व किसानों की दृष्टि में ताराचरण को आगे ले आया।

किसानों के उस संघर्ष का जब इस प्रकार उपसंहार हो रहा था तब दो साल पूरे हो चुके थे और यूरोप हिटलर की चँगुल में था। कांग्रेसी मंत्रिमण्डल इस्तीफा देकर विश्राम कर रहा था। विश्राम तो क्या कर रहा था, आगामी महासंघर्ष की चर्चा में जोर से लग गया था।

सत्तरह

जयकिशोर की बदली मोतिहारी जिला स्कूल में हो गई थी। एक ही भेंट ने रतिनाथ के प्रति उनके हृदय में ममता पैदा कर दी थी। इस बार प्रथमा परीक्षा पास कर चुकने पर रत्ती ने उन्हें पत्र लिखा और साथ रहने की अपनी इच्छा प्रकट की। जवाब में जयकिशोर ने लिखा—तीन जून से हमारा स्कूल बन्द हो रहा है। तेरह जुलाई को खुलेगा। पाँच-सात दिन पहले ही तुम तरकुलवा आ जाना। साथ ही मोतिहारी आ जाएँगे।

रत्ती ने चाची को मामा का पत्र दिखाया तो वह गम्भीर हो गई। चर्खा चला रही थी। खतम हो रही पूनी के छोर पर नई पूनी रखते हुए एक बार उसने रत्ती के मुँह की ओर देख लिया। चर्खा ज्यों का त्यों चल रहा था। जरा देर बाद अपनी दृष्टि को तकुए पर सीमित किए हुए ही चाची बोली—मुझे क्या, अकेली भी रह लूँगी। परन्तु मेरे भैया के साथ रहकर तुम अपने बाप को न भूल जाना।

रतिनाथ ने कहा कुछ नहीं; सिर्फ गौर से चाची की ओर देखा। वह बोली—समझती हूँ, पिता के प्रति तुम्हारे हृदय में माया-ममता बहुत ही कम है। परन्तु सद्‌गति तो उनकी तुम्हारे ही तर्पण से होगी। संसार उन्हें खिला सकता है, पिला सकता है, जिला सकता है, पर मरने के बाद वह उन्हें प्रेत होने से नहीं बचा सकता। यह तुम्हीं कर सकते हो।

रत्ती बकर-बकर सुन रहा था। उसे माँ याद आ रही थी। साथ ही पिता का वह कसाईपन और कुल्हाड़ी से गला काटने की चेष्टा का वह दृश्य भी याद आ रहा था...

चिन्तना की गहरी छाप रत्ती के चेहरे पर देखकर चाची ने बातचीत का सिलसिला बदल दिया। बोली—अरे! हाँ, अब मेरा सूत खादी भंडार कौन ले जाएगा!

रत्ती थोड़ी देर चुप रहा, फिर बोला—मधुबनी जाने वालों की भी क्या कमी है? जिससे कहोगी, वही तुम्हारे सूत के लच्छे वहाँ पहुँचा देगा।

अपने बारीक सूत पर निगाह टिकाकर चाची बातचीत कर रही थीं। उन्होंने

कहा—क्या-क्या ले जाओगे !

लोटा, धोती और किताब।

चाची ने मुस्कराकर कहा—और मुझे क्या इसी जंगल में छोड़ जाओगे ?

अब रत्ती का मुँह खुला—सुनता हूँ, पुराने जमाने में तापसियाँ वनवासिनी होती थीं। कम से कम खाना-पीना, कम सोना। व्रत और उपवास। भक्ति और भजन। अतिथियों की सेवा। सबके प्रति ममता का भाव। यही उनकी जीवन-चर्या थी। और, चाची, तुम भी बहुत बदल गई हो। दिन-रात चर्खा चलाकर अपने लायक पैसा कमा लेती हो। तीस दिन में दस दिन तो तुम्हारे उपवास में चले जाते हैं। शरीर सूखकर काँटा हो गया है। गाँव में भूला-भटका कोई आ जाता है, तो लोग उसे इस टोले में भेज देते हैं कि उमानाथ की माँ दो मुट्ठी भात और कलछी-भर दाल तो आगन्तुक को खिला ही देंगी। बाराखड़ी मुझसे सीखकर अब तुम रामायण बाँचने लग गई हो। ऐसा लगता है कि दिन-ब-दिन तुम देवता होती चली जा रही हो।

जिस हाथ से चाची चर्खा चला रही थी, उसी हाथ से रत्ती के गाल पर हल्की चपत लगाकर बोली—दुत पगला ! और हाथ फिर चर्खा चलाने लगा। बाएँ हाथ में तो पूनी थी ही।

इतने में रत्ती को पुकारता हुआ सत्तो आ गया। उसके साथ रत्ती बाहर चला गया।

चाची का जीवन सचमुच ही इधर एक विशेष प्रकार का हो गया था। रत्ती ने अभी जो कहा, उसमें थोड़ी भी अत्युक्ति नहीं थी। तीसरे साल जब वे तरकुलवा से आईं, तभी से चर्खा चला रही हैं। पचीस-तीस रुपये हर महीने इससे निकल आते हैं। सूत बेहद बारीक कातती हैं। चर्खा-संघ वाले भी कम चालाक नहीं होते। चाची जैसी कत्तिनों के सूत को कभी तो एक सौ दस नम्बर का करार देते हैं और कभी साठ का। तरीका चर्खा-संघ वालों का यह है कि पहले कुछ दिनों तक महीन सूत कातने वाली के प्रति कुछ इन्साफ का अभिनय किया, फिर सूतों के माकूल नम्बर दिए। बाद में धीरे-धीरे नम्बर घटाते गए। झख मारकर कत्तिनों को यह सब बर्दाश्त करना पड़ता है, तभी तो चाची जैसी कत्तिनें अखिल भारतीय सूत-प्रतियोगिता में सर्वप्रथम पदक पाने पर भी इतनी कम मजदूरी पाती हैं।

चाची की समझ में यह नहीं आ रहा था कि गांधी जी के चेले इस प्रकार की

बेईमानी क्यों करते हैं ? फिर भी चर्खा चलाते रहने से चाची को बहुत लाभ पहुँचा है। आर्थिक समस्या हल हो गई। मन नियंत्रित हो गया। दुर्भावनाओं से छुटकारा मिला। इधर वे जयनाथ की भी ओर से तटस्थ थीं। आजकल वे अधिकतर गाँव में ही रहते हैं। बचे-खुचे खेत बेचकर महाजन बनने की धुन में कजरौटा और सादा कागज लिए बैठे रहते हैं। बादाम और खीरे के बीज डालकर तैयार की गई दूधिया भाँग आप उन्हें पिला दीजिए और पचास-पचहत्तर ले लीजिए, अँगूठे का निशान भले ही दो दिन बाद बना दीजिएगा। दादा-परदादा के जमाने के खेत बेचने का विचार रत्ती को असह्य लगा था, परन्तु चौदह साल का लड़का कर ही क्या सकता था !

एक विधवा तेलिन इन दिनों जयनाथ की प्राणवल्लभा बनी थी। चाची ने समझाया-—शादी कर लो बाबू, भले आदमी की जिन्दगी बिताओ। सेंध लगाने की फिराक में भीतों की ओर घूरते रहनेवाला चोर क्या खाक चैन से रहेगा ?

अपनी भूतपूर्व प्रेयसी की ये बातें जयनाथ को गुड़िच-सी कड़वी लगीं। उनकी सिर्फ एक ही दलील थी कि संसार मुझे क्या कहेगा ? लड़का स्याना हो रहा है, शादी तो उसकी न होनी चाहिए !

इस पर चाची का कहना था कि लड़के के खा-पी लेने पर क्या तुम्हारी भी भूख-प्यास मिट जाती है ? उमानाथ की उसी माँ के मुँह से यह बात सुनकर जयनाथ देवरोचित परिहास कर बैठते—और तुमने क्या अमृत पी लिया है !

चाची का चेहरा दीप्त हो उठता। क्षुद्र पुरुष के इस धृष्ट-परिहास का मुँहतोड़ उत्तर देना अत्यन्त आवश्यक समझकर वे बोल पड़तीं, किसी भी युग में स्त्री को अमृत पीने का सुयोग नहीं मिला। पुरुष को अमृत पिलाकर स्वयं वह विषपान ही करती आई है···जाने दो, तुम यह सब क्या समझोगे !

पिछले साल इन्हीं महाशय ने उमानाथ की माँ को क्या कम परेशान किया है ! दिन में तो नहीं, परन्तु रात को सोना चाची के लिए हराम हो गया था। वे रत्ती को बराबर अपने नजदीक सुलातीं, फिर भी जयनाथ नहीं मानते। खा-पी चुकने पर कहानियाँ सुनते या गप करते जब रत्ती सो जाता तो किसी न किसी बहाने जयनाथ चाची के पास आ बैठते। वे बेचारी भी सँभलकर उठ बैठतीं। उनका रोम-रोम जागरूक प्रहरी बन जाता। जयनाथ का हाथ बहकता तो चाची उसे पकड़कर आहिस्ते से हटा देतीं। वासना के उद्रेक से जयनाथ की जीभ लड़-

खड़ाने लगती तो ये फुर्ती से उठकर बीच आँगन में आ जातीं। ऊपर नीले आकाश में नक्षत्रों का मृदु मधुर आलोक उस समय चाची को आकर्षित नहीं करता। उनका सारा ध्यान रुग्ण हृदय वाले अभागे जयनाथ पर केन्द्रित रहता।

मन्मथ का यह नृत्य देर तक देखते रहना उन्हें जयनाथ के प्रति अन्याय प्रतीत होता। वे दौड़कर पीढ़ा ले आतीं और उस पर जयनाथ को बैठा देतीं। कुएँ का ठण्डा पानी घड़े में मौजूद रहता ही। चाची फुर्ती से घड़ा उठा लातीं और जयनाथ के माथे पर धीरे-धीरे ठंडा पानी ढालने लगतीं। आपत्ति करने पर कहतीं—नहीं, धो लो। फिर देखा जाएगा। परन्तु पन्द्रह मिनट तक शीतल जल के इस अभिषेक से जयनाथ स्वस्थ हो जाते। चाची धोती लाकर पहना देतीं।

चलो सो रहो—जयनाथ का हाथ पकड़े चाची उन्हें बिस्तरे पर लिटा आतीं। जब वे लेट जाते तो तेल और पानी मिलाकर तलवे रगड़ने लगतीं। इस तरह उन्हें सुलाकर तब रत्ती के पास आतीं और सो रहतीं।

इसी प्रकार वह अपने को जयनाथ से बचाती रही हैं। तैंतीस साल के इस विधुर देवर के प्रति उनका वही भाव रहता है जो कि एक समझदार माँ का अपने बीमार बालक के प्रति रहता है। वे उन्हें घृणा की दृष्टि से नहीं देखती थीं। खेत भी जयनाथ ने अपने मन से बेचा था। उनसे पूछते तो जरूर मना करतीं। रत्ती के सम्बन्ध में चाची उतनी चिन्तित नहीं रहती थीं, जितनी कि जयनाथ के सम्बन्ध में। उस तेलिन से जयनाथ का सम्पर्क जो इधर स्थापित हो गया, उसका पता चाची को कई महीने बाद ही लग सका। यह समझकर कि यों भी भला गाँव में इनका मन लगा रहे, उन्होंने इस बारे में जयनाथ से कभी कुछ कहा नहीं।

अब चाची आत्मलीन होने लगी थीं। इसीलिए रत्ती का मोतिहारी जाना उन्होंने इतनी आसानी से मंजूर कर लिया।

मर्दों में से एक ही था कि जिससे इन दिनों चाची की घनिष्ठता थी। वह था ताराचरण। किसान-आन्दोलन के आरम्भ में ही उसे अखबार पढ़ने की चाट लगी और अब वह दैनिक 'आज' का नियमित ग्राहक एवं समझदार पाठक हो गया था। किसान-सभा के नाम पर चाची ने कई बार करके थोड़ा-थोड़ा चन्दा दिया था। गरीबों के स्वराज और धनिकों के स्वराज में आकाश-पाताल का अन्तर है,

यह बात चाची के हृदय में ताराचरण ने भली-भाँति बैठा दी थी। ताराचरण दूसरे-तीसरे दिन आकर चाची को देश और दुनिया के हाल बताया करता। पर्व-त्योहार के दिन वे न्योता देकर उसे ही खिलाया करतीं।

अठारह

उमानाथ भागलपुर से कलकत्ता चला गया था। खूब मन लगाकर पढ़ने पर भी भागलपुर में जब वह प्रथमा पास नहीं कर सका, तो विशाल और कोलाहलपूर्ण कर्म-क्षेत्र में अपना उचित स्थान प्राप्त करने की नीयत से कालीजी की छत्रछाया में उसने प्रवेश किया। थोड़े दिनों तक इधर-उधर धक्के खा लेने के बाद पान की एक दुकान पर सुपारी काटने का काम पा गया। दस घंटा काम। पन्द्रह रुपये की माहवारी। शुभंकरपुर के वैदिक अच्युतानन्द दिन-भर घास की तरह पान कचरते रहते। हरीसन रोड और अपर चितपुर रोड का जहाँ क्रास हुआ है, उसी नुक्कड़ पर पान की वह दूकान थी जहाँ से वैदिक जी पान लिया करते। इस दूकान के तमोली लोग दरभंगे के ही रहने वाले थे। कलकत्ते में लाखों बिहारी हैं। उत्तर प्रदेश के पूर्वी जिलों के भी हजारों होंगे। उन्हें बंगला पान नहीं सुहाता, मगही और देशी पान ही उन्हें रुचते हैं। इसीलिए इधर के सैंकड़ों तमोली कलकत्ते में पान की दूकान करते हैं। वह चलती भी खूब हैं। उस नुक्कड़ वाली दूकान के मालिक ने वैदिक जी से पुराने नौकर के भाग जाने का जिक्र किया तो अगले दिन ही वह उमानाथ को भरती करा गए। हाँ, कमीशन के तौर पर पहले मास के वेतन में से पाँच रुपया देने की बात उन्होंने उमानाथ से मनवा ली थी। इन बातों को वैदिक जी वेद-पाठ के अन्दर ही समझते थे। नये आगन्तुकों की पहली कमाई में से इस तरह कुछ न कुछ ले लेना अच्युतानन्द जी की अच्युत नीति थी।

उमानाथ दसों घंटा अविराम गति से सरौता चलाता हो, ऐसी बात नहीं थी। पान की दूकानों का तरीका यह है कि सुपारी के छोटे-छोटे टुकड़े करके आज शाम को उसे पानी में डाल देंगे और कल सुबह दूकान खोलने पर उसे निकाल लेंगे या थोड़ा-थोड़ा करके जरूरत के मुताबिक दिन-भर निकालते रहेंगे। उमानाथ

को दिन-भर के लायक सुपारी काटने में छः घण्टे लगते थे। उसके बाद मौज थी। लेकिन दूकान पर मौजूद रहना लाजिमी था। कुल मिलाकर वहाँ चार छोकरे थे। मालिक स्वयं शाम को आकर डेढ़ घंटा, दो घंटा बैठा करता। सारा काम नौकर ही करते। उनमें से एक का काम था पीतल-मढ़ी चौकी को, कत्थे की फुलही गड़वी को, जर्मन सिल्वर की दो मझोली बाल्टियों को, पान कतरने वाली छुरियों को माँज-मूँजकर झकाझक रखना। एक का काम था सुपारी काटना, कत्था फुलाना, स्टॉक से लेकर छोटे डिब्बों में जरदा, मसाला, इलायची भर देना। दो का काम था उस पीतलमढ़ी चौकी के दोनों ओर बैठकर फुर्ती से गाहकों को पान लगा-लगाकर देते जाना।

चारों नौकर एक ही उम्र के थे। अपना देहाती दायरा छोड़कर वे बाहर आ गए थे। कलकत्ते की हवा उन्हें लग रही थी। आपस में अनबन का कोई कारण नहीं था। इसीलिए किसी व्यक्तिगत काम के लिए उनमें से एक भी अपनी ड्यूटी छोड़कर कहीं जाता तो बाकी तीनों उसका काम सँभाल लेते। उमानाथ चार महीने उस दूकान पर रहा। छोड़ते समय वह बीस पा रहा था। लड़ाई छिड़ जाने पर भी खाने-पीने की चीजें सस्ती थीं। मन्दिर स्ट्रीट के एक मकान में डेरा था। पाँच-छः जने थे, मिल-जुलकर रसोई कर लेते। खाने का खर्च छः से अधिक नहीं पड़ता। साबुन, तेल, हजामत वगैरह के लिए दो रुपये काफी थे। बारह रुपया प्रतिमास बचाए जाने में उमानाथ को किसी प्रकार की दिक्कत महसूस नहीं होती। माँ को खत या रुपया वह कुछ नहीं भेजता। उन्नीस वर्ष का हो रहा था और जाने किसने उसके दिल में यह बात बैठा दी थी कि चार-पाँच सौ रुपया जमा नहीं करोगे, तो शादी नहीं होगी। बचे हुए रुपये वह डाकखाने में जमा करने लगा।

उसके मेस में खाने वाले सभी प्रायः दरभंगा जिले के ही थे। सब के सब ट्राम कम्पनी के मुलाजिम थे। दो ड्राइवर, तीन कंडक्टर। उन्हीं लोगों की बदौलत उमानाथ को ट्राम कम्पनी में ड्राइवर का काम मिल गया। ऊपर बिजली के तार का सहारा लेकर नीचे सड़क से सटी पटरियों पर दौड़ने वाली यह छोटी-छोटी गाड़ियाँ कलकत्ता के नागरिक जीवन में अपना एक विशिष्ट स्थान रखती हैं। ट्राम-गाडियाँ बिजली के चार-चार, पाँच-पाँच खम्भों की दूरी के फासले पर खड़ी होती जाती हैं। एक ओर से आप चढ़िए, दूसरी तरफ से उतर जाइए। कंडक्टर

आकर टिकट के लिए पूछेगा। इकन्नी का टिकट ले लीजिए, चार-चार मील चले जाइए। सबसे सस्ती सुविधाजनक सवारी है यह !

पाँच-छः दिन में ही उमानाथ ने ड्राइव करना सीख लिया। ट्राम के ड्राइवर को मोटर के ड्राइवर की तरह लम्बी ट्रेनिंग नहीं दी जाती। रोकना, चालू करना, दाएँ-बाएँ मोड़ना, पीछे खिसकाना, और राहगीरों की भीड़-भाड़ में से गाड़ी को बचाकर ले जाना—यही सब उसे सिखलाया जाता है। दस-पन्द्रह दिन पुराने ड्राइवर के पास खड़े रहकर उसे गाड़ी चलाने दी जाती है। बाद में धोखाधड़ी मिट जाने पर वह अकेले ही गाड़ी चलाने लगता है। ट्राम में इंजिन तो होता नहीं, होती है बिजली ! दो डिब्बों की एक गाड़ी बनती है। अगले डिब्बे के सिरे से सम्बन्धित एक बड़ा-सा डंडा ऊपर की ओर उठा रहता है। उसका ऊपरी छोर सड़क के बीचों-बीच फैले चले गए तार को छूता रहता है। ड्राइवर के स्विच दबाते ही ऊपर तार से संपर्कित डंडा सर-सर-सर-सर सरकने लगता है और गाड़ी चल पड़ती है। गाड़ी को रोकना होता है तो स्विच को ऊपर कर देते हैं। इसी तरह चलाने, ठहराने, मोड़ने, तेज करने वगैरह की स्विचें ड्राइवर के सामने होती हैं। ट्राम का फुर्ती से सरकने लगना, फुर्ती से खड़ा हो जाना और फिर चल पड़ना, अनभ्यस्त और अपरिचित लोगों को अजीब-सा लगता है। चढ़ते-उतरते समय दस-पाँच दिनों तक उसके पैर लड़खड़ाते हैं।

बत्तीस रुपये पर उमानाथ बहाल हुआ। फिर भी अपना खर्चा उसने नहीं बढ़ाया। उसके पिता कुछ जमीन गिरवी रख गए थे। पचहत्तर रुपये में पन्द्रह कट्ठा जमीन फंसी थी। बेचने पर आजकल छः सौ रुपये मिलते। उमानाथ ने भोला पंडित के नाम छिहत्तर रुपया आठ आना मनीआर्डर भेजा। समूचा गाँव दंग रह गया। किसी ने कहा—यह है बाप का बेटा। किसी ने कहा—उमानाथ की माँ के दिन फिर गए। भोला पंडित इसीलिए फूलकर कुप्पा हो गए कि मनीआर्डर जयनाथ के नाम से न आकर उनके नाम आया। लम्बी साँस खींचकर जयनाथ ने कहा—बाबा विश्वनाथ मेरे भतीजे पर इसी प्रकार दया-दृष्टि रखें। रत्ती को बड़ी खुशी हुई। चाची ने सुना तो उसकी आँखों में आँसू छलक आए।

पति के देहान्त के बाद न जाने कितनी मुसीबतें झेलकर चाची ने अपने लड़के को पाला-पोसा, बड़ा किया था। आज उमानाथ इस योग्य हुआ है कि बाप के फँसाए खेत को छुड़ा रहा है। जमीन के इस उद्धार को चाची ने भगीरथ द्वारा

उद्धृत तथा अवतरित गंगा से कम महत्त्व नहीं दिया। अगले ही दिन उन्होंने रति से खत लिखवाया—

स्वस्ति सकल मंगलाऽलय चिरंजीवी श्री बबुआ उमानाथ को गौरी का शुभ आशीर्वाद पहुँचे। अत्र कुशलं तत्रास्तु।

आगे हाल-समाचार यह है कि तुम्हारा भेजा हुआ मनीआर्डर बागो के बाप के नाम आया। खेत उन्होंने छोड़ दिया। बेटा, दो साल से तुम घर नहीं आए। कसूर मेरा ही है, मगर इस तरह संन्यासी बनने से तुम्हारा काम नहीं चलेगा। सौराठ की विवाह-सभा के दिन नजदीक आ गए। मुझे कब तक यों अकेली रखोगे? देह मेरी दिन-प्रतिदिन दुर्बल होती जा रही है। तुम ब्याह करते, बहुरिया आती। फिर मैं निश्चिन्त होकर ज़रा काशी-प्रयाग हो आती। इति।

ज्येष्ठ सुदि पंचमी बुद्ध सन् 1346 साल।

इस खत का जवाब डाकिया नहीं लाया, लाए अच्युतानन्द वैदिक। खचिया-भर प्रशंसा करते हुए उमानाथ का जो सम्वाद वैदिक जी ने चाची को दिया, उसका सारांश इतना ही था कि वह अभी रुपया जमा कर रहा है। पाँच सौ हो जाएगा, तब आकर शादी करेगा।

चाची मुट्ठी बाँधकर खर्च करतीं, तो उनके लिए भी सौ-दो सौ बचा ले जाना आसान था, परन्तु इधर उन्हें 'देवाय-धर्माय' का चस्का पड़ गया था। रत्ती को वह अपने ही आश्रम में रखती थीं। दैनिक 'आज' मंगाने के लिए ताराचरण को प्रति-वर्ष पाँच रुपया देने का वादा किया था, इस साल का दे चुकी थीं। इसके अलावा धीरे-धीरे कई बरतन चाची ने खरीद लिए थे। फूल की दो थालियाँ ली थीं, दो लोटे, दो गिलास। अतिथि-अभ्यागत आते तो पहले दरी या कम्बल न रहने के कारण लेटने-पड़ने के लिए उन्हें खजूर की चटाई देते समय चाची को कचोट होता। अब उन्होंने काली भेड़ की ऊन के दो कम्बल मंगवा लिए थे।

यह सब उमानाथ की भावी गृहस्थी का पूर्वाभास नहीं तो और क्या था?

और, अब रतिनाथ जा रहा था मोतिहारी। खर्च में कमी होने जा रही थी। फिर भी चाची उमानाथ के विचार से अप्रसन्न नहीं थीं। ब्याह मुफ्त में होता नहीं, और उसके बाद तो खर्च का ताँता ही बंध जाता है। पाँच सौ तो क्या, हजार भी हो तो कम होगा।

रतिनाथ चौदहवाँ साल पार कर पन्द्रहवें में पैर रख रहा था। बड़हड़वा में

पुरोहित की आठ साल की एक लड़की थी। चार सौ पर पिछले साल ही जयनाथ सौदा पटा चुके थे। उन्होंने चाची के सामने एक दिन यह चर्चा छेड़ दी—रत्ती का ब्याह बड़हड़वा में कराने का निश्चय कर चुका हूँ। कन्या क्या है, साक्षात् गंधर्विणी है। आठ वर्ष की लड़की यों भी 'गौरी' कहलाती है। चार सौ रुपये मिलेंगे। पढ़ने का खर्च देगा। जब चाहोगी गौना कराकर बहू ला देंगे…।

सुनते ही चाची के बदन में आग लग गई। जयनाथ को फटकारती हुई बोलीं—तुम भी धन्य हो! महाजन बनने की धुन में यही सब सोचा करते हो? इस तरह मैं तुम्हें रत्ती का गला नहीं काटने दूँगी। तुम्हारा वह खिलौना मात्र है, परन्तु मेरा? मेरा वह कलेजा है। उसके साथ खिलवाड़ मत करो।

यह बात बतलाकर बाप के प्रति रत्ती की घृणा को और अधिक तीव्र होने देना चाची को अभीष्ट नहीं था। इसी से रत्ती को उस अष्टवर्षीय गौरी के सम्बन्ध में कुछ पता नहीं चला। जरूरत भी क्या थी, वह तो मोतिहारी जाने की भावनाओं में मग्न हो रहा था।

रत्ती के मोतिहारी जाने में जयनाथ को भला आपत्ति ही क्या हो सकती थी? अब वह अलग होकर दूर जा रहा था। जयनाथ ने जीवन में पहली बार सन्तान के प्रति ममता का अनुभव किया। वह उसे दरभंगा ले गए, पैर नपवाकर जूता खरीद दिया। देह नपवाकर दर्जी से कमीज सिलवा दी। आज तक न उसने कभी जूता पहना था, न देह की नाप लेकर कटाई-सिलाई कमीज पहनी थी। अपने प्रति पिता का यह वात्सल्य देखकर भीतर ही भीतर उस मातृहीन किशोर का हृदय भर उठा।

जाने का दिन आ पहुँचा। शौच आदि से निबटकर रतिनाथ नहा आया और भक्ति से भगवान की पूजा की, सोचा—चिरपरिचित यह शालिग्राम, यह नर्मदेश्वर, अब मुझे कहाँ मिलेंगे?

पूजा कर चुकने पर वह खाने बैठा। दाल-भात, परवल की तरकारी, अचार, आम और दही। चाची पंखा झलने बैठी, दस-पाँच कौर मुँह में डालकर वह उठ गया। खाया नहीं गया उससे।

कमीज पहनी। कुलदेवता (उग्रतारा) को जाकर प्रणाम किया और छोटी-सी गठरी लेकर बाहर निकला। चाची को प्रणाम करते समय उसकी आँखें तर थीं। आशीर्वाद देते हुए उनका भी गला भर आया। गठरी जयनाथ ने लड़के के हाथ से

ले ली। गाँव से बाहर छोड़ आने को वह साथ हो गए।

नये जूतों ने पैर काट खाये थे। उन्हें बाएँ हाथ की उँगलियों से उठाकर जब रतिनाथ आँगन से बाहर निकला; तो पीछे मुड़कर एक बार उसने चिवही आम के जाने-पहचाने पेड़ की ओर देखा। घर के पिछवाड़े की ओर बाँस का जंगल था, रत्ती ने उस ओर भी देखा।

आज अपने टोल-पड़ोस की एक-एक वस्तु सचेतन प्रतीत हो रही थी। लगा कि सब उसे मना कर रहे हैं—मत जाओ, मत जाओ, मत जाओ! तालाब बुड्ढा पीपल, मौलसिरी का वह बौना पेड़, वे खेत, वे बाग, वे झाड़ियाँ, वे झुरमुट, वह बलुआहा—उन्होंने मानो चिल्ला-चिल्लाकर रतिनाथ को मना करना शुरू किया—कहाँ जाओगे, लौट चलो, लौट चलो, लौट चलो!

नई जगह, नये लोग-बाग, नई वस्तुएँ—यह भला किसे न अच्छा लगेगा! रतिनाथ भी उल्लास और उमंग से भरा हुआ मोतिहारी के लिए बिदा होना चाहता था। मगर छुटपन से ही जिनके बीच वह रहता आया था, जिन्हें देखता आया था, जिनकी रग-रग से परिचित था, उन व्यक्तियों, पशु-पक्षियों, कीड़ों-मकोड़ों और यहाँ तक कि चल-अचल सभी वस्तुओं से बिछुड़ते समय उसका हृदय रो रहा था। पैर उसके उठ नहीं रहे थे।

गाँव से बाहर आने पर उसने अपने पिता के दोनों पैर छू लिए। जयनाथ की आँखें छलछला आईं! इससे पहले रतिनाथ ने अपने बाप की आँखें कभी गीली नहीं देखी थीं। ऊपरी दाँत से निचला होंठ दबाकर ही वह अपने को रोने से रोक सका।

पिता के हाथ से गठरी लेकर जब रत्ती चला तो उन्होंने पाँच रुपये का एक नोट उसकी जेब में डाल दिया और गुपचाप लौट गए।

उन्नीस

उस साल आम बिल्कुल नहीं फले थे। शादी-ब्याह, मूड़न-छेदन, उपनयन—संस्कारों और उत्सवों की धूम थी। शुभंकरपुर की ही बात लीजिए। वहाँ बाहर के नौ

दूल्हे ब्याह करने आए थे। सात घरों में जनेउआ हुआ था। मूड़न-छेदन भी पाँच-सात बच्चों के हुए थे। गौना करके चार बहुएँ आई थीं।

बागो का भी ब्याह हुआ था, इसी आषाढ़ में। रामपुरवाली की बात रह गई। वर अच्छा मिला। काशी का साहित्य-शास्त्री। बीस साल की उम्र, गेहुँआ रंग, लम्बा चेहरा, नुकीली नाक, गोल-गोल आँखें, चौड़ा कपार, बड़े-बड़े कान। सिर के बाल पतले और मुलायम थे। लड़के का बाप मुजफ्फरपुर में होटल चलाता था। छोटा भाई मिडिल स्कूल में पढ़ रहा था। यह लोग हरिपुर के रहने वाले थे। शुभंकरपुर के दस कोस उत्तर बेनीपट्टी थाने में यह गाँव पड़ता था। भूमिहारों की बस्ती थी। मैथिल दो ही चार घर थे।

रामपुरवाली चाची के मायके के लोग न पड़े होते तो इतना अच्छा काम होता! होता यही कि भोला पंडित अपनी टेव के मुताबिक कहीं से कोई ठूँठ पीपल उखाड़ लाते और जिन्दगी-भर बागो उसकी परिक्रमा करती रहती।

अब उमानाथ की माँ समाज से बहिष्कृत न रह गई थी। उस कुकांड को लोग अब भूलते जा रहे थे। इधर गाँव में एक तीसरा ही भूचाल उठा था। जयनारायण झा के छोटे भाई की शादी जयनगर के पास भुतही में हुई थी। जयनारायण शुभंकरपुर के उन चार-पाँच भाग्यशालियों में थे, जो समाज के स्तम्भ कहलाते हैं। और, जयनारायण के पास तो कुलीनता भी थी, धन भी था। एक मौजे में दो आने की जमींदारी पड़ती थी। बैठक के सामने चार बखार थे। काठ के लम्बे नाँद में सानी-भूसा खाते हुए आठ तंदुरुस्त बैल उनकी भरी-पूरी गृहस्थी की गवाही दे रहे थे। नाटे कद का हिनहिनाता हुआ भोटिया घोड़ा वैभव का ओजस्वी प्रमाण था। अपने छोटे भाई की शादी उन्होंने भुतही के जमींदार की एकमात्र कन्या से करवाई थी। सोने के टुकड़े जैसे दस बीघा खेत उस जमींदार ने अपनी लड़की के नाम लिख दिए थे। अभी कुछ दिन पहले उसकी जमींदारी के किसी दूसरे मौजे में किसान आन्दोलन ने जोर पकड़ा, रैयतों ने अपनी जोत की तीस बीघा जमीन छोड़ने से साफ इन्कार कर दिया। मालिक उसे पड़ोस के किसानों के हाथ बन्दोबस्त कर देना चाहता था। जो पच्चीसों वर्ष से उस जमीन को जोतते-बोते और फसल काटते आ रहे थे, वे लोग डट गये—इस पर हमारा हक है। रैयतों में से पाँच-सात घर ब्राह्मण के भी थे। तनातनी बढ़ी। सरकार ने एक सौ चौवालीस दफा लगाकर जमीन को लाल साफे और लम्बी लाठी की अपनी निगरानी में ले

लिया। किसानों ने सत्याग्रह आरम्भ किया। मालिक को लठैत और पुलिस वाले मिल गए। ऊपर कांग्रेसी मंत्रिमंडल था, नीचे धरती माता थी। सत्याग्रही पृथ्वी-पुत्र जब पिटने लगे तो खून से तिरंगा लाल हो उठा। इस छोटे से महाभारत में दो कुर्मियों और एक ब्राह्मण की जान गई। किसानों को कुछ हद तक सफलता अवश्य मिली; परन्तु मालिक को ब्रह्महत्या का पाप लग गया। चाँदी और सोने का भस्म कई बड़े रोगों की अचूक दवा है। जमींदार बाबू ने अपना पाप धोने के लिए भागीरथी गंगा की शरण नहीं ली। कर्मकांडकेशरी वयोवृद्ध पंडित बुच्चन पाठक के आदेशानुसार मालिक बाबू ने कमला नदी में स्नान किया और वहीं एक पीपल के नीचे साधारण-सा प्रायश्चित कर लिया। प्रकट रूप से कुल दस-बारह रुपये खर्च पड़े। यह दूसरी बात है कि कर्मकांडकेशरी महाशय को दस कट्ठा बढ़िया जमीन इस सिलसिले में मिल गई।

जयनारायण के अनुज का नाम था लक्ष्मीनारायण। इस बार जब वे ससुराल से लौटे; तो गाँव गनगना उठा—ब्रह्मवध का महापाप हजम करने वाले ससुर के दामाद होकर, उसके यहाँ खा-पीकर लक्ष्मीनारायण अपने भाई की आँखों में भले ही धूल झोंकें, परन्तु शुभंकरपुर का समाज उनको माफ नहीं कर सकता। अरे राम! ब्राह्मण की हत्या करके उस महापापी ने समूचे देश को कलंकित किया है, और अब लक्ष्मीनारायण भुतही का पाप शुभंकरपुर के माथे पर लादने आए हैं! हरे! हरे!!

बात बिल्कुल दुरुस्त थी। ब्रह्महत्या महापाप है, तो महापापी से संसर्ग रखना भी पाप है। लक्ष्मीनारायण जनकपुर जाने के बहाने गाँव से निकले थे और ससुराल में चार-पाँच दिन बिताकर परसों रात दबे पैर चुपचाप घर आ गए थे। आज फिर पूरे दो दिन के बाद जो यह भूचाल उठा था इसमें अंदरूनी ज्वालामुखी का काम जयदेव ने किया था। उसने अपने चारों पट्टशिष्यों को सारी योजना समझा दी और वे गाँव-भर में लक्ष्मीनारायण के प्रच्छन्न पाप की मुक्तघोषणा कर आए। इन चारों में जो अगुआ थे, वे और कोई नहीं, यही हमारे भोला पंडित थे। अपने मझले लड़के (भवदेव) की शादी के बाद जयदेव जयनारायण गुट द्वारा बार-बार अपमानित और तिरस्कृत हुए थे। अब बदला लेने का अच्छा सुयोग जयदेव के समक्ष स्वतः आकर उपस्थित हो गया था।

जयनारायण भी मामूली अखाड़े का पहलवान नहीं था। विरोधी दल के

हमलों से वह बिल्कुल नहीं घबड़ाया। प्रायश्चित्त की तो बात ही क्या, अपने छोटे भाई पर लगाए गए अभियोग को ही उसने उड़ा दिया। कहा—जिसके बाल-बच्चे मुर्गी का अंडा और प्याज-लहसन खाते हैं, अशौच में केश नहीं कटाते, वह इतना बड़ा निर्लज्ज होगा, यह मैं नहीं जानता था। ईसाई की लड़की अपनी सींथ में सिन्दूर लगाती है, तो लगाए, परन्तु भुतही के हमारे उस कुटुम्ब ने ऐसा कौन-सा पाप किया कि जिसका पंडित लोग प्रायश्चित्त कराते! रैयतों की हुल्लड़बाजी को किसान-आन्दोलन कह देने से काम नहीं चलेगा। ब्राह्मण मरा सही, मगर गोली तो सरकार बहादुर की लगी थी। इसमें लक्ष्मीनारायण के ससुर का क्या कसूर?

फिर भी जयदेव जयनारायण के दल में से आठ-दस परिवारों को फोड़ लेने में कामयाब रहे, इसका पता तब चला जबकि जयनारायण के लड़के का उपनयन हुआ।

जयनाथ और दमयन्ती भी अब जयदेव के दल में आ गए थे। ताराचरण उधर ही रहे।

भोला पंडित दामाद की विदाई के समय घर से रूठकर दरभंगा चले गए थे, उन्हें यह पसन्द नहीं था कि जमाई की विदाई में सौ रुपये से एक पाई भी अधिक खर्च किया जाय। रामपुरवाली ने नहीं माना। तीन सौ रुपये का सामान मधुबनी से उसने मँगवाया। चार जोड़ा धोती, ओढ़ने की दो चादरें, दो तौलिया, हाफ जूता, दो जोड़ा पैताबा, बनियाइन, कमीज, तसर का कोट, रेशम के पाग, छड़ी-छाता, बारह आने-भर सोने की अँगूठी, कम्बल, दरी, तोसक, उलैंच (बिछाने का चादर), दो तकिए, फूल का बड़ा थाल, लोटा और गिलास, दाल खाने का दो बड़ा कटोरा, छः छोटे कटोरे (भाजियों के लिए), घी और चटनी खाने की दो कटोरियाँ, इसके अलावा रसोई में काम आने वाले तमाम बरतन, पीकदान··· इतनी सारी चीजों से रामपुरवाली ने जमाई की विदाई का आयोजन किया। भोला पंडित को यह असह्य लगा। वे गाँव से टल गए।

जमाई बाबू विदा हुए, उसके साथ भार लेकर पन्द्रह भरिया गए [illegible], केला, मिठाई, पान-सुपारी, मेवा-मखान, बहुत-कुछ सामान था। ऊपर लिख चीजें तो थीं ही।

दूध, दही, घी, मछली आदि खिला-पिलाकर रामपुरवाली ने दूल्हे की देह को लाल-बुन्द कर दिया था। इक्कीस रोज रहे थे वे।

रतिनाथ बागो की शादी के सात दिन बाद निकला था। अपनी बाल-सखी के इस रूपान्तर से रत्ती को बड़ी प्रसन्नता हुई थी। चतुर्थी (सुहागरात) के बाद, अगले दिन थोड़ी देर के लिए दोनों मिले थे। किसी काम से वह चाची के यहाँ आई थी। रत्ती अपने ओसारे पर बैठा 'कन्यादान' पढ़ रहा था। प्रसंग बहुत रोचक था। नायक की सम्भावित वधू बुच्चीदाई की मुग्धताओं पर मस्त होकर रतिनाथ उस उपन्यास को सरसर पढ़े जा रहा था कि पीछे से आकर किसी ने अपने छोटे-छोटे मृदु-सुरभि हाथों से उसकी आँखें झाँप दीं। एक हाथ से उपन्यास पकड़े रहकर, दूसरे हाथ से रतिनाथ इस चोर का हाथ टटोलने लगा। लाह की चूड़ियों पर उँगलियाँ पड़ते ही वह खिलखिला उठा। बोला—धत् तेरी की ! बागो, कैसे आई ?

पीछे से हाथ हटाकर बागो सामने हो गई थी। पूछा था—अब तो तुम मोतिहारी में पढ़ोगे, आओगे कब ?

दुर्गापूजा की छुट्टी में—रत्ती ने कहा था ?

इसके बाद देर तक वे एक-दूसरे को ताकते रह गए थे। इससे पहले दोनों जब मिलते थे, तो बड़ी देर तक गप-शप चलती रहती। मगर उस दिन न रतिनाथ के मुँह से कुछ निकला और न बागो के मुँह से।

बीस

अषाढ़ बीत चुका था।

खेतों में धान के पौधे लहलहा रहे थे। बरसात भली-भाँति शुरू हो गई थी। धान रोपने के दिन थे। क्यारीनुमा खेत पानी से भरे थे।

आज रात फिर बारिश हुई थी, खूब हुई थी।

जयकिशोर सुबह-सुबह उठे और लोटा लेकर दिशा-फराकत के लिए घर से निकले। तरकुलवा में सभी जाति के लोग बसते थे। दुसाध, मुसहर, डोम थे तो धुनिया, जुलाहा भी थे। लेकिन बाभन, राजपूत, बनिया, ग्वाला वगैरह गाँव के एक ओर थे। मुसलमान दूसरी ओर। छोटी जाति वाले उसके बाद—सड़क के

किनारे लम्बाई में बसा था गाँव। आठ-दस पोखर थे। कुछ बस्ती के सामने और कुछ पीछे की ओर। एक का नाम 'बड़ी पोखर' था। जंयकिशोर ने बचपन में इसी पोखर में तैरना सीखा था। भादों-आसिन की तपती दुपहरियों में छाता लगाए इसी के बाँध पर घण्टों बैठकर काँटों में मछलियाँ फँसने की प्रतीक्षा की थी। बीसों बार इसके छाती-भर पानी में घुसकर नीले-सफेद कमल वह तोड़ लाए थे। इन्हीं कारणों से यह पोखर उन्हें प्रिय था।

कान पर जनेऊ चढ़ाए, हाथ में लोटा लिए जयकिशोर जब बड़ी पोखर के घाट पर हाथ मटियाने आए, तो शंकर बाबा मिल गए। वह बाँस की छतरी (मेघडम्बर) लगाए हुए थे, कछौटी मार बड़ ही गौर से उस नाले की ओर देख रहे थे जिसमें से बरसाती पानी आ रहा था। तालाब की मछलियाँ रात में काफी निकल चुकी थीं, लोगों ने खूब पकड़ा था। पोते ने जिद की तो अब शंकर बाबा भी आए थे। अभी तक दो पोठियाँ हाथ लगी थीं, कुछ और हो जातीं तो अच्छा था···जयकिशोर को देखते ही बोले—किशोर, तुम्हें इनका शौक नहीं रहा क्या?

वाह, क्यों नहीं—जयकिशोर ने कहा—मछलियों का शौक भी कभी जा सकता है? मगर, कौन रात-भर इसके लिए परेशानी उठाए! चरवाहे ने कुछ मछलियाँ पकड़ी होंगी जरूर। हमारे वहाँ यह सब वही करता है। तालाब से मछलियाँ पकड़ना, बाग में से आम तोड़ लाना, हाट से साग-भाजी ले आना···सब वही करता है। दूसरा है ही कौन?

इतना कहकर जयकिशोर बाबू पानी के किनारे रखे काले सिल पर बैठ गए और हाथ मटियाने लगे। इस बीच में शंकर बाबा को एक पोठी और दिखाई पड़ी, वह नाले के छल-छल करते पानी में उस मछली को पकड़ने के लिए लपके। पैर लगाकर छपाक् से पानी उछाला, निशाना ठीक बैठा था। पोठी नाले से बाहर आकर उछल रही थी। हरी-हरी दूब पर चाँदी-सी सफेद और चमकदार वह छोटी मछली जयकिशोर को बहुत बढ़िया लगी। बाबा ने उसे उठाकर जोर से पटक दिया, वह निष्प्राण हो गई। उछल-कूद बन्द हो जाने पर भी दूब पर वह सुन्दर तो लग ही रही थी। बाबा ने कहा—बस, एक और हो जाय।

जयकिशोर हाथों में तीन बार मिट्टी लगा चुके थे, अब लोटा माँज रहे थे। वह शंकर बाबा की ओर नजर फेंकते हुए बोले—बस, चार ही पोठी! सारा परिवार इतने से ही तृप्त हो जायगा?

बाबा की निगाह फिर छल-छल करते पानी पर जम चुकी थी। उन्होंने कहा—मुझे अब इन वस्तुओं का आवेश नहीं है। बुचनू का हठ था, उसके लिए तीन-चार काफी होंगे।

इतने में एक बड़ा-सा झींगा तालाब से निकलकर बाहरी दुनिया की सैर करने के लिए नाले के रास्ते पर आगे बढ़ा। बाबा ने देख लिया। उसका मटमैला रंग उसकी आँखों को धोखा नहीं दे सका। वह फिर उसी भाँति झपटे। इस बार अजुरी से पानी उछाला उन्होंने। झींगा नाला से बाहर आ पड़ा। बाबा ने उसे भी दे पटका। जयकिशोर यह सब देख रहे थे, कुल्ली कर चुके थे। अब उन्हें भिंडे पर बैठकर दाँतुन करना था। बाबा से कहा—अब तो आप जायेंगे?

एक-आध और हो जाय तो क्या हर्ज है?—शंकर बाबा गुनगुनाकर बोले। जयकिशोर ने सोचा—इनका लोभ बढ़ता जा रहा है। मनुष्य जब प्राप्तव्य पा जाता है तब उसकी दृष्टि आगे की ओर इतनी तेजी से क्यों फिसलती है?

बड़ी पोखर के भिंडे पर उत्तर की ओर मुँह करके जयकिशोर दाँतुन करने बैठे। आगे खेतों में धान के हरे-हरे पौधे लहरा रहे थे। उनसे परे आमों के नील-निविड़ कुञ्ज थे! उनसे भी परे सुदूर उत्तरी आकाश में हिमालय की धवल-धूमिल चोटियाँ थीं जो उगते सूरज की पीली किरणों से उद्भासित होकर स्वर्ण-शृंग-सी लग रही थीं। जयकिशोर ने इसी भाँति यह दृश्य कई बार देखा है और यहीं बैठकर। किन्तु आँखों को परितृप्ति नहीं हुई। हिमालय क्या इतना नजदीक है? उन्हें विश्वास नहीं होता, फिर भौगोलिक जानकारी चिकोटी काटती कि दरभंगा जिले की उत्तरी सीमा यहाँ से चार कोस पर है, आगे नेपाल है। यह हिमालय नेपाल ही में तो पड़ता है। हाँ, ठीक तो है। फिर वह स्वप्न देखने लगे कि पेन्शन मिल जाने पर जब घर बैठेंगे तब रोज यह दृश्य देखने को मिलेगा। वह कभी बिहार छोड़ बाहर नहीं गए, फिर भी अपनी मातृभूमि की प्रशंसा करते थकते नहीं। सुजलां सुफलां मलयजशीतलां फुल्ल कुसुमित द्रुमदलशोभिनीं शुभ्रज्योत्स्ना पुलकितयामिनीं सुहसिनीं सुमधुरभाषिणीं सुखदां वरदां—मातृभूमि की वन्दना के लिए बंगीय बंकिमचन्द्र ने इन विशेषणों का उपयोग किया है। जयकिशोर का दावा था कि हमारी मातृभूमि मिथिला भी ठीक इन्हीं विशेषणों की अधिकारिणी है। इस सम्बन्ध में दक्षिण बिहार के अपने भाइयों से वह उलझ पड़ते।

जयकिशोर के तीन बच्चे थे, दो लड़के और तीसरी लड़की। सपरिवार वह

प्रवास में रहते। बहुत कोशिश की कि माँ भी साथ रहे, मगर बुढ़िया ने मंजूर नहीं किया। जिद करने पर वह कहती—जनम-भर कहीं नहीं गई और अब बुढ़ापे में क्यों कुलदेवता और ग्रामदेवता की पूजा मुझसे छुड़वाओगे? पर्व और त्योहार के दिनों में देवता-पितर आवेंगे, आँगन घर सूना रहेगा तो निराश लौट जायेंगे। यह सब सुनकर जयकिशोर चुप हो जाते। श्रद्धालु माँ के दिल को दुखाना इस शिक्षित पुत्र को अच्छा नहीं लगता। दूसरी बात भी थी। जायदाद काफी थी, दूसरे पर निगरानी का भार सौंप देने से निश्चित था कि उसमें चूहे लग जाते। जयकिशोर की नौकरी मजबूरी की नौकरी नहीं थी। वह थी खाते-पीते आदमी द्वारा शौक से की जाने वाली नौकरी। जिला स्कूल में हेड पंडिताई यों भी मामूली नौकरी नहीं कहलाएगी, उसका सम्बन्ध सीधे सरकार बहादुर से रहता है। औरत उन्हें अच्छी मिली है। उसका कुल-शील भी अच्छा है, चेहरा-मुहरा भी बढ़िया है। गौना के बाद कई साल तक वह अपनी सास के साथ ही रही। जब जयकिशोर की नियुक्ति राँची के जिला स्कूल में हुई तब से रूपरानी भी साथ रहती आई है। यह नाम सास का रखा हुआ है। मायके का नाम था शशिमुखी। भले घर की सभी औरतों के दो-दो नाम हुआ करते हैं—एक ससुराल का और दूसरा मायके का।

पिछले दिन सन्ध्याकाल रतिनाथ तरकुलवा पहुँचा था, अकेला। इधर वह कई बार शुभंकरपुर से तरकुलवा आ-जा चुका था। इसलिए जयनाथ ने अकेले ही आने दिया।

रतिनाथ यद्यपि जयकिशोर का अपना भाँजा नहीं था फिर भी वह उसे बहुत मानते थे। उसके गुणों पर मुग्ध थे। वह बहुत कम बोलता। फुर्ती से काम करता। कमजोर और दुबला रहने पर भी सभी प्रकार के कामों के लिए तैयार रहता। पढ़ने में तो खैर तेज था ही, अक्षर भी उसके सुन्दर होते थे। खाते-पीते समय कभी कोई शिकायत नहीं की कि यह खाऊँगा और वह नहीं। रसोई भी करना उसे आता था। एक प्रवासी के लिए यह बहुत बड़ा गुण है कि वह खाना पकाना जाने।

जयकिशोर के जाने में तीन दिन बाकी थे। आम इस बार नहीं फरा था। फिर भी जिनके पास कलमी आम के पेड़ थे उन्हें कुछ न कुछ हाथ लगा ही। कलकतिया थोड़ा-बहुत हर साल फलता है। मालदह और कृष्णभोग के बारे में ठीक यही बात नहीं कही जा सकती। और वर्षों की भाँति इस वर्ष भी सौ-डेढ़ सौ आम जयकिशोर साथ ले जाना चाहते थे। माँ को भला इसमें क्या आपत्ति होती?

उसने कहा—यहाँ खाओ तब भी और वहाँ खाओ तब भी, बराबर है। कौन है खाने वाला ? बच्चों को खाते देखती हूँ तो यों ही मेरा मन अघा जाता है। नहीं तो अकेले कोई अच्छी चीज खाना मेरे लिए पहाड़ हो जाता है।

रूपरानी ने कहा—आम मोतिहारी में भी है, क्या होगा ले जाकर ? यहाँ रहेगा तो पड़ोस और समाज के लोग खाएँगे। जस देंगे।

मगर माँ ने बहुत जोर दिया—कितना भी ले जाओगी, यहाँ के लिए घटेगा नहीं। इस गाँव में सभी के यहाँ अपने-अपने पेड़ हैं। थोड़ा-बहुत आम सभी के पेड़ों में फरे हैं। कुछ ने तो बेचा भी है। तुम वहाँ खरीदकर खाओगी और यहाँ सड़ेंगे, सो कैसे होगा ?

आखिर दो सौ आम खाँचों में भरकर ऊपर से एक-एक खाँचा डालकर उन्हें मजबूती से सी दिया गया। इन कामों में जयकिशोर की माँ बहुत चतुर थीं। वह वास्तव में नारी के रूप में पौरुष की अवतार थीं। जयकिशोर मुक्तकण्ठ होकर कहते—ऐसी माँ और किसकी होगी ? कभी किसी काम के लिए मुझे नहीं कहा। मैं राजकुमार की तरह रह आया हूँ। हाथ से कदाचित् ही एक तिनका भी उठाना पड़ा हो ! और, जयकिशोर बाबू का ऐसा कहना अनर्गल नहीं था। उनकी माँ घर के सारे काम-काज स्वयं ही करती-कराती थीं। खेती-बाड़ी के लिए कभी उन्होंने कारपर्दाज नहीं रखा। कभी-कभी भाई मदद कर जाता था। तरकुलवा में खेत-मजदूर सुलभ थे। जयकिशोर की माँ ने दो खेत-मजदूरों को पाँच-पाँच कट्ठा खेत दे दिए थे। वे पिशाच की तरह कड़ी मेहनत से सारे काम करते। धान रोपने के दिनों में रोज पाँच-पाँच, सात-सात, दस-दस तक मजदूर लगे रहते। उन्हें अढ़ाई सेर धान और पेट-भर खाना मिलता। दाल-भात, तरकारी और अचार। छोटी जाति के उन गरीब और भूखे बनिहारों (खेत-मजदूरों) के लिए जयकिशोर बाबू के खेतों में धान रोपने के ये दिन महोत्सव के दिन थे, पुण्याह थे। इसका असर पड़ता गृहस्थी पर। सबसे पहले जयकिशोर के ही खेतों में धनरोपनी हो जाती, औरों की पारी पीछे आती। सोहनी करने (निराने) और फसल काटने में भी यही सिलसिला रहता। यह सब उस वृद्ध महिला का ही पौरुष था, नहीं तो प्रवासी पंडित की खेती-बारी का नमूना देखना हो तो शुभंकरपुर के जनार्दन पंडित के खेतों को देखिए। खुद कलकत्ता रहते हैं। बेटा राँची स्कूल में मास्टर है। परिवार को साथ रखता है। बेटा-पतोहू राँची में। दो छोटे लड़के पटना में पढ़ते हैं। घर

पर पचासी साल की बूढ़ा चाची हैं। जायदाद काफी है मगर यह सब ख्वास, नारायण मड़ड़ के भाग में लिखा है। भैंस का दूध वह पीता है। मालभोग और कनकजीर का भात वह खाता है। बगिया का चम्पा केला, मालदह आम, बनारसी अमरूद—सब उसी के बाल भोग में चला जाता है। बाप-दादे के जमाने का राजशाही पलँग। पंडित नहीं हैं तो उस पर टाँग फैलाकर और कौन सोएगा ? सोता है नारायण खबास! चाची बेचारी न जीती हैं न मरती हैं, हुकुर-हुकुर करती हैं। राँची से जब-जब पोता आता है, अपनी इस दादी के लिए एक न एक रसोइया बहाल कर जाता है। मगर वह रसोइये को दस-पन्द्रह दिन से ज्यादा टिकने नहीं देतीं। जिन्दगी-भर वह अकेली ही रहीं, अकेले पकाकर अकेले ही खाया। अब उन्हें दूसरे के हाथ की रसोई कैसे पसन्द आए ? आँगन में चारों तरफ चार घर हैं। एक में चाची का डेरा है। दूसरे में पलँग वगैरह है। तीसरे में धान, चावल, चूहा, झींगुर और नेवले रहते हैं। चौथा खाली पड़ा है, जिसमें धान की भुस, टूटी सन्दूक, पुराना पिटारा वगैरह सुरक्षित है। कुन्ती और नीलो इसी घर में ब्याती हैं। टोल-भर की सार्वजनिक कुत्ती का नाम जाने कब किसने 'कुन्ती' रख दिया। नीलो बिल्ली थी। कुन्ती के प्रसव का सुनिश्चित स्थान पिटारा है और नीलो रानी टूटी सन्दूक में बच्चे जनती है। जनार्दन पंडित का घर-आँगन किसी अभागे जमींदार की उजाड़ कचहरी जैसा लगता है! बिना देख-भाल की घर-गिरस्थी का यही हाल होता है।

जयकिशोर को अपनी माँ का बहुत बड़ा अभिमान था। कभी उन्होंने माँ की किसी बात का प्रतिवाद नहीं किया। तीसरे साल जब वह घर आए तो किसी ने गौरी के उस कुकाँड का सारा समाचार जयकिशोर से कहा और बारम्बार कहा, परन्तु वह उत्तेजित नहीं हुए। समाज में एक तरुणी विधवा को किन परिस्थितियों का मुकाबला करना पड़ता है, इस बात को वह भली-भाँति समझते थे। थोड़ा क्षोभ और संकोच जयकिशोर को अवश्य हुआ परन्तु उन्होंने उसे दूसरे ही रूप में प्रकट किया। प्रतिवर्ष की भाँति उस साल भ्रातृद्वितीया में अपनी बहन के यहाँ वह नहीं गए, बस। माँ को समझाने के लिए कोई बहाना ढूँढ़ लिया।

रतिनाथ को स्नेह-भाजन बनाकर जयकिशोर उसे अपने साथ रखने के लिए तैयार हुए थे। इसके अन्दर उनका भगिनी प्रेम ही काम कर रहा था। उमानाथ को वह पढ़ा नहीं सके थे तो इसमें उनका क्या दोष ? रतिनाथ को गौरी कितना

मानती थीं, यह जयकिशोर को खूब अच्छी तरह मालूम था। रत्ती की प्रतिभा देखकर उन्हें पूरा विश्वास हो गया कि यह लड़का उमानाथ की तरह मुझे बहन की दृष्टि में हल्का नहीं बनाएगा।

स्कूल तेरह जुलाई को खुल रहा था। एगारह और बारह को मंगल और बुधवार पड़ते थे। उत्तर की तरफ जाने में दिशा-शूल होता इसीलिए जयकिशोर आषाढ़ शुक्ल पंचमी सोम को सपरिवार मोतिहारी के लिए चल पड़े। एक अहीर का लड़का—ठकवा साथ रहता था। तीन बच्चे, नौकर, रतिनाथ और दो जने खुद। कुल मिलाकर इस बार परिवार में सात प्राणी हो गए थे। तरकुलवा से राजनगर। काम एक ही बैलगाड़ी से चल गया।

भीड़ के कारण औरत और बच्चों को जनाना डब्बे में बैठा दिया गया था। सुबह की ट्रेन थी, रतिनाथ ने सोचा, चलो अच्छा हुआ। देखते चलेंगे। तारसराय तक, नहीं दरभंगा तक, उसका देखा हुआ था ही। उसके आगे रत्ती सहस्राक्ष बनकर चलती गाड़ी में से आस-पास के दृश्य देखने लगा। कोसों तक फैले धान के हरे-भरे खेत। उनकी लहराती हरियाली क्या थी, तरंगित समुद्र का ही हरा संस्करण था, लेकिन रतिनाथ ने समुद्र नहीं देखा था। हाँ, बाढ़ के दिनों में परसौनी के पश्चिम, जब मोहना चौर पानी से भर जाता तो लोग कहते—मोहना तो समुद्र हो गया है। इससे समुद्र का एक कल्पित नक्शा उस किशोर के दिमाग में था अवश्य, फिर भी धान के खेतों की कोसों लहराती हरियाली को महा समुद्र कह देना उसके बूते की बात नहीं थी। असीम हरीतिमा के इस भव्य दृश्य से रत्ती की आँखें अघाती नहीं थीं। इधर-उधर बैठे-खड़े मुसाफिरों के गुल-गपाड़े उसका ध्यान भंग करने में असमर्थ थे। गाड़ी हड़हड़ाती हुई जब एक पुल को पार करने लगी तो ठकवा ने चकोटी काटकर कहा—रत्ती बाबू, जानते हैं, कौन नदी है?

नहीं तो!—रतिनाथ ने चौंककर कहा। ठकवा बोला—बागमती है। रत्ती को किसी कवि का एक पद याद आया जिसमें कहा गया—बागमती, तू धन्य है! तेरा पानी विद्यापति की साँस से सुरभित है और तेरे तट के बालुका-कण दार्शनिकों की दृष्टि से भास्वर। तेरा प्रवाह जिस भूमि पर से एक बार भी गुजर जाता है, वह सदा के लिए रत्नगर्भा बन जाती है। बागमती, तू धन्य है। शरद् ऋतु की पूर्णिमा के इस निशीथ में मन करता है, मैं अपनी देह तेरे प्रवहमान वक्ष पर छोड़ दूँ···सोचते-सोचते वह झपकियाँ लेने लग गया।

एक दचके के साथ नींद टूटी तो गाड़ी समस्तीपुर आ चुकी थी। लोग धड़ाधड़ उतर रहे थे। रतिनाथ भी उतरा। उसकी छोटी-सी गठरी मामा-मामी के बिस्तरों में डाल दी गई थी। उस ओर से वह निश्चिन्त था। इतमीनान से उतरा और मामा के पास जाकर खड़ा हो गया।

बहुत बड़ा स्टेशन। लोगों की अपार भीड़। ट्रेनों की कमी नहीं। पान-सिगरेट-बीड़ी वालों का कोलाहल। दुनिया के इस विचित्र पहलू से रतिनाथ आज तक अनजान था। बाप, चाची और साथियों के विछोह से जो दिल अभी तक भारी-भारी-सा था वह अब हल्का होता जा रहा था। नयी जगह, नये लोग, नये नज़ारे। स्मृतिपट पर से पिछली रेखाएँ मिटती जा रही थीं, रंग तो धुँधला पड़ ही चुका था। रत्ती को ख्याल आया—यह तो समस्तीपुर का हाल है! और, कलकत्ता कितना बड़ा शहर होगा? कहते हैं, वहाँ पन्द्रह लाख लोग रहते हैं। बड़ा होने पर भैया के साथ मैं भी कलकत्ते जाऊँगा···

इतने में मुजफ्फरपुर की गाड़ी आ धमकी। सब उसमें सवार हुए। भीड़ कम थी। पूसा रोड, ढोली, सिलौट और चौथा स्टेशन मुजफ्फरपुर। रत्ती गिनता गया था। वहाँ पहुँचते-पहुँचते बारह बज गए। लाइन के दोनों ओर आम और लीची के बड़े-बड़े बाग थे। धान के खेत भी थे, मगर उतने हरे-भरे नहीं। लीची का मौसम बीत चुका था और आम फरा ही न था। फिर भी स्टेशन पर 'बथुआ' आम बिक रहे थे, रुपये में बारह। वह उन लोगों के लिए अलभ्य वस्तु नहीं थी क्योंकि दो सौ बड़े और बढ़िया आम साथ जा रहे थे।

मोतिहारी की गाड़ी में अभी कुछ बिलम्ब था। दरी बिछाकर प्लेट-फारम पर वे बैठ गए। वहीं खाना-वाना हुआ। जयकिशोर पड़ रहे तो ठकवा ने उनके पैर और जाँघों में मुक्कियाँ लगाना शुरू किया। मुक्कियाँ लगवाते-लगवाते उन्हें नींद आ गई।

छोटी बच्ची के आगे से पूड़ी उठा लेने के कारण सड़ी दुम वाले काने कुत्ते को रतिनाथ ने एक लात लगाया। वह आँउ-आँउ-आँउ कर उठा तो जयकिशोर की आँख खुली। बिस्तर बाँध-बूँधकर तैयार हो गए। थोड़ी देर में पहलेजा-घाट से गाड़ी आई, उसी पर सब सवार हुए। तीन बज रहे थे। गाड़ी के चलते ही रतिनाथ को नींद आ गई।

आठ बजे रात को ट्रेन मोतिहारी पहुँची।

इक्कीस

स्टेशन के उत्तर गुमती के नजदीक उनका डेरा था। पास ही एक मन्दिर था। बीच में मन्दिर, चारों ओर धर्मशाला। यह सब बकुलहर मठ की मिल्कियत थी। पिछले साल महन्त जी आए तो जयकिशोर का उनसे परिचय हुआ और उसी परिचय का फल है कि यह धर्मशाला और मन्दिर अब जयकिशोर की निगरानी में हैं। इनको इससे और कुछ नहीं, पर एक फायदा जरूर था कि वक्त-बे-वक्त दो-चार आदमियों को वहाँ टिका देते।

धर्मशाला में पचीसों कोठरियाँ थीं। बहुधा वे खाली ही पड़ी रहतीं। खाली रहने के दो कारण थे। एक तो वह शहर से बाहर पड़ती थीं और दूसरा यह कि मोतिहारी कोई बड़ा शहर तो है नहीं। जिला चम्पारन का सदर होने से ही इसका थोड़ा-बहुत नाम है। नहीं तो, चम्पारन में प्रमुख नगर अगर है तो वह बेतिया है। सभी दृष्टि से वह मोतिहारी से अव्वल है।

दूसरे दिन उसी धर्मशाला की एक छोटी-सी कोठरी रतिनाथ को मिली। वह उसी में रहने लगा।

मोतिहारी में संस्कृत का एक उच्च विद्यालय था। अध्यापक थे पंडित दूधनाथ तिवारी व्याकरणाचार्य। जयकिशोर स्वयं भी कभी-कभी रत्ती को पढ़ाते थे। रतिनाथ का पढ़ने में मन खूब लगता था। काव्य और व्याकरण, यही दो विषय थे। व्याकरण वह विद्यालय में पढ़ आता, काव्य जयकिशोर पढ़ाते।

विद्यालय शहर के बीच में पड़ता था। पढ़ने वाले बीस से अधिक न थे। पंडित जी को बीस रुपये मासिक मिलता था। कुछ अनियमित रूप से मारवाड़ी लोग भी दान दे दिया करते। बात यह है कि संस्कृत पाठशाला के अध्यापक और विद्यार्थियों के प्रति धनी समाज का वही दृष्टिकोण रहता है जो कि पिंजरापोल के प्रति सेठों का। सड़े-सूखे आम, रद्दी चादरें, खुरदरे कम्बल, घुन लगा अनाज, फटी-पुरानी किताबें—इन वस्तुओं का दान और कौन लेगा?

विद्यालय के पास ही 'कमला नेहरू पुस्तकालय' था। वहाँ दैनिक आज, सरस्वती, बालक, योगी, विश्वमित्र आदि कई अखबार आते थे। रतिनाथ उन्हें पढ़ना पसन्द करता था। मासिक पत्रों ने उसकी रुचि को उपन्यासों की ओर मोड़

दिया।

जयकिशोर ही उसे लाए थे, इसलिए खाना-कपड़ा वही देते थे। एक संस्कृत प्रेमी जमींदार ने अपने छोटे लड़के को पढ़ाने के लिए अपने यहाँ एक विद्यार्थी रखना चाहा। उसने जयकिशोर से यह बात कही। उन्होंने रतिनाथ को उसके यहाँ रख दिया। खाना-कपड़ा और रहने की जगह अब सभी कुछ रत्ती को वह जमींदार ही देने लगा। बदले में जमींदार के लड़के को संध्या, गीता आदि पढ़ाना पड़ता। लड़के की उम्र थी बारह साल की। वह देखने में खूबसूरत था, पढ़ने में मन्द।

यह जमींदार महाशय जिला गोरखपुर के कोई दूबे थे। मोतिहारी शहर से डेढ़ मील उत्तर उनका मौजा था। दो सौ बीघा काश्तकारी भी थी। चम्पारन की जमीन खूब उपजाऊ है, वहाँ की मामूली मिट्टी सोना उगलती है। फिर यह दूबे तो जमींदार भी थे और काश्तकार भी। इस साल वर्णाश्रम स्वराज्यसंघ (काशी) के किसी महोपदेशक ने उन्हें इतना प्रभावित किया कि अपने कनिष्ठ पुत्र को संस्कृत की शिक्षा दिलाने का आपका निश्चय वज्र संकल्प बन गया, इसीलिए एक गरीब विद्यार्थी को अपने परिवार में शामिल करके उससे लड़के को पढ़ाना चाहते थे।

शुभंकरपुर के जीवन से मोतिहारी के इस जीवन की कोई तुलना हो ही नहीं सकती। यहाँ नागरिकता का वातावरण था। रतिनाथ की प्रतिभा खिल उठी। संस्कृत के साथ ही हिन्दी में भी उसने योग्यता हासिल करना अपना लक्ष्य बनाया। संस्कृत के लिए जयकिशोर थे, विद्यालय था। हिन्दी के लिए पुस्तकालय था और अखबार थे। कठोर और रुक्ष प्रकृति के पिता का नियन्त्रण हटते ही रतिनाथ स्वतन्त्र हो उठा। स्वतन्त्र नहीं, स्वच्छन्द कहना चाहिए। जमींदार का लड़का खूबसूरत तो था ही, रतिनाथ उसकी सुन्दरता पर मुग्ध रहने लगा। दूबेजी (जमींदार) का आदेश हुआ—विद्यार्थी जी, तुम दोनों को एक अलग कमरा देता हूँ। उसी में सोया करो। आपस में तुम लोग देववाणी (संस्कृत) में ही बतियाया करो। बस, फिर क्या था? दोनों किशोर, दोनों 'राम-लक्ष्मण' साथ रहने लगे। उनका सोना-जागना, उठना-बैठना, खाना-पीना सब साथ चलता। परन्तु उनमें से एक अभावों-अभियोगों की सीमान्त भूमि से आया था और दूसरा था विलासिता के वातावरण में पनपने वाला। उस लड़के का नाम था नरेश। अपने पिता के कठोर शासन के अनुसार आजकल वह ब्रह्मचारी का जीवन बिता रहा था। न तो सिर में वह तेल डाल सकता न आइने में मुँह देख पाता और न कंघी का इस्तेमाल कर सकता।

जूता तक जमींदार साहब ने उसके लिए वर्जित कर रखा था। रतिनाथ के लिए यह त्याग कोई नया अभ्यास नहीं था, बल्कि एक आसान खेल था। मगर नरेश की माँ को अपने पति का यह पागलपन कतई पसन्द न था। वह बीच-बीच में लड़के के सिर में सुवासित तेल डाल देती, शायद नारियल का। खद्दर की मोटी धोती और मोटा कुर्ता उतरवाकर मिल की महीन धोती और नफीस कमीज पहना देती। पैसे देकर रतिनाथ का साथ कर देती, सिनेमा देखने के लिए। यह सब तब होता जबकि दूबेजी गोरखपुर गए होते।

मुजफ्फरपुर के प्रख्यात व्यापारी रायबहादुर श्री ललितकिशोरी शरन प्रकट रूप से वैष्णव और प्रच्छन्न रूप से सखी-समाजी थे। बहुत सारे सुन्दर छोकड़ों में से छाँट करके तीन उन्होंने अपने यहाँ रख लिए थे। उन्हें राम, लक्ष्मण और सीता के रूप में पूजते थे। रायबहादुर की यह उत्कट सखी-भावना जब उत्तर बिहार के कतिपय बुद्धिजीवियों में अन्दर ही अन्दर फैलने लगी, तो दूबेजी भी उस ओर आकृष्ट हुए। शायद इसीलिए रतिनाथ और नरेश का जोड़ा उनकी आँखों को एक प्रकार की परितृप्ति देता था। पढ़ने में तेज था, इसलिए रतिनाथ पर किसी को किसी प्रकार का सन्देह क्यों होता?

नरेश की घड़ी, चश्मा और अच्छी पेंसिल देख-देखकर रतिनाथ का मन मचल उठता। चुराने की इच्छा होती, मगर छिपाकर रखने की कोई दूसरी जगह तो थी नहीं, इससे वह इच्छा ज्यों की त्यों रह जाती।

आठ-दस दिन पर वह जयकिशोर के बासे पर जाया करता। मामी उसे खूब मानती थीं। उनकी राय नहीं थी कि रतिनाथ जमींदार के यहाँ जाकर रहे। मगर जयकिशोर ने अपनी पत्नी को जब समझाया कि यहाँ तुम्हारे बच्चों की चह-चह चुह-चुह में उसकी पढ़ाई ठीक से नहीं होगी तब रूपरानी मान गई। फिर भी जब-जब खास किस्म का कोई खाना बनता तो वह रत्ती को बुलवा लेतीं। मछली जिस दिन पकाई जाती उस दिन तो जरूर ही। रत्ती को मछली खाने का बड़ा शौक था। शुभंकरपुर में एक छोटे-से पोखर का वह पट्टीदार था ही, बचपन से ही छोटी-बड़ी मछलियों का स्वाद उसे मालूम था। वहाँ, विधवा होने के कारण चाची के लिए मछली-मांस अखाद्य था और इसीलिए जयनाथ और रतिनाथ ही थे कि पानी-फल (मछली) का भोग लगाते। हाँ, चाची यत्नपूर्वक मछलियाँ तलतीं अवश्य कि रतिनाथ और जयनाथ मन से खाएँगे। यहाँ दूबेजी जब से वैष्णव हुए थे तब से

परिवार-भर को निरामिषाहारी बनाने का सत्याग्रह कई बार कर चुके थे। दो-चार दिन के लिए जब वह बाहर जाते तभी उनके यहाँ मछलियाँ पकतीं और नरेश की माँ का जी भरता। जमींदार बाबू स्वयं पचपन साल की अवस्था तक मछली-मांस का स्वाद ले चुके थे और अब जाकर रायबहादुर ललितकिशोरी शरण की छत्रछाया में कण्ठी बाँध आए थे। कण्ठी क्या थी? तुलसी-काठ के खरादे हुए मसूर जैसे दाने थे, उन्हीं को गूँथकर बनाया हुआ कण्ठहार था। परन्तु संस्कार क्या कम प्रबल होता है? बाबू साहब को जब कभी ललमुँहा रोहू का स्वाद याद आता तो बाजार चले जाते, मछली बेचने वालों के इर्द-गिर्द चार चक्कर लगा आते—सट्टी की मत्स्यगंधा आबोहवा उन्हें तृप्त कर देती। एक दिन किसी साथी ने दूबेजी की चुटकी ली तो आप बोले—भाई, इतना भी नहीं करने दोगे? खाना तो मछली का छूट ही गया, कहो तो अब नाक भी काट लूँ।

दुर्गा पूजा की उन छुट्टियों में न जयकिशोर घर गए न रतिनाथ। रतिनाथ को तो मोतिहारी ऐसी मनलग्गू जगह मालूम हुई कि सपने में भी उसे घर जाने की इच्छा न होती। साथी भी कई मिल गए थे। हाँ, चाची की याद आती तो छन-भर के लिए उसका दिल झनझना उठता। बीच में दो-एक खत शुभंकरपुर से आए थे जरूर, मगर उनमें कोई बात नहीं थी।

विजयदशमी के रोज बेतिया में बहुत भारी मेला लगता है। गाय, बैल और घोड़े खूब बिकते हैं। जमींदार बाबू प्रति वर्ष मेला में जाते थे। इस बार गाड़ी के लिए बैलों का जोड़ा उन्हें खरीदना था। साथ में नरेश, रतिनाथ, दो नौकर और रसोइया गया।

बाईस

उस साल का सावन शुभंकरपुर के लिए मौत का पैगाम लेकर आया। मलेरिया का ऐसा प्रकोप उस इलाके में इससे पहले शायद ही हुआ हो। लोग पटापट मरे। मवेशी तक न छूट पाए। भोला पंडित उन्नीस दिन तक बुखार में उबलकर स्वर्ग सिधार गए। दम्मो फूफी भी इस बीमारी की चपेट में आ मर गईं। डाक्टर-वैद्य कोई काम

न आया। काम आई उमानाथ की माँ। बेचारी ने जी-जान से सेवा की, फिर भी दमयन्ती न बचीं तो इसमें किसका दोष? फूफी की सारी जायदाद भतीजे के हाथ लगी।

जयनाथ भागकर बड़हड़वा चले गए। चाची को भी दो दिन का बुखार आया, मगर वह शीघ्र ही ज्वरमुक्त हो गई। छोटे-बड़े सौ से कम नहीं मरे होंगे। सरकारी सहायता तब पहुँची जब सत्तर के करीब लोग मर चुके। कुनैन की टिकिया बँटी थी, किन्तु गरीबों को वह मुश्किल से ही मिली थी। तुलसी का काढ़ा पी-पीकर आखिर कब तक लोग मलेरिया का मुकाबला करते?

ताराचरण ने बड़ी कोशिश की कि जिले और थाने के कांग्रेसी अधिकारियों से इस मामले में कुछ करवाएँ, मगर अभी अन्तर्राष्ट्रीय घटनाओं की तुलना में नेताओं के लिए इन बातों का क्या महत्त्व था? यह वे दिन थे जबकि हिटलर आधा अधिक यूरोप जीत चुका था और गाँधीजी कोई नया कदम उठाना चाहते थे।

लोगों का कहना था कि भूकम्प (1934) के बाद देश की आबोहवा बदल गई है। नदियाँ, तालाब और पोखर उथले हो गए हैं। उपज कम होने लगी है। मलेरिया का प्रकोप बढ़ गया है, अकाल मृत्यु बढ़ गई है। इधर पैदा होने वाले बच्चे साँवले नजर आते हैं। आमों की फसल अब साल-साल नहीं आती।

शुभंकरपुर के इस टोले में चौदह औरतें थीं, उनमें छः को मलेरिया ने लील लिया। दस मर्द थे, अब पाँच ही बच रहे। सन्नो की माँ, दमयन्ती, जनकिशोरी, जयदेव की बहन और पतोहू, नरेश की माँ—यही छः औरतें मरी थीं। ग्यारह ब्राह्मणों का जुटना मुश्किल हो गया था कि क्रिया-कर्म करने वाले का उद्धार होता। परसौनी के महापात्र भी मलेरिया का शिकार हो गए थे। हजाम इस गाँव में तीन ही थे, उनमें से दो मर चुके थे। क्रिया-कर्म की कौन कहे, लाश उठाकर ले जाने वाले नहीं थे। पास में कोई बड़ी नदी थी नहीं, हाँ लकड़ी का कमी नहीं थी। फिर भी सैकड़ों चिताएँ तैयार करने में गाँव-भर की अमराइयाँ ठूँठ हो गईं। छोटी जात वालों को अपनी लाशें बहाने में जीबछ नदी की बाढ़ ने काफी मदद न पहुँचाई होती तो मुश्किल था। कहाँ से बेचारे उतनी लकड़ियाँ लाते?

भागकर जो बाहर जा सकते थे, जा चुके थे। मगर औरतें और बच्चे कहाँ जाते। मुसीबत का यह पहाड़ उन्हीं पर अधिकतर गिरा। सौभाग्य से रतिनाथ और उमानाथ बाहर थे, चाची को अपनी परवाह नहीं थी। जयनाथ श्रावणी

पूर्णिमा से चार दिन पहले ही भाग चुके थे। आँगन में कोई और नहीं था। दिन तो खैर जैसे-तैसे कट जाता, लेकिन रात का कटना पहाड़ हो जाता। एक तो यों ही ये लोग गाँव के छोर पर थे। तिस पर जयनाथ का आँगन बिल्कुल अलग था। वह छोर की पूँछ पर था। छिद्रों में हवा भर जाने के कारण जब सूखे-अधसूखे बाँस रात-बिरात बेतुकी तान अलापने लगते; तो चाची का हृदय काँपने लगता। बेचारी साफ देखती कि अँधेरी रात में भैंसे पर सवार काले-कलूटे यमराज आग-बरसाती अपनी लाल-लाल आँखों से उसे घूर रहे हैं। तब उसे अपने विजन का वह बालसाथी—रत्ती याद आता। घोर एकान्त के इन दारुण क्षणों को चाची उस लड़के से चिपटकर जाने कब से फटकारती आई थी और अब वही सहारा पचासों कोस दूर हट गया था! उदास देखकर चाची के कन्धे या पीठ पर रतिनाथ जब अपने हाथ रख देता तो असमर्थता या अनाथपन की उसकी भावना खटाई पड़े दूध की तरह फट जाती। वह महसूस करती कि एक ऊर्जस्वी पुरुष का क्षमताशाली हाथ पीठ पर है; लड़का है तो क्या हुआ, मर्द तो है।

चार-छः महीने बड़ी मुश्किल से कटे। कभी-कभी तो ढिबरी जलाकर रात-रात-भर चाची चर्खा ही चलाती रहती। दिन में बहुधा ताराचरण की माँ आ जाती या कोई और। चाची की पिछली भूल-चूक का लेखा लेनेवाला अब कोई रह नहीं गया था। गरीबी और मलेरिया ने लोगों की कमर तोड़ दी थी। लड़ाई की तेजी के साथ अनाज का भाव भी बढ़ता जा रहा था। चाचा के हाथ में पैसे थे, बेसाह खरीदकर चावल, मकई, अरहर सब कुछ वह मँगाती थी। ताराचरण की खेती काफी थी। साल-भर का सारा खर्चा उसका उसी से निकलता था। चाची ने कभी अपने लड़के को रुपये-पैसे के लिए नहीं लिखा। जब लिखा तब यही कि खाने-पीने में कंजूसी नहीं करना। अपने शरीर का ख्याल रखना। सौ रुपये पिछले छः महीनों में चाची ने बचा लिए थे। कोकटी की रुई खरीदकर उसने दो सेर सूत इसलिए काते कि दोनों लड़कों की चादरें और कुर्ते का कपड़ा बुनवा लेगी।

जयनाथ का महाजन बनने का उत्साह शान्त हो चुका था। दो सौ रुपये डूब गए थे। बाकी भंग, माजून, घी, दूध, मछली, मांस और प्रेयसी के पीछे लग रहा था। आजकल आप बड़हड़वा चले गए थे। वहाँ भांजे अपने एक पट्टीदार से मुकदमा लड़ रहे थे। मामूली पैरवी के लिए भी भागलपुर दौड़ना उन अमीरजादों को अखरता था। ऐन वक्त पर उन्होंने अपने लायक मामा को याद किया। आतुर

गजराज की पुकार पर शेषशय्या छोड़कर और लक्ष्मी को समझा-बुझाकर नारायण भी उतनी फुर्ती से नहीं दौड़े होंगे जितनी फुर्ती से जयनाथ बड़हड़वा पहुँचे। प्रेयसी को पाँच रुपये का एक नोट थमा और उमानाथ की माँ को सौंप दिया घर-आँगन। चल पड़े। दुतरफा झोला कन्धे से लटक रहा था। भगवान् (शालिग्राम) इस बार साथ जा रहे थे। जाते-जाते उन्होंने चाची से कहा—कृष्णाष्टमी तक अवश्य लौट आऊँगा, बाबा (वैद्यनाथ) पर जल ढारना है। और तो कोई काम है नहीं। तुम किसी बात का अन्देशा मत करना···

चाची ने कहा था—बाबू, जल्दी की क्या बात है? समूचा गाँव भट्टी पर चढ़ा हुआ है। देखते हो, लोग मलेरिया के मारे तबाह हैं। क्या करने आओगे अभी? कृष्णाष्टमी क्या और जगहों में नहीं होती? हम न ठहरीं लाचार, तुम्हारा क्या है? जहाँ धड़ तहाँ घर!

इस बात का जयनाथ ने प्रतिवाद किया था—नहीं-नहीं उमानाथ की माँ, कहीं क्यों न हों, जी तो हमारा यहीं टँगा रहता है! घर-बार है, बाप-दादों की जायदाद है। टोल-पड़ोस, जान-पहचान, चीन्हा-परिचय क्या-क्या नहीं है? सब कुछ तो अपना यहीं है···उमानाथ की माँ, ऐसा मत समझना कि जयनाथ को इस मिट्टी का मोह नहीं है···

अन्त में उसका गला भर आया था और झुककर आँगन की भूमि में से एक चुटकी मिट्टी उसने उठा ली थी। उसमें से ज़रा-सा तो जयनाथ ने कपार में लगा लिया था और बाकी बाँध लिया था चादर के खूँट में। उस दिन देवर का वह अपूर्व भावावेश देखकर उमानाथ की माँ का सारा शरीर सिहर उठा था! जयनाथ का वह रूप आज तक उसने नहीं देखा था। उत्तरदायित्व की भावनाओं से शून्य, मेहनत-चोर, आवारा, कृतघ्न, कठोर, झूठा—जयनाथ यह नहीं तो और क्या था? ऐसे मनुष्याभास के हृदय में भी कहीं अपनी पितृभूमि की मिट्टी के प्रति इतनी ममता हो सकती है? हाँ, हो सकती है। अपने देवर का भरा हुआ गला और डबडबाई आँखें चाची के सामने थीं। यह सब कुछ किसी निपुण अभिनेता का असंभावित कौशल नहीं, बल्कि प्रत्यक्ष वास्तविकता थी।

सचमुच इस बार जयनाथ बड़हड़वा में रम गए। उनका नित्य-कृत्य था सुबह उठकर शौच आदि से निबटना, फिर भाँग छानना। दस बजे स्नान-पूजा। ग्यारह बजे भोजन। उसके बाद घंटा-भर मनोयोग-पूर्वक देशी सरौते से कतर-

कतरकर सुपारी फाँकते जाना और साथ ही बातें भी लड़ाना। बारह से चार बजे तक सोना। छः तक फिर भंग-भवानी की आराधना। आठ तक भाँजों के इस्टेट का काम। नौ बजे भोजन। उसके उपरान्त दिवंगत बहनोई की छोटी भ्रातृ-वधू से नर्म-आलाप। वह बाल-विधवा बड़ी हँसोड़ तबीयत की थी और जयनाथ के लिए जान देती थी। कहने के लिए एक-दूसरे के लिए भाई-बहन थे, परन्तु उनका आपस के संपर्क का क्षण दो संतप्त प्राणियों के चिरवांछित मिलन का मधुपर्व ही था। सुमित्रा बहन का वैधव्य नैष्ठिक ब्रह्मचर्य का निर्मल प्रतीक था। उसकी कोख से यही एकमात्र कमलकान्त उत्पन्न हुए थे। बाईस साल हुए, पति के देहान्त के बाद कभी सुमित्रा ने रंग-बिरंगी या किनारीवाली साड़ी नहीं पहनी। न पान खाया, न दाँतों में मिस्सी लगाई। गहने पतोहुओं को दे दिये। मेले के दिनों में गंगा था और तीर्थों में नहीं गई। मार्कीन की पतली धोती, गले में बारीक रुद्राक्षों की माला, कपार पर गंगा की मिट्टी का टीका—यही उसका भेष था। अकेले में किसी ने मर्द से बातें करते उसे कभी नहीं देखा। बहुत कम बोलती थी, सो भी जमीन-जायदाद या घरेलू मामलों की गुत्थियाँ सुलझाने के लिए ही। अब तो खैर लड़के बालिग हो गये थे। उन्होंने गृहस्थी का भार भली-भाँति सँभाल लिया था। फिर भी एक सतर्क निरीक्षक की भाँति सुमित्रा की दृष्टि सदैव अपने पुत्रों पर रहती। एक कमलाकान्त था और कई सौतेले थे। व्रत, उपवास और नियमित आहार से सुमित्रा ने स्वास्थ्य को अपने काबू में कर लिया था। मधुर वाणी और सरल व्यवहार से वह स्वजन-परिजन, नौकर-चाकर और खवास-खवासिन सभी की श्रद्धा का पात्र बन गई थी। इस प्रकार तिरहुत और शुभंकरपुर का नाम उसके कारण विख्यात हुआ था। बहन ने बड़ी कोशिश की कि भाई आदमी बने, पर वह नहीं सुधरा। जयनाथ को काफी जमीन देकर बड़हड़वा में ही अलग बसाने की सुमित्रा की इच्छा थी, किन्तु वह पूर्ण न हुई। इसमें जयनाथ का ही दोष था। वह शादी करने के लिए तैयार नहीं हुआ। दो साल तक पड़ोस की एक लड़की को सुमित्रा अपने भाई के लिए छेके रही, मगर 'यहाँ न लागहि राउर माया!'

इस बार भी सुमित्रा की देवरानी ने ही छल-बल से जयनाथ को बुलवाया था। प्रेमी या तो अविवाहित हो या फिर विधुर। वैसी स्थिति में प्रेमिका को सहूलियत रहती है। देवरानी का नाम था चन्द्रमुखी। धनी माँ-बाप की लाड़ली

बेटी 'फुदनी' ससुराल में चन्द्रमुखी क्यों कहलाई? इसका रहस्य उसके सौन्दर्य की अब तक अकंपित दीप-शाखा में निहित है। विधवा हुई तो क्या हो गया? मछली-मांस छोड़कर और सभी वस्तुएँ वह खाती है। बचपन से ही छटाँक-भर घी, आधा पाव मलाई रोज लेती आई है। काँच और लाह की न सही सोने-चाँदी की चूड़ियाँ पहनने से कौन उसे मना करेगा? खान-पान, ओढ़न-पहिरन सभी में चन्द्रमुखी बदलती ऋतुओं के मुताबिक रुचि-वैचित्र्य का ध्यान रखती थी।

चन्द्रमुखी से भर-पेट गप-शप कर चुकने पर जयनाथ दालान के उस खंड में सोने आते जो हवेली से संबद्ध था। सोने से पहले वह दो-चार श्लोक गुनगुनाते और अँधेरे में बिस्तरे पर बैठे-बैठे ही बटुए से निकालकर दश-दश रुपये वाले पन्द्रहों नोट गिन लेते। यही डेढ़ सौ बच रहा था। यह आमदनी की जगह थी, इसीलिए खर्चा नहीं पड़ रहा था। छूते-टटोलते अब पन्द्रहों नोट जयनाथ की अँगुलियों से ऐसे परिचित हो गए थे कि कोई जरा भी हेर-फेर या कमोबेश उनमें करता तो वह जरूर ही जान जाते।

तीन-चार रुपये प्रतिमास वह रतिनाथ को मनीआर्डर भेजते थे। इसके लिए किसी ने उनसे कहा नहीं था। स्वतः ही यह बात उनके दिमाग में बैठ गई थी कि लड़का परदेश में है। कभी कोई खास चीज खाने-पीने का मन करेगा तो किससे कहेगा? यों भी हाथ में चार पैसे रहेंगे तो दिल मजबूत रहेगा।

रत्ती महीने में एक खत बाप के नाम डालता था। एक खत चाची को भी भेजता था। कभी-कभी उसका हृदय अपने गाँव के लिए रोता था। बागो याद आती। सत्तो याद आता। वह कई बातों में रत्ती का गुरू था। तैरना और पेड़ पर चढ़ना उसने सत्तो से ही सीखा था। नकली रोने की तालीम भी रत्ती को उसी उस्ताद से मिली थी।

उम्र में दो महीने का छोटा होने पर भी सत्तो इन्हीं कारणों से रत्ती का गुरू था। अपने इस प्रिय साथी की याद रतिनाथ को बहुत सताती। दूसरा नम्बर था बागो का, मगर अब उसका ब्याह हो चुका था, इससे उसके प्रति थोड़ा बिलगाव और बेगानापन अनुभव करना अस्वाभाविक नहीं था।

जाड़े के दिन आए। रत्ती ने अपने मन को पढ़ने में लगाया। रात बड़ी देर तक वह जागता रहता। यह जागरण उपन्यासों की सैर के लिए नहीं, पाठ्य-पुस्तकों के लिए था। होली तक उसने मध्यमा का कोर्स पूरा कर लिया। उसके बाद वह

हिन्दी के पीछे लगा। गर्मियों के दिन आते-आते कुछ अंग्रेजी भी उसने सीख ली थी। इसके अलावा संस्कृत से हिन्दी और हिन्दी से संस्कृत करने में जो विशेष योग्यता वह हासिल कर सका इसका सारा श्रेय जयकिशोर बाबू को ही देना चाहिए।

बेतिया रतिनाथ को मोतिहारी से अच्छा लगता था। इस बीच में कई बार वहाँ से वह हो आया था। वहाँ की प्राकृतिक शोभा और वातावरण उसे दरभंगा जैसा ही लगता था, मगर जिला स्कूल तो मोतिहारी में ही था। रतिनाथ की इच्छा से तो नरेश बेतिया नहीं आ-जा सकता था। दूबेजी का सुनहला पिंजड़ा उसे अब अच्छा नहीं लगता। नरेश की रुचि पढ़ने-लिखने की ओर थी नहीं। बाध्य होकर रत्ती को उसके साथ ताश, कौआठुठी, मोगल-पठान और बाघगोटी खेलना पड़ता। यह ठीक है कि अपरिग्रह का बन्धन अब बिल्कुल शिथिल हो गया था और सुवासित तेल-साबुन का व्यवहार, ताम्बूल-सेवन, नृत्य, गीत, वाद्य, नाट्य आदि का दर्शन-श्रवण, चर्व्य-चोष्य-लेह्य का आस्वादन नरेश ने आरम्भ कर दिया था, परन्तु रतिनाथ का हृदय इन बातों को अपनी पढ़ाई का अंतराय समझता था। अपने पूर्वज नीलमाधव उपाध्याय का नाम उसे इस प्रवाह में अपने को भी समा देने से रोक रहा था। उसने सोचा—क्या है, इनके लिए यही विद्या है, यही पढ़ाई है। नरेश और उनके बाप (दुबेजी) को ज़रा-सी छींक पर चुटकी बजाकर 'चिरंजीव' कहनेवाले, इनकी कलाई पर रक्षासूत्र बाँधने वाले पचासों नहीं सैकड़ों निकल आएँगे। मगर उसे कौन पूछेगा ? इस उमर में चार अक्षर पढ़ नहीं लिया तो जिन्दगी-भर इन्हीं की जूतियाँ उसकी इष्ट देवता बनी रहेंगी।

तेईस

सौराठ की सभा उस साल वैशाख के ही अन्त में हुई थी। उमानाथ की शादी पंडौल स्टेशन से पाँच कोस पश्चिम महनौली के एक खेतिहर ब्राह्मण की सयानी लड़की से हो गई। सिर्फ दो घण्टे लगे, बात पक्की हो गई। उमानाथ का यह ब्याह इतना चटपट तय हो जाएगा, किसे पता था ? सौराठ में यही तो होता है।

हजारों विवाहार्थी इकट्ठे होते हैं। कन्याओं की तरफ से उनके अभिभावक बड़ी तादाद में जमा रहते हैं। सभा में यदि कन्याएँ भी शामिल होतीं तो स्वयंवर का यह विराट पर्व न केवल भारत-भर में परन्तु संपूर्ण विश्व में अद्वितीय कहलाता। तब सोनपुर के प्लेटफार्म और हरिहर क्षेत्र के मेले की तरह सौराठ की यह विवाह सभा भी मशहूर हो गई रहती। यद्यपि अपनी मौजूदा स्थिति में भी ब्राह्मणों का यह वैवाहिक मेला अनुपम है।

चौदहवीं सदी में कर्णाटवंशीय राजा हरिसिंहदेव मिथिला के शासक थे। उनके राजत्वकाल में, एक जनश्रुति के अनुसार, किसी अभिजात ब्राह्मणी पर व्यभिचार का आरोप लगाया गया। राजसभा में वह खड़ी की गई। हाथ में पीपल का पत्ता और उस पर आग रखकर धर्माध्यक्ष ने उससे कहलवाया—चाण्डाल से कभी मेरा सम्पर्क नहीं हुआ, अगर हुआ तो इस आग से मेरा हाथ जल जाए। तीन बार ब्राह्मणी ने कहा। हाथ जलने लगा। तब पंडितों का दिमाग चकराया। उन्होंने सोचा—इसके विवाह-सम्बन्ध की छान-बीन करनी चाहिए। कदाचित् इसका पति ही दूषित विवाह-सम्बन्ध के कारण चाण्डाल की कोटि में आ गया हो··· ब्राह्मणी और ब्राह्मण—दोनों के मातृकुल तथा पितृकुल का लेखा-जोखा हुआ। बाप की तरफ से सात पुरखा और माँ की तरफ से पाँच पुरखा तक यदि कुछ लगाव रहा तब तो शादी नहीं होनी चाहिए। कन्या और वर दोनों के पुरखों की छान-बीन की जाती है तब जाकर ब्याह होता है। उन दोनों की शादी के समय इस गणना में कुछ गड़बड़ हो गया था। पक्का सबूत मिल जाने पर धर्माध्यक्ष ने फिर उस ब्राह्मणी के हाथ पर आग रखवाई और कहलवाया—पति को छोड़कर यदि किसी दूसरे से मेरा लैंगिक सम्पर्क हुआ हो, तो यह हाथ जल जाए। इस तरह कहने से ब्राह्मणी का हाथ नहीं जला।

इस घटना के उपरान्त राजा हरिसिंह देव को इस बात की बड़ी चिन्ता हुई कि मिथिला के ब्राह्मणों का आभिजात्य कैसे सुरक्षित रहेगा। साथियों से परामर्श करके तत्कालीन ब्राह्मणों की उन्होंने पंजी (ब्यौरेवार सूची) तैयार करवाई। विद्या, आचरण, कुलीनता आदि का विचार करके बनवाई हुई ब्राह्मणों की अनुक्रमणिका समयानुसार बढ़ती ही गई। प्रत्येक नवजात ब्राह्मण-कुमार का नाम पंजीकार लोग आज भी अपनी अनुक्रमणिका में लिख लेते हैं।

इससे हुआ यह कि शादी-ब्याह में ब्राह्मणों को सहूलियत होने लगी। ब्राह्मणों

की ऐसी सिलसिलेवार फेहरिस्त भारत-भर में और कहीं नहीं है। पंजीकार लोग इन छः सौ वर्षों तक निर्लोभ और तटस्थ रहकर यह काम करते आए हों सो बात नहीं। कुलीनता बनाम आभिजात्य विनिमय, क्रय-विक्रय आदि का प्रामाणिक इतिहास अभी काल के गर्भ में छिपा रहे, यही अच्छा। वह भी इन्हीं लोगों का शासन था कि रतिनाथ के नाना की दस विमाताएँ थीं। जयनाथ के परदादा ने इक्कीस शादियाँ की थीं। तिब्बत में जैसे बहुपति-प्रथा अभी तक जायज और जीवित है उसी तरह रतिनाथ की मिथिला में बहुपत्नी-प्रथा जायज और जीवित है।

सौराठ इन लोगों का बड़ा बाजार है।

मगर, अब जमाना बहुत बदल गया है। कुलीनता ही काफी नहीं थी, उमानाथ दरिद्र था। उसके बाप और दादा भी दरिद्र थे। उसकी शादी की बात इतनी चटपट जो तय हुई इसका श्रेय ट्राम कम्पनी की नौकरी को था। उमानाथ आजकल चालीस पा रहा था। अंग-अंग से जवानी झाँक रही थी। लगता था कि हरीती बाँस की कोंपल सर्र से बढ़ आई है और अब उसमें से कैलियाँ फूटने ही वाली हैं। पतला-छरहरा। क्या ही खूबसूरत किशोर था! फिर भी दो सौ रुपये देने पड़े। जयदेव और जयकिशोर ने अभिभावक का काम किया। पंजीकार वीरभद्र मिश्र ने ताल-पत्र पर सिद्धान्त लिख दिया। उन्हें दो रुपये उसकी लिखाई मिली। यह रकम कन्या वाले ने दी थी क्योंकि उसका वंश कुछ निम्न कोटि का था।

जयदेव और जयकिशोर बारात में गए। तीसरा स्वयं उमानाथ था। अगले दिन से अतिचार पड़ता था। शुभ लग्न का अन्तिम क्षण दोपहर रात तक ही था। जैसे-तैसे सब महनौली पहुँचे। सौराठ से छै कोस पच्छिम।

वर देखकर महनौली वाले खूब खुश हुए। कन्या के बाप का नाम था नन्द झा। लोगों ने कहा—नन्दे को यह काम अच्छा सुतरा। पैसे भी मिले, पात्र भी मिला। लड़की जायगी तो उसे बरगद की छाँह मिलेगी। कमासुत पति मिलेगा, मुसम्मात सास मिलेगी···और क्या चाहिए?

आँगन में औरतों ने कमीज-कोट और बनियाइन खुलवाकर उमानाथ को गहरी निगाह से देखा। एक मुँहफट खवासिन बोली—आँख मूँद लो भैया, धोती भी खुलेगी।

आ, तू ही खोल दे—अधेड़ उम्र की एक औरत ने अपनी छोटी आँखें नचाकर उससे कहा, वह अप्रतिभ हो गई। उमानाथ को ट्राम कम्पनी का वह बंगाली डाक्टर याद आया जिसके सामने इसी भाँति कपड़े खोलकर खड़ा होना पड़ा था। उस दिन भी पसीना निकल आया था और आज भी। फर्क यही था कि उस दंतटुट्टे डाक्टर ने फोते टटोलकर देखा था। इन औरतों ने वैसा कुछ नहीं किया। एक बुढ़िया ने आगे बढ़कर पूछा—कुछ पढ़ा-लिखा भी है।

—ज ज ज ज्योतिष···थोड़ा···उमानाथ के मुँह से पूरा वाक्य नहीं निकला। उसका दिल बेहद धड़क रहा था। तब तक पुरोहित ने उधर से आवाज दी—सिन्दूर दान का मुहूर्त निकट आ गया। आप लोग जल्दी करें।

धोती बदलकर उमानाथ पुरोहित के पास, वेदी के निकट पहुँचा।

कई प्रकार के विधि-व्यवहार होते-हवाते कन्यादान जब सम्पन्न हुआ तो रात ढल चुकी थी।

अगले दिन जयदेव और जयकिशोर ने वधू का मुँह देखा। चार-चार रुपये मुँहदिखाई दी। लड़की का स्वस्थ सुन्दर चेहरा देखकर दोनों खूब प्रसन्न हुए और भगवान् से प्रार्थना की, बहू जैसी रूपवती है वैसी ही सुशीला निकले।

उसी दिन दुपहर को वे दोनों चल पड़े। नन्द झा ने दोनों को दो-दो धोतियाँ और चार-चार रुपये विदाई में दिए। रुपये लौटाकर धोतियाँ इन लोगों ने रख लीं!

शाम तक दोनों शुभंकरपुर पहुँचे। उन्हें लाल धोती पहने देखकर लोग समझ गए कि उमानाथ का विवाह निर्विघ्न सम्पन्न हो गया।

चाची को यह शुभ समाचार कल रात ही मिल चुका था। सौराठ से जो लोग लौटे थे, उन्होंने ही आकर कहा था।

कुल जमा तीन सौ लेकर उमानाथ कलकत्ते से घर आया था। माँ को शक था कि इस बार काम होगा। इसी से पहले इस शुभ समाचार को चाची ने मजाक ही समझा। मगर गुलाबी रंग में रँगी धोती पहने जयदेव और जयकिशोर आकर जब सामने खड़े हो गए तो खुशी से उसकी आँखें डबडबा आईं। जयकिशोर को प्रणाम करते समय उसके हाथ काँपने लगे।

जयदेव ने मुस्कराते हुए कहा—लो उमानाथ की माँ, तुम्हारा काम हमने कर दिया। कब मिठाई खिला रही हो?

वह भावावेश में थी, चुप रही। जयकिशोर बहन की तरफ से बोले—

खाइए न, अब से आसिन तक कितना खाइएगा ?

और ठीक ही कहा था जयकिशोर ने। गरीब से गरीब सास-सुसर भी नये दामाद को हरेक त्योहार पर दही, पकवान, चूड़ा, केला, मिठाई—दो-चार चंगेरा भरिया के द्वारा जरूर भिजवाता है। सन्तान की ससुराल से आई सौगात की यह सामग्रियाँ लोग अड़ोस-पड़ोस में बायना के तौर पर बँटवा देते हैं। सबकी मिठाई सब खाता है। सबका पकवान सब खाता है। शादी के बाद साल-भर तक यही सिलसिला रहता है। सास-ससुर अगर धनी और उदार हुए, फिर तो कहना ही क्या ?

जयदेव चले गए अपने घर की ओर। जयकिशोर बहन के साथ आँगन में आए। वहाँ और कोई तो था नहीं। शाम की ठंडक में बीच आँगन में ही चाची ने कम्बल बिछा दिया। पानी लाकर भाई के पैर धोने ही जा रही थी कि रतिनाथ भी आ गया। वह बलुआहा पोखर पर कबड्डी खेलने गया था। लाल-गुलाबी धोती पहने दो आदमियों को अपने घर के सामने दूर से ही देखा तो खेल से उसका मन उचट गया और भाग आया। आते ही लपककर उसने मामा के पैर छुए। फिर एक ओर होकर बैठा।

भाई के पैर धोते-धोते चाची बोलीं—हमको तो भरोसा नहीं था। समय-साल खराब है। चीज-वस्तु दिन से दिन ऊपर चढ़ती जा रही है…।

भगवान की कृपा—जयकिशोर ने कहा—सारी बातचीत मिनटों में तय हो गई। रत्ती तो गया ही नहीं था। नहीं तो यह भी इस समय कहीं ससुराल में ही होता।

शर्म से रतिनाथ की कनपटी सुर्ख हो गई, मामा ने अपनी आँखें उसके चेहरे पर गड़ा दीं और बोले—इसी डर से यह सौराठ गया तक नहीं। है न रे !

संकोच के मारे रतिनाथ की गर्दन टूट रही थी। चाची ने इस अवग्रह से उसे छुटकारा दिलाया। उसने कहा—जाओ बेटा, बूढ़े राउत को समझाकर कहना कि मामा बहुत थके हैं। रात में आकर मालिश कर जायँ।

रत्ती झटककर आँगन से निकल गया।

चाची पंखा ले आई थी। झल रही थी। जयकिशोर ने कहा—दो सौ देने पड़े, मगर काम अच्छा हुआ। लड़की सयानी है। खूबसूरत तो है ही।

भाई के एक-एक शब्द को चाची मानो पी रही थी। उसका रोम-रोम कंटकित

हो रहा था। जाने कितनी मुसीबतें झेलकर उमानाथ को उसने पाला-पोसा था। कितना कष्ट, कितनी तपस्या इस लड़के के लिए उसने की थी। आज उमानाथ ने शादी की, कल बहू आएगी। परसों चाची जरूर ही पोते का मुँह देखेगी···वह सुख-स्वप्न में डूबने-उतराने लगीं। हाथ में पंखा था, कब उसका डुलना रुक गया और बाँहें निश्चेष्ट होकर घुटने से आ लगीं और कब फिर कम्पित चेतना की सन्धि के किसी क्षण में बाँह अपने आप हिलने लगी और पंखा फिर चलने लगा, चाची को पता नहीं। ध्यान उसका तब भंग हुआ जब एक बार पंखा कम्बल के छोर से जरा छू गया।

जयकिशोर एक नहीं, दसों दफे शुभंकरपुर आ चुके थे। सब देखा-सुना था। ब्याह के बारे में साधारण बातें कह चुकने पर दिशा-फराकत के लिए लोटा लेकर बलुआहा की ओर निकल गए। चाची रसोई में लगी। जयदेव ने लोटा-भर दूध भेज दिया था। उनकी दो भैंसें दुधारू थीं। दूध-दही के लिए शुभंकरपुर मरुस्थल था। मेहमान आ जाने पर अच्छे-अच्छे गृहस्थ तक गोरस के अभाव में निर्लज्जता का अनुभव करते थे।

जयनाथ अभी तक बड़हड़वा में ही थे। शुभंकरपुर में उनके लिए कोई आकर्षण तो था नहीं। जायदाद बेच-बूचकर स्वाहा कर गए थे। रतिनाथ अब अच्छी तरह समझ गया था कि महादरिद्र तो हूँ ही, पढ़ूँगा नहीं तो बुरी गत होगी। इसलिए प्रतिदिन चार-छह घंटे वह अपनी पाठ्य-पुस्तकों से चिपटा रहता। हाँ, गाँव में कभी-कभी मन ऊब उठता तो मोतिहारी का वह छोटा-सा पुस्तकालय ध्यान में आ जाता। यहाँ ताराचरण के पास 'आज' बराबर आता था, उससे थोड़ा कुछ मनोरंजन हो जाता है। परन्तु उपन्यास पढ़ने की चाट पड़ चुकी थी, इसका क्या उपाय हो?

पोखर में उस दिन मछलियाँ पकड़ी गई थीं। मल्लाह आये थे। केले के थम्भों पर तख्तपोश डालकर उसे मजबूती से बाँध दिया गया था। वही फिर अच्छी-खासी नाव हो गई। तख्तपोश दम्मो फूफी की थी। आठ हाथ लम्बी और छः हाथ चौड़ी। पोखर के बीच में उसे हेला दिया। चारों मछुए जाल लिये हुए उस पर सवार थे ही। समूचे तालाब में घूम-घामकर वे जाल फेंकने लगे। भाकुर, ब्वारी, रोहू, भुनचट्टी, सौरा, नैनी—किस्म-किस्म की मछलियाँ पकड़ी गई थीं। रत्ती को तीन करीक का हिस्सा दस सेर का एक रोहू मिला था। अट्ठारह में से तीन भाग। एक

हिस्सा कमलनाथ का, जो रामगंज में बस गए थे। एक भाग चाची का। तीसरा भाग अपना। रिवाज यह था कि मछुए तीन में से एक भाग, तेहाई, के हकदार हों। इसके मुताबिक उस दिन उन्होंने कुल नब्बे सेर (दो मन, दस सेर) मछलियाँ पकड़ी थीं। तीस सेर उनकी मजूरी हुई थी। साठ सेर पोखर के मालिकों का हुआ। दमयन्ती, भोला पंडित आदि तीन और थे जो चार-चार छै-छै पट्टियों के हकदार थे। पोठी, झिंगा या इच्चा जैसी छोटी-छोटी मछलियाँ कभी पकड़ी जातीं—दो सेर होने पर भी अट्ठारह जगह उनका बाँट-बखरा होता।

अकेले इतनी बड़ी मछली लेकर चाची क्या करती? पाँच सेर रखकर बाकी उसने जयदेव के घर भेज दिया था। चीरने पर रोहू के पेट से करीब आधा सेर अंडा निकला था, देखने में ठीक पोश्ता-दाना की तरह।

जयकिशोर निबट आए तो भूना हुआ चूड़ा और रोहू के तले टुकड़े तश्तरी में सामने आये। अंडे के बड़े थे। उन्हें यह सुयोग बहुत दिनों पर प्राप्त हुआ था। चार साल पहले जयकिशोर के ससुर मरे थे। वहाँ तेरही के दिन रोहू मछली का पर्याप्त प्रबन्ध किया गया था। जमींदार थे वह, चार पोखरों के मालिक। भला वहाँ मछलियों का क्या कहना? और इतने दिन बाद आज वही वस्तु आगे आई थी। मोतिहारी में या तरकुलवा में खरीदकर खाना पड़ता था। खरीदकर खाने में यह आनन्द कहाँ?

जलयोग कर चुकने पर मालिश का अवसर आया। असल में यह अवसर रात का खाना खा लेने के बाद आया करता है। आप खाकर लेट जाइए। थकावट ज्यादा है। खबास आएगा। हाथ में जरा-सी चिकनाई (तेल) मखाकर वह आपके पैरों से शुरू करेगा, एक-एक नस को मानो दुहता चला जाएगा। पैर, गोड़, टाँग, घुटने, जाँघ, कमर, पीठ, पसलियाँ, गर्दन, कँधे, सिर, माथा, कपार, कनपटी, बाँह, केहुनी, कलाई, हाथ, पँजे—अंग-अंग की नसों को दुह लेगा। पँजे से पँजा लड़ाकर अँगुलियों के एक-एक पोर को चटकाकर अपने हाथ एक बार फिर आपके पैरों पर ले जाएगा। घुट्ठियाँ चाँपकर अँगुलियाँ (पैरों की) चटकाकर कुछ देर तक तलवे रगड़ता रहेगा। और अंत में टाँग, जाँघ और कमर में हल्की मुक्कियाँ लगाता रहेगा। तब तक आपकी पलकें झप चुकी होंगी, आप अवश्य ही रेशम की रस्सियों वाले नींद के झूले पर बेभान हो गए रहेंगे। इसमें कम से कम घंटा-भर तो लग जाएगा।

परन्तु जयकिशोर बचपन से ही परदेश रहे। खबासों की इस कला के प्रति उनकी जरा भी दिलचस्पी नहीं थी। कल और आज पैदल इतना अधिक चलना पड़ा था कि चूर-चूर हो रहे थे, एकमात्र यही कारण था कि अपना बदन राउत से चंपवाने के लिए वह राजी हो गए। फिर भी इस बूढ़े खबास ने अपने तईं कोई कसर न रखी। जयकिशोर की आँखें लग ही गईं।

ताराचरण की माँ, जयदेव की चचेरी बहन, शकुन्तला, रामपुरवाली और नरेश की भाभी ने आकर तीन मंगल गीत गाए। चाची का भी मन था, साथ मिलकर गाए। दूसरा लड़का तो है नहीं कि कभी और गाकर मनोरथ पूरा कर लेगी। किन्तु बेचारी रसोई में मशगूल थी। फिर भी दूसरे गीत में थोड़ा योग दिया था। जयकिशोर को औरतों की इस मांगलिक गोष्ठी का पता तक न चला, वह सो रहे थे। जाते-जाते रामपुरवाली ने कहा—अहा, आज कहीं जयनाथ भी यहाँ होते!

नाक पर उँगली चढ़ाकर और आगे बढ़कर ताराचरण की माँ बोली—उनका क्या, महनौली में समधी का दालान हो चाहे बड़हड़वा वाले बहनोई का दालान हो, कहीं भी बैठा दो, मुदा भंग और कुण्डी-सोटा उनका सही-सलामत रहे···हाँ, यह कहो बहिना, कि कहीं आज बाबू बैद्यनाथ खुद होते तो···

चाची ने लंबी साँस ली और पड़ोसिनों को दरवाजे तक जाकर छोड़ आई।

थोड़े काल बाद रत्ती ने धीरे से उठाया तो मामा उठे। खाना पकाने में चाची ने कुछ लँफलँफा नहीं किया। मछली, भात, अंडे का बड़ा। झोल भी थी और तले टुकड़े अलग से भी थे। जयकिशोर मछली के आगे और किसी भोज्य पदार्थ को महत्त्व नहीं देते थे। हाँ, साथ में जम्बीरी नींबू रहना ही चाहिए? 'जम्बीरनीर-परिपूरितमत्स्यखंडे' की तुलना में मैथिल लोग अमृत तक को तुच्छ समझते हैं, राघव (रोहू) का मूँड़ भी जयकिशोर के ही भाग्य में बदा था। पीठ, पेट, पुछरी, शिर—रोहू के अंग-अंग में पृथक्-पृथक् स्वाद होता है, इससे जयकिशोर अनभिज्ञ नहीं थे। चालीस मिनट लगे होंगे खाने में। भात तो दो ही चार कौर खाए होंगे, रोहू के आगे भात-दाल को कौन पूछता है? मछली पर से दही खाना अच्छा रहता है, मगर वहाँ तो दूध था। चाची को इस अभाव का खेद अवश्य हुआ।

गर्मी की रात थी। तीनों जने आँगन में ही सोए। चाची को देर तक नींद नहीं आई। कल नहीं, परसों उसे कम से कम चार भार तो भेजने ही होंगे। नहीं

तो महतौली में लोग क्या कहेंगे ? दूध कहाँ से आएगा ? केले तैयार कहाँ मिलेंगे ! कपड़े और मिठाई तो खैर बाजार से आ जाएँगे। भरिया कौन-कौन जाएगा ? राउत एक, बुचिया दो, किसुनी मंड़ड़ तीन और चौथा ? बहू के लिए एक-आध गहना जाना ही चाहिए···अच्छा तो है, बाजार से नाक का लौंग मंगवा लूँगी। पन्द्रह लगेगा कि बीस ?···

इन्हीं परिकल्पनाओं में जाने कब चाची की आँखें झिप गईं।

चौबीस

गेहूँआ रंग। लंबा कद। फैला हुआ चेहरा। प्रशस्त ललाट। पतले होंठ। बड़ी-बड़ी आँखें। नाक ज़रा चिपटी। पन्द्रह-सोलह साल का तरुण साफ धोती और नीली धारी वाली पीली कमीज पहने जब उस विशाल आँगन में बेधड़क प्रवेश किया तो सूर्यास्त का समय था।

किसी ने उसे नहीं पहचाना। वह भी किसी को पहचान नहीं पा रहा था कि इतने में कुंजी खबास की औरत जनकमनि सिर और कमर पर पानी भरे दो घड़े लिये पहुँची। आगंतुक का मुँह देखते ही वह उल्लास से चिल्ला उठी—दइया री दइया ! यह तो रत्ता बबुआ है। कितना बड़ा हो गया है !

तब तक दो मामियाँ सामने घर से दौड़ आईं। नानी बीच आँगन में खजूर की सितलपाटी पर बैठी थीं, वह भी उठ खड़ी हुईं। उनके हाथ में बाँस की बिजनी थी। गर्मी के मारे सारे बदन में फुंसियाँ निकल आई थीं। बिजनी के बेंट से पीठ खुजलाती हुई वह भी चार कदम आगे आईं।

बड़ी मामी ने रत्ती के हाथ से गठरी ले ली और कहा—नानी को नहीं पहचाना ?

वृद्धा के पैरों पर धव से पड़कर उसने प्रणाम किया। नानी रो पड़ीं—भूल गए हमें बेटा ?

अपनी मृत पुत्री की पुरानी स्मृति इतने जोर से उभर आई कि वृद्धा का गला रुँध गया। वह आगे लपकी और लड़के को छाती से लगा लिया। माथे पर

हाथ फेरते हुए मानो संतोष ही नहीं हो रहा हो! वात्सल्य का यह रूप रतिनाथ ने आज तक नहीं देखा था। उसके जीवन में सर्वप्रथम यह रस उँड़ेलने वाली चाची थी। उसको माँ की तो याद तक नहीं है। ननिहाल पूरे दस साल पर आया है...

ओसारे पर घड़े रखकर जनकमनि भी स्वागत के इस अद्‌भुत समारोह में शामिल हो गई। मौका पाकर बोली—और मामियों को परनाम नहीं किया? और मैं? तुम क्या जानों, मैंने तुम्हें साल-भर अपनी छाती का रस पिलाया है...

मामियों को अनजाने तो पहले भी वह प्रणाम कर बैठा था, अब जान-बूझकर प्रणाम किया। तब तक नानियों और मामियों की पूरी पलटन आकर आस-पास खड़ी हो गई। बात यह थी कि रतिनाथ के नाना पाँच भाई थे। अपने और चचेरे कुल मिलाकर सत्रह मामा थे। बारह मौसियाँ थीं। चौदह मामियाँ थीं। सचमुच उसका मातृ-कुल बहुत विशाल था।

नाना रुद्रधर पाठक संत और झक्की स्वभाव के आदमी थे। जयनाथ उनको फूटी आँखों भी नहीं सुहाते। प्रतिदिन तीन पहर तक उनका पूजा-पाठ चलता। उसके उपरान्त भोजन। दिन-रात में केवल एक बार। बाल-बच्चे, नौकर-चाकर मिलाकर तिरसठ प्राणियों के उस महान् परिवार के वह कुलपति थे, बारह सौ बीघा जमीन के मालिक। चालीस बैल थे, बीस हल। अठारह भैंस। तीस गाय। पाड़ी-पाड़ा, बाछी-बाछा सब जोड़कर अस्सी के लगभग मवेशी थे। पक्का और बड़ा, चार ओसारों वाला दालान था। पहियों वाले पाँच बड़े-बड़े सन्दूक उन ओसारों पर पड़े रहते थे। दालान से पूरब ज़रा हटकर एक कतार में ग्यारह बखार थे, चिकनी मिट्टी से लिपे-पुते और गोल-मटोल। उन्हें देखकर किन्हीं पंक्तिबद्ध ऐतिहासिक स्तूपों का भ्रम होता था।

रतिनाथ ने उठकर सबको प्रणाम किया। इस समय मर्द एक भी अन्दर नहीं था। गोधूलि का समय क्या घर में घुसे रहने के लिए है? दिन के काम से थके और गर्मी से ऊबे गृहस्थ शाम को पोखर और विरलवृक्ष बागों की ओर निकल जाते हैं। बूढ़े दालान के आँगन में पड़ी चारपाइयों और तख्तपोशों पर, खुले आसमान के नीचे। बच्चों को अपने बीते दिनों की बातें सुनाना उनके लिए सबसे बढ़कर मनोरंजक काम हुआ करता है। शाम का वक्त मखौलिए नौजवानों और अधेड़ों से पीछा छुड़ाकर वृद्धों को मनोरंजन का यह अवसर प्रदान करता है। वे दिल

खोलकर तब बच्चों से कहते-सुनते हैं। सुनते कम, कहते अधिक।

रतिनाथ को संकोच हो रहा था यह पूछते कि नाना कहाँ हैं, मामा कहाँ हैं? और कहाँ इस वक्त उनसे भेंट हो सकेगी? नानियों और मामियों की उत्सुकता, उनका अकृत्रिम वात्सल्य, सहज आत्मीयता—ऐसा लग रहा था मानो किसी अमृतकुंड में उसको आकंठ खड़ा कर दिया गया हो।

अपनी छोटी मामी ने स्नेहपूर्वक उसके पैर धो दिए और अन्दर कमरे में ले गईं। वहाँ भिगोया हुआ चूड़ा, दही और केले से रत्ती ने जलपान किया। बातें और मौखिक छेड़खानी करके छोटी मामी भगिना बाबू का संकोच काफी हद तक हटा चुकी थीं। रत्ती प्रसन्न होकर कमरे से निकला और दालान पर आ पहुँचा।

नाना को बाल-मंडली से अपने दौहित्र के आने की सूचना मिल चुकी थी।

वह दालान के नीचे, आँगन में पड़ी एक बहुत बड़ी तख्तपोश पर पल्थी मारे बैठे थे। आगे, कुछ हटकर एक छोटी चौकी पर पीतल का बहुत बड़ा लोटा रखा था। उसी चौकी से टिकाकर बाँस की सुन्दर फराठी (फट्टी से तैयार की हुई छड़ी) रखी थी।

नाना के सामने अर्धचन्द्राकार बालपरिषद् बैठी थी। वह अनुशासक और प्रवक्ता की तरह परिषद् को कुछ समझा रहे थे।

उनकी देहकान्ति गौर-श्याम थी। चेहरा गोल था। चौड़े कन्धे। तना हुआ सीना। लम्बी-लम्बी बाँह। वैसी विशाल काया शुभंकरपुर में कहाँ किसी की थी? बाल, दाढ़ी, मूँछ सब सफेद हो चुके थे। भौंह और कान तक के बाल सफेदी पकड़ चुके थे। दीप्त ललाट, छोटी-छोटी आँखें और कान बहुत भले लगते थे। नाक नुकीली नहीं थी। होंठ न पतले थे न मोटे। गले में स्फटिक की माला थी। पीला और बारीक यज्ञोपवीत बाएँ कन्धे से वक्षस्थल के बीच और वहाँ से दाहिनी ओर पेट और कमर की तरफ लटक रहा था। दाहिने हाथ की अनामिका में चाँदी की पवित्री थी। वह साफ धोती पहने हुए थे। पास में अँगोछा रखा हुआ था।

रतिनाथ ने दोनों पैर छूकर प्रणाम किया। नाना ने माथा और पीठ पर हाथ फेरते हुए आशीर्वाद दिए—आयुरानन्दयोर्वृद्धिरस्तु (आयु और आनन्द की बढ़ती हो)।

रत्ती प्रणाम करके एक ओर बैठ गया तो नाना बोले—क्यों रतिनाथ, मैं समझता था कि जब तक ओझा (जयनाथ) जियेंगे तब तक तुम नहीं आओगे और

अब इन आँखों से तुम्हें देख नहीं पाऊँगा। खैर, आ गए।

रत्ती गुम ही रहा।

नाना ने फिर घर का हाल और पढ़ाई-वढ़ाई के बारे में पूछा। रतिनाथ संक्षेप में उत्तर देता गया। अन्त में उन दर्जनों लड़कों का नाम और रिश्ता उन्होंने अपने दौहित्र को बताया—यह हिमकर हैं। यह श्रीकर, वह क्षेमकर, वह शंकर, वह दिनकर, यह सुधाकर, वह रहा मधुकर, पद्मनाभ, रेवतीरमण, इन्द्रकान्त, गोपीकांत, जयकान्त, श्रीनाथ, शिलानाथ, एकनाथ, लक्ष्मीनाथ, जटाधर, श्रीधर, गंगाधर, धरणीधर···यह सब तुम्हारे ममेरे भाई होंगे। और भी हैं। नाना झोंक में आ गए थे। पचीस-तीस नाम बता गए। रतिनाथ लद गया।

थोड़ी देर वहाँ बैठकर वह टहलने के लिए निकला तो कई और समवयस्क साथ हो लिए।

रत्ती का यह ननिहाल, मानिकपुर, जोगियारा स्टेशन से एक कोस पच्छिम पड़ता था। पूछ-पूछकर वह पहुँचा था। सड़क कच्ची थी। और, मानिकपुर तो बड़ा ही प्रसिद्ध गाँव है। पाठकों की खानदान पास-पड़ोस के पच्चीस कोस देहात में मशहूर थी। ये लोग कुलीनता की दृष्टि से निम्नकोटि के ब्राह्मण थे। आचार-विचार, शील-स्वभाव, ठाट-बाट, धन-दौलत, यह सब प्रमाणित करता था कि उनमें वैशाली के लिच्छवि और मिथिला के विदेह इन दोनों गणों का रक्त मिश्रित है। यह भी क्या कोई रहस्य है कि इन पाठकों का सम्पर्क एक ओर दरिद्र मैथिलों से है तो दूसरी ओर धनाढ्य भूमिहारों से भी। इनका मालिक कोई दूसरा जमींदार नहीं है। अब भी चालीस सौ बीघे का इतना बड़ा रकबा पाठक लोगों की खास अपनी जायदाद है। आसपास के कई गाँवों की जमींदारियों में वे पट्टीदार हैं। इनके गोतिया और भी कई जगह हैं। मगर यहाँ मानिकपुर में पाठकों के छोटे-बड़े बावन परिवार हैं। इस गाँव के बाकी ब्राह्मण भी, जो पाठक नहीं हैं, इन्हीं लोगों के भाँजे, दौहित्र या उनकी औलाद हैं। ब्राह्मणों की कुल आबादी सत्रह सौ पचहत्तर है परन्तु सभी की धमनियों में एक ही रक्त प्रवाहित है। पाठक कुल एक जटायु वटवृक्ष है जिसके दसियों धड़ और पचीसों शाखाएँ होती हैं। फिर उन शाखाओं की पचासों डालें, सैकड़ों डालियाँ एवं हजारों टहनियाँ। बड़े-बूढ़ों के श्राद्ध में, लड़कों के मूँड़न-छेदन और उपनयन में पाठकों के यहाँ जब जातिभोज—कुलभोज होता है तो वह दृश्य देखकर अवश्य ही आप मुग्ध रह जाएँगे। उस

समय आपस का सारा वैमनस्य, व्यक्तिगत रागद्वेष से अंकुरित छोटे-मोटे झगड़े —सब भूल जाते हैं वे। पंक्तिबद्ध होकर बैठते हैं और दो-दो घंटे तीन-तीन घंटे तक वह महाभोज चलता रहता है। पाठकों की परम्परागत अनश्रुतियाँ, वीरता के आख्यान इतने अधिक हैं कि एक पोथा वन जायगा।

माँ मरी थी तो रतिनाथ नानी के पास रहने लगा था। साल-भर रहा होगा कि एक ऐसी बात हो गई जिससे जयनाथ क्रुद्ध होकर लड़के को ले आए। तब से कभी रत्ती को बाप ने मानिकपुर नहीं आने दिया था। इस बार साहस करके वह स्वयं ननिहाल आया हुआ था।

नानी एक बड़े ही भद्र और कुलीन ब्राह्मण की सन्तान थी—माँ-बाप की तीसरी बेटी। बचपन में ही उसके माँ-बाप मर गए। चाचा ने तीन सौ में बेचारी को पाठकों के कुल में बेच दिया। अभाव-अभियोग के बीच पनपने वाली इस स्त्री का स्वभाव ऐसा उदार और विनीत होगा, किसे पता था? जितनी प्रशंसा की जाय, थोड़ा होगा। सन्त और सनकी स्वभाव के पति मिले। तिस पर इतने बड़े परिवार की जिम्मेवारी! नानी ने अपने माँ-बाप और नइहर के नाम पर कभी धब्बा नहीं लगने दिया। कम से कम पहना, कम से कम खाया-पिया। अधिक से अधिक बर्दाश्त किया, अधिक से अधिक सुना। अपने को पति-कुल की गतिविधि में, क्रिया-कलाप में इस भाँति खपा दिया कि आज सारा मानिकपुर शशिधर (मामा) की माँ का नाम लेकर ही सुबह-सुबह आँख खोलता है। नानी पुण्यश्लोक हैं, प्रातःस्मरणीय हैं। पंचकन्या के बाद इस नर्मदा का नाम कोई कवि जोड़ दे तो अनर्गल नहीं होगा।

मानिकपुर और पाठकों का राज। ननिहाल में रतिनाथ का मन ऐसा रमा कि पैंतीस रोज रह गया। संसार ऐसा स्वर्गीय है, इतना मनोरम है—रत्ती ने इस बात की कल्पना तक नहीं की थी। मोतिहारी के विद्यालय में पंडित जी संसार की तुलना मछली के तले टुकड़े से करते थे। कोई चाहेगा कि काँटे न हों, मछली ही मछली हो, सो कैसे होगा? सुख को दुख से बिल्कुल अछूता रहकर भोगा नहीं जा सकता। रतिनाथ सोचता था, नहीं, संसार उजाड़ है। इसमें दुख ही दुख है। परन्तु ननिहाल की दुनिया से वह इतना प्रभावित हुआ कि सारा ब्रह्मांड उसे एक विराट् रसगुल्ला जैसा दीखने लगा।

उस बार आमों की फसल खूब तो नहीं, मगर आठआना जरूर हुई थी।

नाना के पास पचास बीघों का बाग था। कलमी ही कलमी आमों का। बम्बई, मालदह, किसुनभोग, कलकतिया, फजली, दड़मी, जर्दालू, शाहपसन्द, सुकुल, सिपिया, कपुरिया, दुर्गीलाल का केरवा, बथुआ, राढ़ी, भदई, मोहरठाकुर की भदई। मालदह आमों का राजा है। बनारस की तरफ यही लँगड़ा कहलाता है। बम्बई सबसे पहले पकने लगता है। मालदह पतला छिलका, मामूली गुठली और अपने विशिष्ट स्वाद के लिए मशहूर है। बम्बई का छिलका मोटा होता है मगर मिठास गजब की होती है उसमें। किसुनभोग दुलरुआ ठहरा, जरा-सी असावधानी से उसमें पीलू पड़ जाते हैं। गूदा कड़ा और काफी रहता है उसमें। शकल बिल्कुल गोल। कलकतिया गरीबों और साधारण जनता का प्रिय ठहरा। खूब फलता है और साल-साल। भादों तक टिकता है। माकूल मिठास और भरपूर गूदा। सुलभ और सस्ता। उसका नाम ही गरीबनेवाज रख दिया है लोगों ने। फजली का नम्बर किसी की राय में तीसरा और किसी की राय में चौथा है। शकल के ख्याल से इसका स्थान दूसरा समझना चाहिए। प्रथम स्थान दुर्गीलाल के केरवा को प्राप्त है। दुर्गीलाल का केरवा दो-दो सेर तक का देखा गया है परन्तु स्वाद में वह असाधारण नहीं होता। दड़मी, जर्दालू और साहपसिन (शाहपसन्द) यह तीनों सगे हैं। आकार में जर्दालू बड़ा और अन्दर से पीला होता है। सुकुल और सिपिया को आम के शौकीनों में काफी इज्जत है। सुकुल की गुठली धागेदार या सनवाली होती है। धुला हुआ सुकुल चूसने की चीज है; दाँतों से छीलकर खाने की नहीं। सिपिया की शकल सीपी की तरह और स्वाद मनोरम होता है। कपुरिया और सिपिया में केवल स्वाद का भेद है, आकार का नहीं। कपुरिया का स्वाद और गन्ध ठीक कपूरी मालूम होगा। बथुआ आसिन तक चलता है, स्वाद में साधारण। राढ़ी, भदई, अपने पतले छिलके और सुरभित माधुर्य के लिए प्रसिद्ध है। उसका मौसम आधा सावन और भादो है। मोहर ठाकुर की भदई छोटी और नुकीली होती है। राढ़ी का छिलका पीला और गूदा थोड़ा लाल होता है,···

कलमी आमों का यह परिज्ञान रत्ती को नाना की कृपा से हुआ था। बाग में मचान पर बैठे हुए नाना ने एक बार कहा था—अब इन बातों का शौक लोगों में रहा ही नहीं। देखो न, इतना बड़ा बाग है तो क्या आज का है? तीन पुरखों की तपस्या का फल है। इसमें कितने ही पेड़ अब बूढ़े और रोगी हो गए हैं, साल-साल आँधी-तूफान में दो-एक पेड़ जड़-मूल से उखड़कर धराशायी हो जाते हैं परन्तु

उनकी जगह नये कलम रोपने की चेष्टा कोई नहीं कर रहा। लड़के अहदी हो गए हैं। किसी की कोई सुनता नहीं।

पुराने पेड़ों की जगह में नये थाले पड़े अवश्य थे परन्तु उनकी संख्या कम ही थी। रुद्रधर पाठक को इतने से भला क्या संतोष होता?

कलमी आमों के इस बाग को छोड़ दें तो वहाँ बीजू आमों का एक दूसरा बाग भी था। बीजू आमों का बगीचा 'गाछी' कहलाता है। स्वाद के ख्याल से लोग कलमी आम पसन्द करते हैं, फायदे के ख्याल से बीजू। बीजू का दूसरा नाम शरही या तुखमी भी है।

बगिया अब उजड़ रही थी। लकड़ी के अभाव में बड़े-बड़े गाछ कट रहे थे। डेढ़-डेढ़ सौ वर्ष की उम्र के विशालकाय वृक्षों के आम रत्ती को यहीं मिले थे। ये उसकी घिवही के परदादा थे! रूप और गुण के अनुसार आमों के अलग-अलग नाम होते हैं। वहाँ सौ पेड़ बच रहे थे, सबके नाम याद रखना असम्भव है। कुछ नाम अब तक रतिनाथ को याद हैं—केरवा, परोड़िया, बुनक्का, करिअम्मा, धुमगाही, लडुब्बा, केरवा, घिवही, रोहिणिया, बेलहा, चक्रपाणिभोग, रतुठिया (लाल होठों वाली) कठमिया, कोनैला, तिमरंगा, सिनुरिया, पहुनपदौना, अमतहा, सनहा, तमहा, चफेलवा और बङालेट करोड़ों की तादाद में फलते और आँधी-तूफान का मुकाबला करते झड़ते-झड़ते पकने के मौसम तक लाखों की तादाद में बचे रहते थे। बेल जैसे स्वाद के कारण बेलहा 'बेलहा' था। शकल में छोटा। चक्रपाणिभोग का छिलका बेहद मोटा और रस गाढ़ा था। मिठास उसमें खूब थी। बङालेट बड़ा रसीला ठहरा। शकल-शूरत में पहुनपदौना अद्वितीय था मगर चूसने के लिए मुँह लगाते ही आपकी नाक-भौं टेढ़ी हो जाती, जीभ विरस हो जाती और रोम-रोम सिहर उठता। हास-परिहास एवं छकाने की नीयत से मनचले नौजवान यह आम पाहुनों को थमा दिया करते—पहुना, यह कपुरिया आम है; ऐसा स्वादिष्ट आम आपको कहाँ मिलेगा! उल्लसित होकर पाहुन महानुभाव जब उसमें मुँह लगाते तो हे राम! बेचारों का बुरा हाल होता! खिलाने वाले ठहाका मारकर हँस पड़ते हः हः हः हः हिः हिः हिः हिः···

रतिनाथ कुछ दिन और रहना चाहता था मगर चाची का बुलावा आ गया।

पच्चीस

ससुराल में सत्रह रोज रहकर उमानाथ घर आया। रामपुरवाली ने अपने जमाई की जिस प्रकार धूम-धाम से विदा की थी, उमानाथ के सास-ससुर ने उस प्रकार अपने दामाद की विदाई नहीं की। काँसे की मामूली थाली, एक बड़ा और छः छोटे कटोरे। लोटा-गिलास। रसोई के साधारण बर्तन। कम्बल-दरी और चादर-तकिया। जूता-छाता। दो जोड़ा धोती। एक चादर और पाग-दुपट्टा।

मगर चाची इतने में ही मग्न थी। केला, दही, चूड़ा, मिठाइयाँ, पकवान। गरी-छुहारे, मेवा-मखान। चाची ने कुछ नहीं रखा, सारा बंटवा दिया।

उमानाथ एक मास का अवकाश लेकर आया था। तीन सौ साथ लाया था। दो सौ माँ ने निकाले थे! शादी में कुल मिलकर चार सौ रुपये उठे। मधूश्रावणी (तीज) में फिर वह ससुराल जा सकेगा, इसकी संभावना नहीं थी। फिर भी गौरी-पूजन और साधारण त्योहार के लिए साड़ियाँ वगैरह महनौली भेजी ही जाएँगी, इसीलिए बाकी रुपये उसने माँ के ही पास रहने दिए।

उमानाथ कलकत्ता चला गया।

चाची के हृदय को एक बार फिर जोर का धक्का लगा। सोचा था, समाज जैसे पुरानी बात को भूल गया है वैसे ही उमानाथ भी भूल गया होगा। अपनी माँ की पहली और शायद आखिरी भूल को भूल गया होगा···मगर वह लड़के की रुखाई देखकर भीतर ही भीतर रो रही थी। उमानाथ जिस दिन जानेवाला था, माँ ने सहमते हुए पूछा—भैये, अगहन में गौना करा लाना ठीक रहेगा न?

लड़का कुछ बोला नहीं, जूते पहनकर फीता कस रहा था।

उत्तर के प्रति अवज्ञा की घोर भावना उमानाथ के चहरे पर लाली बनकर छा गई। आकृति का यह रूपान्तर देखकर चाची को साहस नहीं हुआ कि दुबारा वही प्रश्न पूछे। चलते-चलते उमानाथ ने दिखावटी तौर पर माँ के पैर छू लिए। माँ की आँखें सजल हो आईं, आहत मर्म की नीरव वेदना का वह प्रतीक—आँसू—लड़के ने देखना नहीं चाहा। उलटे, कडककर कहता चला गया कि चर्खा चलाकर तूने दुनिया-भर को वतला दिया : उमानाथ आवारा है, कलकत्ता में खुद तो मौज मारता है और घर पर माँ जुलाहिन हुई जा रही है। खबरदार! अब कभी

र्वा छुआ तो हाथ काट लूंगा···

उमानाथ आँगन से बाहर निकला और चाची सितलपाटी बिछाकर लेट गई। आँखों से अश्रु का अविरल प्रवाह निकल चला। वह अब नहीं जिएगी, अवश्य मर जाएगी। इस जीवन से मृत्यु लाख गुना श्रेयस्कर है। कुतिया से भी गई-बीती हूँ मैं !—चाची ने सोचा—रोज खाकर उठने के बाद अतूऽऽह अतूऽऽह अतूऽऽऽऽ की आवाज लगाकर उमानाथ कुतिया को बुलाता था और पूरा कौर भात खाने देता था। चुमकारता था, पुचकारता था। और, मैं तुम्हारी माँ हूँ उमानाथ ! क्या मैं कुतिया से भी बदतर हूँ ?

अवश्य तू कुतिया से भी गई-गुजरी है—चाची के अन्तस्तल से आवाज आई—तू जीने योग्य नहीं है। तेरे कलेजे में जितनी सुइयाँ चुभोई जाएँ उतना अच्छा। सिसक सिसककर तू जितनी ही रोएगी, मेरा कलेजा उतना ही ठंडा होगा। चुड़ैल, तेरा सत्यानाश हो। कुहर-कुहरकर मरे तू। तेरे अंग गलकर गिरें···

कि एकाएक उसकी आँखों के आगे किसी किशोरी की सौम्य, संयत प्रतिमा कहीं से अलक्षित ही आकर खड़ी हो गई। चाची का रोम-रोम सिहर उठा···यह उसकी कल्पना की पुत्रवधू थी। गद्‌गद होकर चाची ने आँखें मूंद लीं। उसे भान हुआ, वह नजदीक आई है और अपनी तिनपढ़िया साड़ी के आँचल से सास के आँसू पोंछ रही है। आह ! कितना शीतल स्पर्श है लाह की चूड़ियों और कंगन वाले इन मृदु-मांसल हाथों का ! ओह !···अपनी नई-नवेली पुत्रवधू का भला कौन-सा नाम मैं रखूंगी ! पद्‌मसुन्दरी ? जयमुखी ? चन्द्रमुखी ? नहीं, पद्‌मसुन्दरी ही ठीक रहेगा···

कोने में से निकलकर एक चुहिया घर में विहार करने जा रही थी। उसने चाची का ध्यान आकृष्ट किया। किसी घरेलू दुर्घटना में बेचारी की दुम थोड़ी कट गई थी। बेहोश हालत में देखकर चाची ने जरा 'अमृतधारा' लगा दी थी। फिर क्या था ? चार दिन में वह चंगी हो गई और पहले के माफिक उछलने-कूदने लगी। वह इतनी ढीठ बन गई थी कि चाची के पैर, हाथ, मुँह, सिर सूंघ जाती और चाची उसकी इस धृष्टता को उल्लसित होकर, स्मितमुखी होकर बर्दाश्त करती। आज उसे देखते ही उन्होंने विचारा—मनुष्य होकर जन्म लेना अच्छा नहीं है। हे भगवान् अगले जन्म भले ही मैं चुहिया होऊँ, भले ही नेवला, मगर चेतनामय इस मानव समाज में फिर कभी न पैदा होऊँ। ओह, जो औरतें किसी विषाद के कारण

कुएँ में कूदकर या गले में फंदा डालकर अपने प्राणों का अंत कर लेती हैं, अवश्य ही पुनः इस मानव-योनि में उनका जीव नहीं आता तो क्या मैं वैसा नहीं कर सकती हूँ ? कुआँ में कूदना और कूदकर जान देना आसान नहीं है। लोग मानते नहीं, निकाल डालते हैं। हाँ, घर में फंदा लगाकर झूल जाने से ठीक रहेगा। जिस किसी के हाथ पड़ूँगी निष्प्राण, निष्चेष्ट, निष्पन्द शव के रूप में ही; जीवित नहीं।

तब फिर उमानाथ का ख्याल आया। विचार जब उड़ते-उड़ते आसमान को छू लेता है, अवश्य ही उस स्थिति में वह ज़ोर का पलटा खाता है। हिचकी लेकर एक बार सिहर उठी। उसने सोचा—विधवा होकर मैं गर्भवती हुई और आठ मास का बच्चा कोख से निकलवाया। चमाइन उसे जंगल-झाड़ी में फेंक आई ! ऐसी माता हूँ मैं ! और, अब गले में फंदा लगाकर मरूँगी तो बेचारा (उमानाथ) सुयश का ऐसा भारी पहाड़ कैसे सँभाल सकेगा ? ना, माँ को लेकर जितना यश उसे अब तक मिला है वही पर्याप्त है। फाँसी लगाकर, गौरी, स्वयं तो तू भवबन्धन से छुटकारा पा लेगी लेकिन उस अभागे का क्या होगा ?

परन्तु जीवन की एकमात्र आशा—पुत्र जब इस प्रकार विमुख हो रहा है तब किसके बूते वह अपने दिन काटेगी ? अपमान या आघात स्वजन की ओर से जब होता है तो उसकी असह्यता कई गुना अधिक होती है।

और समाज में कैसे विषधर छिपे पड़े हैं ! जाने किसने उमानाथ के कान भरे थे ! चाची की यह ज़रा भी खुशहाली जाने किसे चुभ रही थी !

चर्खा और तकली कातते-कातते चाची के हाथ में घट्ठे पड़ गए थ। सारा गाँव जानता था कि कितनी कड़ी मिहनत वह करती थी। आठ घंटा, दस घंटा ? व्रत का दिन हो या उपवास का, पर्व का हो चाहे त्यौहार का। चाची का यज्ञ कभी समाप्त नहीं होने वाला था। बदले में वह पाती क्या थी ? बीस-पच्चीस रुपये मासिक। कभी यह आमदनी तीस तक पहुँच जाती थी। अपने खाने में तो बहुत ही कम खर्च करती, दस से अधिक कभी नहीं। बाकी पैसे जमा रहते या घर के किसी काम में लगते। दस-पाँच उधार उससे कौन नहीं ले गया होगा ? कभी चाची ने ना नहीं किया। सास-ससुर, बाप और पति वर्षी में पाँच-सात ब्राह्मणों को बराबर वह खिलाती आई थी। घर छवाने के लिए साल-साल फूस चाहिए, डोरी चाहिए, मजदूर चाहिए। एक दिन, दो दिन बाद देकर अतिथि-अभ्यागत आ धमकते, उन्हें दो मुट्ठी चावल का भात खिलाए बिना चाची स्वयं

कैसे दाना-पानी मुँह में डालती ? पर्व-त्योहार साल में दसों पड़ते हैं, उन दिनों कुछ न करो तो देवता नाराज हो जाते हैं और लक्ष्मी चिढ़ जाती हैं···यह सब आखिर कहाँ से होता था ?

उमानाथ ने इतना भी नहीं सोचा कि शादी में जो चार सौ लगे हैं और सौ रुपया यह जो और जमा है सो यह कहाँ से आया ? तीन सौ उसकी कमाई के ठीक हैं, मगर बाकी दो सौ कहाँ से आया ? यह सब ओछे स्वभाव वाले उस नौजवान ने कुछ भी नहीं सोचा ! बस रामपुरवाली चाची की चुगलखोरी पर ही अपने सम्पूर्ण विश्वास को उसने टिका दिया ! माँ के प्रति तिलशः पुंजीभूत अश्रद्धा को प्रकट करने में क्या कोई दूसरा रास्ता नहीं था ?

चाची ने अपनी दृष्टि से भी सोचा और उमानाथ की दृष्टि से भी । फिर भी इस प्रकार तिरस्कृत जीवन की चरितार्थता उसकी समझ में नहीं आई । कौन-सी भावना है जिसे वह जीवन की सार्थकता के प्रमाण में पेश करे ?

अगहन में उमानाथ गौना तो करेगा ही । चाची ने निश्चय किया, पतोहू का मुँह देखकर अपनी जीवनलीला समाप्त कर लेनी चाहिए । फिर वही बात ? नहीं, वह बात नहीं । जीवनलीला के समाप्त करने में पल-भर भी लग सकता है, पहर-भर भी । मास, छै मास, साल-भर भी लग सकता है । अलक्षित रूप में अपने को बीमार कर लेना, दवा-दारू नहीं करवाना और लगातार कुपथ्य और असंयम करते चले जाना···इस तरह कोई मरता है तो घर वालों की बदनामी नहीं होती । और यहाँ तो टलती बला को जानकर कोई भी 'हाय, हाय', नहीं करेगा !

इस निर्णय से चाची की आँखें चमक उठीं और वह उठ बैठी । हाथ पर ठुड्डी टेककर उसने देखा—लाश तुलसी-चौरे के नजदीक पड़ी है । मुँह उत्तर की ओर है । रतिनाथ निकट ही बैठा है । उसकी आँखों से आँसू की धारा अविराम बह रही है···वहाँ और कोई नहीं है ।

रतिनाथ ।

हाँ, रतिनाथ ही अपने हाथ से मेरा अंतिम संस्कार करेगा । वह मेरा मानस पुत्र है···चाची का चिन्तन-चक्र चलने लगा···रत्ती ने कुछ ही दिन पहले कहा था—चाची, पता नहीं, माँ कैसी हुआ करती है ! मगर मेरे लिए तो तुम्हीं माँ हो । हो न चाची !

और तब अपने उच्छ्वसित आवेश को छिपाने के लिए चाची ने उसके गाल

पर हल्की-सी एक चपत जमा दी थी—दुत् पगले! अप्रतिभ आँखों से लड़के ने चाची की आँखों में झाँका। इनमें छलकते वात्सल्य का तरल रूप पाकर रतिनाथ का चेहरा खिल उठा···उस समय तकली कात रही थी। डेढ़ सौ नम्बर का महीन सूत। अपने ध्यान को फिर से उसने एकाग्र कर लिया था। किन्तु वैशाख शुक्ल दशमी की चाँदनी रात क्या कम आकर्षक होती है? रतिनाथ ऊपर निगाह किए गगन विहारी चन्द्रमा की ओर अपने को टिकाए हुए था। जहाँ तकली की कटोरी थी वहीं उसके सिर की छाया पड़ती थी। बस, आधे बित्ता का फासला हो तो हो। छाया में चाची ने देखा, उसकी ओर गर्दन को तिर्छी करके रत्ती ने दाहिने हाथ की तर्जनी अँगुली में चुटिया के लम्बे बालों को लपेट लिया है। थोड़ी देर बाद चुटिया के बालों से अँगुली छुड़ा ली और उसे इस भाँति हिलाने लगा मानो शून्य में कुछ लिख रहा हो। अन्त में उसी अँगुली से उसने अपनी गर्दन को मानो रेतना शुरू किया। फिर एकाएक पूछ बैठा—क्यों चाची, मुझे कोई जान से मार दे तो तुम बहुत रोओगी?

चाची ने उसे डाँट दिया—भाँग तो नहीं पी आए हो?

वह झेंप गया और सुजनी पर जाकर सोने की तैयारी करने लगा···

रतिनाथ के हृदय का पता चाची को खूब था। रत्ती भी चाची को खूब पहचानता था।

आज चाची ने भगवान् से प्रार्थना की कि उसका अन्तिम संस्कार रतिनाथ के हाथों ही हो। पुत्र को जब माँ पर इतनी घृणा है तो यह अप्रिय कार्य उसे न करना पड़े—यही एकमात्र कामना थी जिसने बार-बार उस दिन चाची से हाथ जुड़वाये।

कालाजार और मलेरिया का शिकार बन जाना शुभंकरपुर वाले के लिए बड़ा आसान था। चाची को निश्चय था कि इस बार वह अपने को इस मोर्चे पर आगे कर देगी और फिर देखा जायगा।

दिन ढल गया था। मगर चाची ने खाना नहीं खाया।

उमानाथ की ससुराल का सामान सहेज-सँभालकर एक ओर रख दिया। मन हुआ कि चर्खा तोड़कर फेंक दें। मगर नहीं। इसने पिछले पाँच साल से जीवन का साथ दिया है, अब उमानाथ के कहने से वह उसको छोड़ बैठेगी? ना, ऐसा नहीं हो सकता। उमानाथ चाहे चमारिन कहे, चाहे जुलाहिन, चाची चर्खा

नहीं छोड़ेगी।

कि इतने में बादल गड़गड़ा उठे। चाची बाहर निकल आई घर से। देखा, पश्चिम का आकाश काली घनघटा से छा गया है। उसे रतिनाथ याद आया। अभी रहता तो बाग की ओर दौड़ता। आँधी-तूफान के इस अवसर पर जो भी दस-पाँच आम होंगे सब गिर पड़ेंगे। फटे-फूटे कच्चे आमों का और क्या होगा? अचार बनेगा। कसौंझी बनेगी। अमचूर बनेगा, चटनी और कुच्चा। रतिनाथ के अभाव में टोल-पड़ोस के और लड़के क्या बैठे रहेंगे?

रत्ती आजकल तरकुलवा में था। अब ननिहाल होगा या जाने वाला होगा।

दच्छिन वाला घर छवाई के अभाव में चूने की सूचना पहली बारिश में ही दे चुका था। यह तीसरा साल था। इस बार यदि नई फूस छप्पर पर नहीं पड़ेगी तो बरसात में समूचा मकान बैठ जायगा। चाची ने बड़े खेद के साथ उस घर की ओर देखा—रतिनाथ की माँ मर गई, तभी से इस घर को शोभा चली गई। चूहे, झींगुर और नेवले रहते हैं अब। मगर इस साल उनके भी रहने लायक नहीं रह जायगा···

जयनाथ को कई पत्र चाची दे चुकी थी कि इस बार बरसात में घर बैठ जायगा। खुद न आ सको तो रुपये ही भेज देना। यहाँ सब ठीक हो जायगा। परन्तु किसी पत्र का उत्तर बड़हड़वा से नहीं आया। रतिनाथ मोतिहारी से आया तो बाप की इस लापरवाही पर झुंझला उठा। निष्फल झुंझलाहट उपेक्षा की भूमिका होती है। पैसे तो बेचारे के हाथ थे नहीं कि छवाने का कोई प्रबन्ध करता। चाची ने कहा था—बेटा, अपने हाथ से बाप को चार आखर लिख दो, शायद इससे उनकी नींद टूटे। रतिनाथ को यह बात जँची नहीं।

छब्बीस

अगहन में नहीं, माघ में उमानाथ कलकत्ते से आया और महनौली से गौना करा लाया।

चाची चौमासा (बरसात) भर मलेरिया से खेलती रही। बेहद कमजोर थी, परन्तु खूब उत्साह से उसने पतोहू का स्वागत किया। लड़की सचमुच ही स्वस्थ और सुन्दर थी।

गहना के नाम पर माँ-बाप ने उसे कुछ नहीं दिया था। नन्द झा दरिद्र नहीं था परन्तु उसके चार लड़कियाँ थीं। खेती-गृहस्थी मामूली ही थी। दो लड़के थे, दो बैल। साल-भर हड्डीतोड़ मिहनत करने के बाद कहीं घर का पूरा खर्चा जुटा पाता था। पाल-पोसकर चौदह साल की लड़की को किसी की 'गृहलक्ष्मी' के लायक बना देना ही क्या कुछ कम था?

इस अवसर पर उमानाथ ने प्रतिभामा को भी बुलवा लिया था। पति स्वयं ही उसे पहुँचा गया था।

रतिनाथ भी मौजूद था। पिछली गर्मियों में जब मोतिहारी से वह गाँव आया तब से लौटकर कहाँ वह दुबारा मोतिहारी गया? बात यह हुई कि नानी ने बड़ा ही आग्रह किया कि दरभंगा के विद्यालय में ही पढ़ो, सीधा-सामान या और जो भी कुछ लगेगा तुम्हारे मामा देने को तैयार हैं। नानी का यह मधुर आग्रह रत्ती टाल नहीं सका। दरभंगा की महाराजी पाठशाला (रमेश्वरलता संस्कृत विद्यालय) में वह भर्ती हो गया। पढ़ाई अच्छी थी, व्याकरण-मध्यमा का कोर्स उसका पूरा हो चुका था। दस-बारह साथी और मिले। छोटी छुट्टियों में ननिहाल चला जाता। कभी-कभी चाची के पास भी।

ताराचरण की माँ, रामपुरवाली चाची, शकुन्तला और चाची—सबकी राय से दुलहिन का नाम पड़ा कमलमुखी बहुरिया। सास ने मधुबनी से पैंजनी मँगवा दी कि कमलमुखी ताल बाँधकर चलेगी। मगर वह ठहरी ठेठ किसान की बेटी, खेत में राख डाल आना, कंडे पाथना, तालाब और कुएँ से पानी भर लाना, मौका-बेमौका गाय-बैल चरा लाना—यही सब जानती थी। भद्र कुलवधुओं की चाल उसे अभी सीखना था। कमलमुखी के सम्बन्ध में शुभंकरपुर की औरतों का कहना था कि खेतिहर की बेटी है, मोटा-झोटा खाना दो और कसकर काम लो।

उमानाथ महीना-भर की छुट्टी ले आया था। इतने दिन काफी थे। सिखा-पढ़ाकर कमलमुखी को शेर बना गया।

आँगन के क्या कहने! जहाँ पहले चाची अकेले उदासी के तराने सुना करती, वहीं कई प्राणी अब और आ गए थे। कमलमुखी थी। प्रतिभामा थी। उसके दो

बच्चे थे। बीच-बीच में रतिनाथ भी आ जाता।

चाची ने बड़ी कोशिश की, मन को इनमें उलझाए। मगर उमानाथ का बर्ताव उसे दिन-दिन असह्य लग रहा था। अपना हृदय उसने पतोहू के लिए खोल दिया, प्रतिभामा से अधिक वह उसे ही मानने लगी। परन्तु आखिर खरबूजे को देखकर खरबूजे ने रंग पकड़ ही लिया। कमलमुखी चाची की स्वतन्त्रता में हस्तक्षेप करने लगी। होली का त्योहार आया। चाची का विचार था, कम से कम पाँच सेर आटा के लायक घी-गुड़ का प्रबन्ध करना चाहिए। कमलमुखी ने कहा—नहीं, इतना क्या होगा? ढाई सेर आटा काफी रहेगा। चाची बोली—तुम नहीं समझती हो, इस बार भगवान की कृपा है कि आँगन भरा-पूरा है, तुम हो, प्रतिभामा है, बाल-बच्चे हैं! पूआ पकवान कुछ ज्यादा ही बन जाएँगे तो क्या हर्ज है?

इस पर कमलमुखी ने ठुमुककर कहा—मना कर गए हैं।

चाची ने जोर दिया—तो क्या हुआ?

ऊँ हूँ—पतोहू अचल होकर बोली। प्रतिभामा ने माँ को इशारा किया—क्यों झगड़ती हो? चाची इस घटना से टूट गई। उसने कुछ नहीं किया। प्रतिभामा ने त्योहार की तैयारियाँ कीं। सास-पतोहू दोनों अलग-अलग कोपभवन में पड़ी हुई थीं। लगता था कि वही मेहमान हैं और प्रतिभामा ही गृहस्वामिनी है। उसके दोनों बच्चे फुदक-फुदककर मालपूआ खा रहे थे। रामपुरवाली चाची आई तो कमलमुखी की पीठ थपथपा गई।

वैसी मनहूस होली चाची ने कभी नहीं बिताई।

जिस बात का सन्देह था वह सच निकली। पतोहू का स्वभाव पति की ओर झुका हुआ था। किसी नववधू का स्वभाव यदि पति की ओर अनुरक्त हो तो बुरा है? नहीं। पति में अनुरक्त होना और बात है मगर बात-बात में सास-सुसर को चिकोटी काटना और ही बात है। उमानाथ माँ के प्रति अपनी घृणा का कुछ अंश पत्नी के भीतर उँडेल गया था। औरत अब उसके लिए 'स्वजन' थी और माँ थी पराई।

चाची ने सिर झुकाकर परिवार की इस नई व्यवस्था को कबूल कर लिया। कमलमुखी को उन्होंने अपनी राह जाने दिया। प्रतिभामा तीन मास शुभंकरपुर रही, देवर बुला ले गया। स्वागत-सत्कार बहुत ही साधारण हुआ था बेचारी का। उमानाथ की प्रकृति में जिन गुणों का विकास हुआ था उनमें कृपणता का ही

स्थान प्रथम था। कम से कम खाकर कम से कम पहन-ओढ़कर पैसे बटोरते चलो—सफल गृहस्थी का अपना यह मूलमंत्र कमलमुखी के भी कान में फूँक गया था। अपनी लड़की की विदाई में चाची ने अलग से पचीस रुपये खर्च किए। कमलमुखी ने उमानाथ को चुपचाप लिखवाया—घर के काम में तो कुछ देती नहीं, मगर लड़की की विदाई के समय पचास जाने कहाँ से निकाले ? कितनी लम्बी है तुम्हारी माँ की आँत ?

प्रतिभामा चली गई तो चाची के लिए फिर एकान्तवास आरम्भ हुआ। कमलमुखी से वह कम ही बोलती थी। उसने भी अपनी सास से अधिक रामपुर-वाली चाची का ही आदर-सत्कार शुरू किया। क्यों न हो ? वह आकर दुनिया-दारी के नए पैंतरे बतलाया करती। टोल-पड़ोस की औरतों के गुन-औगुन ! यहाँ तक कि कमलमुखी को अपनी सास की वह कलंक-कथा भी मालूम हो गई।

चाची को संग्रहणी हो गई थी। चैत का महीना। ताराचरण की माँ ने कहा, कुछ दिन अन्न छोड़ दो; दही और उबला हुआ बेल खाओ।

परन्तु पथ्य का यह सिलसिला चार ही छः दिन चला। चर्खे में कूबत नहीं थी, वह अब सो रहा था।

रतिनाथ परीक्षा में मशगूल था। पन्द्रह अप्रैल को उसकी परीक्षा पड़ती थी। एक बार आकर वह दवा दे गया। परन्तु सेवा-सुश्रूषा और पथ-पानी कौन करे ? खाली दवा से क्या होता है ?

कमलमुखी सास की सेवा करती अवश्य थी परन्तु हृदय से नहीं। श्रद्धा-भक्ति से यदि आपको कोई विष भी देता है तो उससे आपके होंठ उल्लसित ही होते हैं। चाची का स्वास्थ्य दिन से दिन बिगड़ता ही जा रहा था। कमलमुखी का रूखापन उससे छिपा नहीं था। लगता था कि बेटा और पतोहू अब उस बुढ़िया को नहीं चाहते। एक ही आदमी था जिसे इस बुढ़िया की जरूरत थी। किसको ?

रतिनाथ को ?

हाँ, रतिनाथ को। उसे चाची की अभी जरूरत थी।

पिता के जीवित रहने से रतिनाथ को न हानि थी न लाभ। जयनाथ का था भी एक ही काम कि अपना पेट पोसें। आज न रत्ती सोलह-सत्रह साल का हुआ है, बचपन में भी उसने अपने बाप के रंग-ढंग देखे हैं। जयनाथ को वह सदा कंकड़-पत्थर वाला चटियल मैदान ही समझता आया। इसके विपरीत, चाची उसे सदा-

बहार बगिया प्रतीत हुई। सहज स्नेह की फुहियाँ बरसाने वाली यह बदली न होती तो रतिनाथ का कैसा बुरा हाल होता !

परन्तु यह बदली अब स्वयं ही पथरा रही थी। उसे धक्का पर धक्का लग रहा था। उसकी वर्षण-क्षमता, उसकी प्रस्रवण-शक्ति, उसकी अमृतद्रव की वह सामर्थ्य अब क्षीण होती जा रही थी। इस बात का आभास रत्ती पा जरूर गया था किन्तु असहाय था बेचारा। उमानाथ को रास्ते पर ले आना उसके बूते की बात नहीं थी। महनौली वाली को समझाना वह बेकार समझता था। और जो लोग थे, तमाशबीन थे। वे यही चाहते थे कि उमानाथ की माँ अपनी पतोहू को खुलकर गालियाँ दे, झोंटा पकड़कर घसीटे। झाड़ू-मुस्सर से मारे। बदले में पतोहू भी उसको एक का दस सुनावे, झोंटा पकड़े···फिर बाकी औरतें पंच बनकर फैसला करें···परन्तु चाची ने यह सब होने का अवसर आने ही नहीं दिया। वह सारा विष स्वयं ही पीती गई।

परीक्षा देकर रतिनाथ आया। पर्चे अच्छे बने थे। पास होने की पूरी उम्मीद थी।

उसकी इच्छा थी कि आषाढ़ की पूर्णिमा तक मन लगाकर चाची की परिचर्या करे। परन्तु अब चाची का जमाना लद चुका था। कमलमुखी गिन-गिनकर चावल निकालती और पकाती। रतिनाथ का हिसाब वह मेहमान के तौर पर करने लगी। दो नहीं चार दिन रहो, चार नहीं दस दिन रहो; हमेशा के लिए यहीं पल्थी लगा लो सो नहीं होगा। ऐसा हो तो अपना घर है, खुद का कर-खा लो अपना।

रतिनाथ के लिए यह नई बात थी। जहाँ अपने घर की भाँति वह आज तक रहता आया वहाँ अब मेहमान बनकर रहना उसे अखरने लगा। पाँच ही सात दिन रहा, फिर अपने सहपाठी के यहाँ चला गया। तालाब में साथ तैरने और मछली खाने का निमन्त्रण सहपाठी श्री धर्मनाथसिंह ठाकुर की तरफ से पहले ही मिल चुका था।

मन परन्तु उसका चाची पर ही लगा रहता था।

वह बेहद कमजोर हो गई थी। पतले-पतले वे सुन्दर होंठ फीके पड़ गए थे। कपार पर नीली नसें उभर आई थीं। आँखें धँस गई थीं, मानो दो कुओं में दो तारे टिमटिमा रहे हैं ! छाती की हड्डियाँ बाँस की फट्टियों की तरह झकझक कर रही थीं। पेट और पीठ सटकर एक हो गए थे।

रत्ती ने पूछा था—कलकत्ते लिखूं ?

नहीं।—चाची ने सिर हिला दिया था। थोड़ी देर के बाद रत्ती के हाथ को अपने कमजोर हाथ में लेकर कहा था—बबुआ, कहीं कुछ हो जाय तो इस मुँह में आग तुम्हीं देना, हाँ !

रतिनाथ चुप ही था···

अरे, क्या कहा मैंने ? समझा नहीं ?

रतिनाथ से फिर भी 'हाँ' कहते न बना।

चाची ने तीव्र स्वर में पूछा—अरे, क्या कहती हूँ ?

इस बार रत्ती ने भीगी आँखों से चाची की ओर देखा।

अरे ! तू तो रोता है !—चाची ने फक् से हाथ छोड़ दिया और अपनी धोती के खूंट से लड़के की आँख पोंछने लगी।

रतिनाथ ने कहा था—चाची, यह सब अभी तुम क्यों बोलती हो ?

मौन रहकर चाची ने अपनी गलती मान ली थी। और, रतिनाथ दौड़कर गया था। तारा बाबा से एक यन्त्र बनवा लाया था। चाची के वाम बाहुमूल में लाल धागे से उस यन्त्र को रतिनाथ ने अपने हाथ से ही बाँध दिया था।

चाची की इन सब बातों से सचमुच ही रतिनाथ खिन्न रहता था। चाहता था कि खुद बीमार हो जाय मगर चाची की तन्दुरुस्ती सुधर जाए। पर चाहने ही से कुछ थोड़े ही हो जाता है ?

रत्ती की नानी पचहत्तर साल की थी, फिर भी अभी स्वस्थ थी। रतिनाथ सोचता था, क्यों न चाची भी उतने दिनों तक जिए ? तरकुलवा में चाची की माँ सत्तर के अन्दर ही है, तो चाची इतनी कम उमर में मर जायगी ?

परन्तु दीर्घ आयु का सम्बन्ध जिन परिस्थितियों से है क्या चाची उन्हीं परिस्थितियों में अपना जीवन बिताती थी ? ग्लानि और अपमान, तिरस्कार और उपेक्षा चाची ने बहुत सहा था किन्तु अब उमानाथ का बर्ताव और कमलमुखी की अश्रद्धा उस बेचारी को अधिक से अधिक यातना दे रही थी। इतने दिनों तक तो पुत्र की आशा से सब कुछ सहती आई थी और अब आशा का वही केन्द्र निराशा का गड्ढा साबित हो रहा था। ऐसी स्थिति में निरानन्द और नीरस जीवन बिताने से लाभ ?

रतिनाथ ने निश्चय किया, कहीं भी रहेगा दस-पन्द्रह दिन में एक बार

शुभंकरपुर आकर वह चाची को देख जाया करेगा।

ताराचरण बीच-बीच में आकर खबरें सुना जाते थे। हिटलर ने रूस पर हमला कर दिया था। इस अशुभ समाचार से चाची को खेद हुआ। वह बोली—कैसा दिमाग है दरिद्दर का ! मुदा बच्च-बच्चा कट मरेगा तभी रूस दखल होगा ! है न बाबू ?

ताराचरण का ख्याल था कि अन्त में रूस हार जायगा, लेकिन चाची का कहना था, मैं पढ़ी-लिखी नहीं हूँ मगर इतना समझती हूँ कि पचीस साल से रूस वालों ने अपने यहाँ जो नया संसार बसाया है उसके अन्दर जाकर राक्षसों की बड़ी से बड़ी फौज भी मात खा जाएगी···

देख लेना—ताराचरण कहते।

देख लूँगी, यदि जीती रही—चाची मुस्कुरा पड़ती। उसके चेहरे पर विश्वास की एक चमक कौंध जाती।

ताराचरण आजकल सार्वजनिक प्रवृत्तियों में ज्यादा दिलचस्पी ले रहे थे।

गाँव का किसान-भवन बड़ी बुरी हालत में था, ताराचरण ने इसकी मरम्मत करवाई। पंचायत के फैसलों से जुर्माने की जो रकम आती वह अब उसी के जिम्मे रहती थी।

बरसात के दिनों में सड़क इतनी खराब हो जाती कि कीचड़ और बदबू के मारे नरक उसके सामने कुछ नहीं था। तकलीफ सब उठा रह थे लेकिन उसको दुरुस्त करने के लिए आगे आने वाला कोई नहीं था। शुभंकरपुर जैसा शिक्षित गाँव और उसका ऐसा हाल ! मगर धिक्कार या फटकार आप किसे सुनाएँगे ? एक भी शिक्षित व्यक्ति घर पर तो बैठा रहता नहीं, पाँख मजबूत होते ही वह चुगने के लिए बाहर निकल जाता है। हाँ, बाबू ताराचरण हैं जिन्हें गाँव के नाम पर कुछ लाज-शर्म है।

ताराचरण ने वैशाख में मुसहड़ों को सड़क की मरम्मत में भिड़ा दिया। सबसे बड़ा काम था मिट्टी डालना। उधर ब्रह्मस्थान से लेकर इधर पलिवाड़ के पोखर तक, आधा कोस पड़ता है। इतनी दूर तक मिट्टी डलवाने में चालीस मजदूर लगे। ताराचरण आवश्यकतानुसार लोगों से अनाज या नगद लेते गए। 'कमाऊ-पूत' कि जिनका नाम बाहर सम्मान से लिया जाता है, इस अवसर पर फिसड्डी निकले। उन सुशिक्षितों से मूर्ख और गँवार ही भले।

मिट्टी पड़ जाने से सड़क ऊँची हो गई। कुछ लोगों ने अपने-अपने दालान के सामने सड़क की जमीन हद से ज्यादा दबा ली थी। ताराचरण ने नक्शा उठाकर रस्सी और जरीब से नये सिरे से पैमाइश की, इस तरह सड़क की मुनासिब जमीन निकल आई। आधा घूर खुद उसके भी दालान के सामने दबी पड़ी थी।

चाची ने दो रुपये सड़क-सुधार के इस काम में देना चाहा, परन्तु कमलमुखी ने घोर आपत्ति प्रदर्शित की। चाची दम साधकर शान्त हो गई। कमलमुखी ने हाथ चमकाकर रामपुरवाली चाची से कहा था—यहाँ न माल न मवेशी, गाड़ी आवे न इक्का। सड़क खराब हो गई है तो इसकी सजा हम क्यों भोगें?

चाची ने चुपचाप कहला भेजा ताराचरण को—अभी हाथ पर नहीं है।

तीन पोखर बेकार हो गए थे, ताराचरण ने गर्मियों में उनकी सफाई करवा दी। इसमें कुछ खर्चा नहीं पड़ा। शर्त यह थी कि मछलियाँ जो जिसके हाथ लगे वह उसी की रहे। फिर क्या था? अहीर, केवट, अमात, धानुख और बाभन, सभी भूत की भाँति तालाब की सफाई में लग गए। मछलियाँ भी उस दिन खूब निकलीं।

ताराचरण के रूप में नये नेतृत्व का उदय हुआ था। बूढ़े पहले कुछ दिनों तक उसे मान्यता देने को तैयार नहीं थे परन्तु बाद में उन्हें झुकना पड़ा। बूढ़े समाज-पति पुराना अधिकार कायम रखने के लिए हाथापाई करके कई बार शिकस्त खा चुके थे। गत वर्ष कृष्णाष्टमी के अवसर पर उनका विचार था नटुआ (नर्तक) मँगवाने का। तरुणदल कीर्तन-मंडली के पक्ष में था। बूढ़ों ने असहयोग की धमकी दी। तुरन्त भगवान् कृष्ण नये अर्जुनों की बात में आ गए। दूसरी पराजय बूढ़ों की राजबहादुर दुर्गानन्दसिंह के सम्बन्ध में हुई थी। राजाबहादुर के दामाद ने किसी देशी नाटक मंडली को बुलाया था। उनका विचार था कि शुभंकरपुर वाले भी आकर नाटक देखें, वे हमारी प्रजा हैं। उन्हें अलग से बुलावा भेजने की जरूरत ही क्या है? नवयुवक अड़ गए, बिना बुलावा के हम क्यों जाएँगे? इसमें बुजुर्ग लोग राजाबहादुर को पहले ही आश्वासन दे आए थे। अब उनकी नाक कट रही थी। ताराचरण ने कहा—जमाना बदल गया है, हम जब अंग्रेजों की नाक में कौड़ी बाँधते हैं तो राजाबहादुर की क्या बिसात? उनका दामाद खुद आकर हमें लिवा ले जाय, तब चलेंगे। अन्त में हुआ यही कि दो-एक बूढ़ों को छोड़कर और कोई नहीं गया।

सत्ताईस

परसौनी से हैजा शुरू हुआ। शुभंकरपुर, केरवनिया, मकरंदा, दहौरा, पकड़िया, अमरितपुर इन आठ-दस गाँवों में फैल गया। वर्षा रुकी रही तो हैजा अपना नंगा नाच नाचता रहा।

चाची साल-भर से बीमार थी। उसका कमजोर देह हैजे का धक्का बर्दाश्त नहीं कर सका। संयोगवश रतिनाथ मौजूद था। उसने आखिरी हालत में उमानाथ को तार दिया, परन्तु अन्त समय में चाची अपने पुत्र का मुँह नहीं देख सकी। छत्तीस घंटे पाखाना-पेशाब रुका रहा। अन्तिम क्षण में रतिनाथ ने कहा—चाची, सिमरिया घाट चलोगी?

नहीं।—हाथ से इशारा किया, चाची ने और नजदीक बुलाकर कहा—यही आँगन मेरे लिए भागीरथी गंगा है।

चाची की आवाज इतनी क्षीण हो गई थी कि बड़ी मुश्किल से रतिनाथ समझ सका। कमलमुखी हलदी का चूरन और चावल का आटा एक महीन कपड़े में बाँधकर उस पोटली से अपनी सास के तलवे मल रही थी। चाची की बेचैनी अतिकोटि पर पहुँच गई थी। उसने डाक्टरी दवा लेने से इन्कार कर दिया था। अमृतधारा तक उसे मंजूर न थी। रतिनाथ को ऐसा लगा कि मरने का यह अवसर चाची अपने हाथ से जाने देना नहीं चाहती, वह इस जीवन से ऊब गई है; अब विराम चाहती है। परिवार में एक भी ऐसा प्राणी नहीं है जिसे चाची का यह असमय प्रयाण सह्य नहीं हो।

आषाढ़ कृष्ण पंचमी के रात्रिशेष में जब ढिबरी की पीली लौ ज़रा देर के लिए फुरफुरा उठी तब रतिनाथ समझ गया कि चाची चलीं। उसकी आँखों से आँसू बह चले। कमलमुखी ने जोर से रोना शुरू किया। रत्ती ने दिल को कड़ा किया। तुलसी चउरा के नजदीक पहले सुजनी बिछा आया, फिर चाची को सँभालकर वहाँ उठा ले गया। वहीं तुलसी चउरा के नजदीक चाची ने एक बार जोर से ऊर्ध्वश्वास लिया और उनकी आँखों की पुतलियाँ पलट गईं, मुँह से थोड़ा रक्त-मिश्रित कफ निकला और बस!

ताराचरण, घूटर, सुखदेव, गदाधर और रतिनाथ यही पाँचों जने अर्थी उठा

ले गए। अपनी ही पुरानी अमराई में चिता तैयार हुई। ठीक उसी जगह, जो थोड़ी-थोड़ी दूर के फासले पर उमानाथ के बाप-दादा, परदादा और दादी-परदादी आदि का अन्तिम संस्कार हुआ था। मृतक को नहलाकर नया कपड़ा पहना दिया गया और तब उसे चिता पर डाल आए। लम्बा पूला की तरह फूस का ऊक (उल्का) बनाया गया। साथ लाई आग को फुंककर रतिनाथ ने उस ऊक को धधकाया और चिता की परिक्रमा करके चाची के मुँह में अग्नि स्पर्श कराया। यह विधि तीन बार की गई। अन्त में ऊक को चिता पर छोड़ दिया गया। आग लाश को पकड़ चुकी थी।

जलने में करीब दो घण्टे लगे। सभी एकमत थे कि उमानाथ जान-बूझकर अपनी माँ को बीमार रखता आ रहा था, यद्यपि होनहार को भला कौन रोक सकता है! रतिनाथ बराबर गुमसुम रहा।

चिता उसी दिन बुझाई गई। यह काम प्रथा के अनुसार तीसरे दिन हुआ। उस समय बची-खुची दो-एक हड्डियाँ सँभालकर अलग रख ली गईं और बाकी राख समेटकर उस पर छोटा-सा एक चबूतरा बना दिया गया। ऊपर से तुलसी का पौधा उस पर रोप दिया गया। हड्डियाँ ले जाकर समय और सुविधा के अनुसार गंगा में प्रवाहित करना था।

चौथे दिन उमानाथ आ धमका।

श्राद्ध साधारण रूप में ही हुआ। रतिनाथ तेरहो दिन उपस्थित था ही। जयनाथ को खबर कर दी गई थी, फिर भी वह नहीं आए। कुल ढाई सौ खर्च पड़ा। एकादशाह को कच्ची रसोई का भोज था और द्वादशाह को चूड़ा-दही का। जयदेव का लड़का भवदेव विलायत से आया था। इसलिए समाज में दो गोल थे। उमानाथ विलायती गोल में था। यही कारण था कि किफायत में ही काम चल गया।

उमानाथ बीस दिन गाँव रहा। कमलमुखी गृहकार्य में खूब होशियार नहीं तो भोथड़ भी नहीं थी और अब तो सारी जिम्मेदारी उसी के कन्धे पर आ पड़ी थी। उसने अपने भतीजे को मँगवा लिया।

रतिनाथ ने काशी जाकर पढ़ना तय किया। नानी और नाना इस विचार से सहमत न थे, परन्तु रत्ती का मन अब बिल्कुल नहीं लग रहा था। चाची के अभाव में शुभंकरपुर अब उसके लिए श्मशान था। उस महिला को उसने तिल-

तिल करके खपते देखा था। वह चाची की वेदना का हिस्सेदार था। चाहता था कि घर से दूर, खूब दूर रहकर वह वात्सल्य की उन स्मृतियों का उपभोग करे।

आषाढ़ की पूर्णिमा जब हो गई तो एक दिन चाची की हड्डियाँ और राख लेकर रतिनाथ काशी पहुँचा। उसके जिम्मे कुल पन्द्रह रुपये थे। बचपन में बाप के साथ एक बार वह और काशी जा चुका था, परन्तु तब की देखी-सुनी अब किस काम की?

तारामन्दिर (क्षेत्र) के अध्यक्ष से रतिनाथ का दूर का एक रिश्ता पड़ता था। उन्होंने भोजन का प्रबन्ध अपने यहाँ कर दिया। पढ़ाई के लिए मीरघाट पर मारवाड़ी संस्कृत कालेज मानो उसकी प्रतीक्षा कर रहा था।

यह सब निश्चित हो चुकने पर रतिनाथ एक दिन प्रातःकाल नाव-भाड़ा करके मणिकर्णिका घाट के सामने बीच में गया और चाची की अस्थि को कम्पित हाथों तथा आर्द्र आँखों से प्रवाहित कर आया।

अस्थि गंगा में प्रवाहित करके लौटते समय रतिनाथ के हृदय में बार-बार यही बात उठ रही थी कि अमावस की उस रात को वह कौन था चाची? एक घनी और अन्धेरी छाया तुम्हारे बिस्तरे की तरफ बढ़ आई, वह क्या थी चाची? सदा के लिए तुम्हारे सिर पर कलंक का टीका लगा गई, वह कौन थी चाची? शील और शालीनता की प्रतिमे? तुमने क्यों धूर्त का नाम नहीं बतला दिया?

●●●

टिप्पणियाँ

(यहाँ उन शब्दों के पर्याय दिए गए हैं, जो 'कोश' में नहीं मिलेंगे। हिन्दी भाषा-भाषी क्षेत्र बहुत बड़ा है। पूर्वी हिन्दी के ठेठ शब्द पश्चिमी हिन्दी क्षेत्र तक पहुँचते-पहुँचते 'अजनबी' हो जाते हैं। इसी तरह पश्चिमी हिन्दी के शब्द पूर्वी हिन्दी के अंचलों में अपरिचित लगते हैं...पहले संस्करणों में ढेर-सारे फुट-नोट थे, इस संस्करण में उन्हें हटाकर मूल पाठ को सहज-सुबोध कर दिया गया है। फिर भी यत्र-तत्र कुछ शब्द अनिवार्यतः रह गए हैं।—रखने पड़े हैं उन्हीं शब्दों के अर्थ इस परिशिष्ट अंश में डाले गए हैं—नागार्जुन)

दो

सराई...सराइयां : तांबा, पीतल, कांसा आदि धातुओं के बने निहायत छोटे थाल-से दीखनेवाले लघु-लघु पूजा-पात्र।

तीन

अभिजात और महादरिद्र : ये लोग 'बिकौआ' कहलाते थे। श्रीमन्त लोग इन्हें 'खरीद' लेते थे यानि अपने 'दामाद' (घर-जंवाई) बना लेते थे। एक-एक कुलीन व्यक्ति पचास-पचास साठ-साठ शादियाँ कर लेते थे : उनका सारा जीवन ससुरालों में ही गुजरता था। इन 'बिकौआ' भद्रजनों की पत्नियाँ अपने-अपने श्रीमन्त पिता अथवा भाई की दी हुई सम्पदा के बल पर परम उच्छृंखल या कुंठित (और क्वाचित् कदाचित आदर्श) जीवन बिताती थीं...यह 'बिकौआ' प्रथा अब लुप्त हो चुकी है। परन्तु कहीं-कहीं, मिथिला (उत्तर बिहार) के दरभंगा-पूर्णिया आदि अंचलों में ऐसे 'महाबुजुर्ग' ब्राह्मण आज भी मिल जाएँगे, जिनकी ४-६ शादियाँ हुई थीं और उनकी सभी पत्नियाँ जीवित हैं...

चार

सल्हेश : दुसाध-मुशहढ़ आदि जातिवालों का देवता! पीपल-पाकड़-बरगद के नीचे कुटीरों (गह्वरों) में अश्वारोही सामन्त भेष-भूषा में इन्हें आसानी से पहचाना जा सकता है।

एक तारा मया दृष्टा...

मैंने एक नक्षत्र (तारा) देखा। दूसरा नहीं देख रहा (रही) हूँ। इससे दोष

लगेगा, अ-कल्याण होगा। हे नारद, मैं तुम्हें नमस्कार करता हूँ। देखना, किसी से झगड़ा न लगे···

सात

ताराबाबा : "माँ तारा ! माँ तारा !" या "तारा-तारा" की आवाज़ लगाने वाला तांत्रिक साधु।

नौ

घिवही : आम की एक जाति। पकने पर इसका रस घी की याद दिलाता है—स्वाद में भी और गन्ध में भी।

आमिल : कच्चे आमों की सूखी फाँकें···इलका उपयोग खटाई के तौर पर होता है। इन्हीं का चूरन "अमचूर" होती है।

महामृत्युंजय : तांत्रिक और शैव परम्परा का एक मंत्र। कहते हैं, इस मंत्र का जप करने से 'असाध्य-साधन' होता है—गुप्त धन की प्राप्ति, शत्रु का नाश, दुर्लभ प्रेमिका का वशीकरण आदि···

अर्घा-पंचपात्र-आचमनी : हवन और पूजन के समय काम आने वाले छोटे-छोटे धातु-पात्र।

तस्मई : पायस, खीर। दूध मे पके हुए चावल।

एकभुक्ति : पूजा-पाठ, यज्ञ, जप आदि करने वाले को दिन में एक ही बार सात्त्विक आहार लेना होता था। वही 'एकभुक्ति' थी।

सरबेटी : साले की बेटी।

यन्त्र : विभिन्न आकार के कोष्ठक (खाने) बनाकर उनके अन्दर मन्त्रों के अक्षर, संख्याक्रम, पशुओं-पक्षिओं के प्रतीक-चिह्न आदि अंकित कर देते थे; कई रँगों में और कई लिपियों में—भोजपत्र पर, तांबा-सोना-चांदी-पीतल आदि धातु की पतली पर्तों पर; वही "यन्त्र" कहलाता था।

राउत : उत्तर बिहार में पहले अहीर "राउत" कहलाते थे। राजस्थान-मध्य प्रदेश में "रावत" राजपूत और क्षत्रिय होते हैं···

खवास : राजाओं-भूस्वामियों-महागुरुओं के शूद्रसेवक पहले 'खवास' कहलाते थे, भविष्य में उनकी संततियां भी "सिंह" होंगी···

पोनी : खुशबूदार गीली तम्बाकू (हुक्के में पी जाने वाली)

भार : बोझा / भार ढोने वाला 'भरिया' कहलाता था।

मालदह बंबई : ये कलमी आमों की जातियाँ हैं :

खस्सी : वह बकरा जिसकी नसबन्दी कर दी गई हो···

सिमरिया घाट : बरौनी के निकट, गंगा का किनारा।

ग्यारह

रक्ताम्बर धारी : लाल-सुर्ख परिधान वाला तांत्रिक साधु।

बारह

पगहा : पशुओं की गर्दन-सींग-नकेल आदि से लगी हुई मजबूत डोरी।

कुशासन : कुश की आसनी। "कुश" एक घास किस्म की घास (तृण) होती है। कुश बड़ा ही पवित्र माना गया है—पूजा-पाठ, यज्ञ-हवन, श्राद्ध आदि में 'कुश' के बिना काम नहीं चलता था···

बिसहत्थी : बीस हाथ लम्बी (दस गज़ की) साड़ी।

मैथिल : मिथिला में पैदा हुआ; मिथिला से सम्बन्धित।

पन्द्रह

सरयूपारी : सरजू नदी के तटवर्ती अंचलों में रहने वाले···

पंजीकार : खाता रखने वाला (मिथिला के ब्राह्मणों-कास्थों आदि के पुरखों का लेखा-जोखा रखने वाला)।

रकबा : क्षेत्रफल। अधिकृत भू-भाग।

लहना-तगादा : ब्याज पर रुपये उधार देने का धन्धा।

मनखप : मन के हिसाब से खेती की उपज बढ़ाने की प्रथा। यानि, "दो बीघा जमीन उपजाओ और हमें आठ मन अनाज प्रतिवर्ष देते जाना···" इसी तरह इतनी जमीन की उपज प्रतिवर्ष इतते मन अनाज वसूल करते जाना···

मुठिया : प्रति परिवार, प्रति व्यक्ति एक मुट्ठी चावल या गेहूँ सार्वजनिक काम के लिए अलग रखते जाना। इस तरह 'मुठिया' में सौ-सौ मन चावल किसानों से मिल जाते थे। पार्टियों दलों के देहाती कार्यकर्ता यह अनाज बेचकर प्रादेशिक आफिसों-जिला आफिसों और अपने स्थानीय आफिसों का भी खर्चा आसानी से चलाते थे।

खदुका : कर्ज़खोर। ऋणी।

सतरह

कजरौटा : काजल वाली डिबिया (इसमें डंडा लगा होता था)।

देवरोचित : देवर के लायक

विवाह-सभा : शादियों के रिश्ते ठीक करने के लिए मिथिला के ब्राह्मण एक स्थान पर (ग्राम : सौराठ, जि० मधुबनी) अब भी लगन के दिनों में इकट्ठे होते हैं···

अठारह

फुलही : चमकते कांसे के बर्तन (सफेद फूलों-जैसी चमक वाले)।

देवाय-धर्माय : देवता के नाम पर और धर्म के नाम पर।

पूर्वाभास : पूर्वसूचना; पहले ही स्थिति का अन्दाज पा लेना···

गंधर्विणी : सुन्दरी

उन्नीस

मूड़न-छेदन : मुंडन और कर्णवेध संस्कार। शिशु के बालों को जब पहली बार किसी तीर्थ में, या देवी-देवता के स्थान में कटवाते हैं तो उसे "मूंडन-संस्कार" कहा जाता है। उसी अवसर पर शिशु के कानों को भी छिदवाने का रिवाज था···

ब्रह्महत्या : ब्राह्मण की हत्या। ब्रह्मवध। पहले युगों में यह कोई साधारण अपराध नहीं था, इसकी गिनती महापापों में थी। इसके लिए कड़ा से कड़ा दण्ड मिलता था।

भरिया : भार (बोझा) ढोने वाला।

बीस

अनर्गल : अर्गला (बन्धन) हीन। अर्गला का सही अर्थ सांकल होता है, मगर यहाँ 'अनर्गल' से मतलब होगा 'बाधा रहित' और 'बे-रोक' (उदाहरण : "मैं उनका अनर्गल प्रलाप सुनता रहा" अथवा "आपकी यह उक्ति अनर्गल है" यानि "बे-लगाम की बकवास है···")।

पुण्याह : पवित्र दिन। मांगलिक क्षणों वाला दिन।

सहस्राक्ष : हजार आँखों वाला (इन्द्र)।

बाईस

यहाँ न लागहिं····"यहाँ न लागहि राउरि माया" (तुलसीदास) आपका जादू यहा नहीं चलने का···

●●●